KB078170

양진아

성운을 먹는 자

성운을 먹는 자 12

김재한 퓨전 판타지 소설

초판 1쇄 찍은 날 § 2016년 3월 17일
초판 1쇄 펴낸 날 § 2016년 3월 24일

지은이 § 김재한
펴낸이 § 서경석

편집책임 § 이창진
디자인 § 신현아

펴낸곳 § 도서출판 청어람
등록번호 § 제387-1999-000006호
등록일자 § 1999. 5. 31
어람번호 § 제1-2383호

주소 § 경기도 부천시 원미구 부일로 483번길 40 서경B/D 3F (우) 14640
전화 § 032-656-4452 팩스 § 032-656-4453
http://www.chungeoram.com
E-mail § chungeorambook@daum.net

ISBN 979-11-04-90705-0 04810
ISBN 979-11-04-90287-1 (세트)

FUSION FANTASTIC STORY

김재한 퓨전 판타지 소설

성운을 먹는 자

육체의 기억

12

도서출판
청어람

목차

제63장 용궁의 사자   007

제64장 유혹   061

제65장 격차   105

제66장 사악한 것   143

제67장 반격의 봉화   181

제68장 암흑인   205

제69장 육체의 기억   243

제70장 오만할 의무   277

제63장
용궁의 사자

성운을 먹는 자

1

형운 일행은 밀항선의 파편을 얼기설기 이어서 만든 뗏목을 이용해서 바다에 떠 있었다.

당연히 일행 모두가 그 위에 올라갈 수 있을 리가 없다. 밀항선이 침몰하기 전에 건진 짐의 일부와 부상자들만을 올려놓고 나머지는 매달려 있었다.

적들로부터 도망칠 수 있었던 것도 모두 힘을 합쳐서 뗏목을 밀었기 때문이다. 이 뗏목은 떠 있는 것만으로도 기적적인 물건이고 노조차 없는지라 인력이 아니면 나아가게 할 수도 없었다.

아무리 내공을 연마한 무인이라고 해도 바다에 계속 잠겨 있다가는 체온이 떨어져서 죽음을 맞이하게 된다. 그렇기에 부상자가 아닌 사람들이 교대로 뗏목 위와 물속을 오락가락하고 있었다.

"그나마 봄인 게 다행이군. 봄인데도 이렇게 차가운데 겨울이었다면⋯⋯."

천유하가 중얼거렸다.

봄이고 날씨가 청명한데도 밤바다는 진기를 운용하지 않으면 얼어 죽을 것처럼 차가웠다. 지금이 겨울이었다면 모두들 여기서 동사하지 않았을까 생각될 정도다.

그렇게 시간이 얼마나 시간이 흘렀을까?

"으음⋯⋯."

캄캄한 어둠이 모두를 먹먹하게 만드는 새벽에, 죽은 듯이 늘어져 있던 양진아가 눈을 떴다.

"깼으면 벌떡 일어나 줬으면 좋겠는데."

그녀가 눈을 뜨자마자 신경을 건드리는 목소리가 들려왔다. 양진아는 흠칫 놀라서 목소리의 주인을 바라보았다.

아는 얼굴이었다. 어려서부터 미녀 소리를 듣고 자란 양진아가 보기에도 눈이 확 뜨일 정도의 미모를 지닌 여성이었다.

"서하령? 네가 어째서 여기에⋯⋯."

"내가 할 말이야. 여기서는 청해용왕대의 위엄 덕분에 누구도 네가 준 금패를 가진 우리를 해하지 못할 거라고 호언장담하신 청해궁의 공주님."

서하령의 시선은 북풍한설보다도 싸늘했다.

양진아가 울컥해서 물었다.

"나도 지금 뭐가 어떻게 된 건지도 모르겠거든?"

"너도 성운의 기재이니까 멍청하지는 않겠지? 요약해 줄게. 너를 추적하는 놈들이 우리까지 죽이려고 했어. 전투 과정을 되짚어 분석한 결과, 아마 너를 미끼로 삼았다고 예상돼. 우리는 너를 구하느라 많은 피를 흘렸고, 일단은 놈들을 격파했지만 짐을 다 잃고 망망대해에서 어디로 가야 할지도 모르는 신세야. 더 설명이 필요하면, 질문해."

"……."

양진아의 얼굴이 붉어졌다. 언성을 높이려던 그녀는 곧 눈앞이 아찔해지는 것을 느끼며 비틀거렸다.

그런 그녀를 부축하는 손길이 있었다. 양진아가 놀라서 바라보니 굳은 표정을 지은 형운이었다.

"풍혼권……?"

이제는 선풍권룡이지만 형운은 그 사실을 지적할 만한 여유가 없었다. 딱딱하게 굳은 표정으로 물었다.

"양 소저, 험한 일을 당한 것 같으니 좀 쉬게 해주고 싶지만 유감스럽게도 그럴 여유가 없어. 정보가 필요해."

"으, 으응."

양진아는 형운의 눈을 보고 움찔했다.

정중하게 말하고 있지만 그 눈동자 안에는 용암 같은 분노가 꿈틀거리고 있었다.

양진아는 직감적으로 형운이 그 분노를 자신에게 쏟아내지 않기 위해 필사적으로 인내하고 있음을 깨달았다.

'나 때문이야……?'

양진아야말로 누군가에게 위로받으며 하소연을 하고 싶은 심정이었다.

어느 날 갑자기 자기를 둘러싼 일상이 송두리째 박살 나고 믿었던 사람이 자신의 목숨을 노렸다. 돌아가는 상황을 제대로 파악하지도 못한 채로 필사적으로 도망치다가 모든 것이 끝이라고 생각하면서 의식을 잃었다.

그런데 깨어나 보니 자신에게 초대를 받아서 대륙을 가로지르는 먼 길을 온 사람들이 자신을 향해 원망을 쏟아내고 있는 상황이라니…….

양진아는 심호흡을 했다.

인정사정없이 그녀를 몰아치는 현실이 버거워서 미쳐 버릴 것만 같았다. 그러나 그렇다고 스스로가 져야 할 책임을 외면하기에는 그녀의 자존심이 너무 강했다.

"일단은, 내 목숨을 구해준 것에 감사할게. 그때에 이어 또 한 번 은혜를 입었어."

형운과 서하령이 놀라서 그녀를 바라보았다. 양진아가 비틀거리면서도 자세를 바로 하고 고개를 숙여 예를 표했던 것이다.

고개를 든 양진아는 그제야 자신의 주변을 둘러볼 수 있었다.

형운과 서하령은 물론이고, 다른 일행들도 모두 비참한 몰골이었다. 모두가 자신에게 원망 어린 시선을 쏟아내니 숨이 턱 막힌다.

'내가 짊어져야 할 일이야.'

양진아는 천방지축이었지만 자신의 신분과 이름이 갖는 무게를 알고 있었다.

개인으로서 행동할 때라면 괜찮다. 하지만 그녀는 청해궁의 공주로서, 청해용왕 진본해의 제자로서 형운 일행을 초대했다. 그들은 그녀의 신분이 갖는 무게를 인정하고 머나먼 하운국으로부터 여기까지 와준 것이다.

"그리고 사과할게. 미래를 내다보지 못한 나의 우둔함 때문에 여러분이 피해를 입은 것을. 비록 내 상황이 좋지 않지만, 사태가 해결되고 나면 무엇으로든 보상하겠어."

"보상이라고? 잘도……."

"하령아, 그만. 일단 상황을 듣고 싶어."

형운이 또 한마디 빈정거릴 기색이 보였던 서하령을 제지하며 말했다.

양진아가 지끈거리는 머리를 붙잡고 대답했다.

"모든 게 갑작스럽게 벌어져서 나도 상황을 다 알지는 못해. 단편적으로만 파악하고 있을 뿐이야. 일단은 내가 아는 것만 말할게."

양진아의 입에서 흘러나온 이야기는 형운 일행을 암담하게 만들기에 충분했다.

2

청해군도의 주민들은 요괴를 빼고 인간만 보면 해루족과 해루족이 아닌 자로 나뉜다.

해루족은 아득한 고대부터 청해군도에 살던 원주민이었다.

그에 비해 해루족이 아닌 인간은 대륙에서 건너온 자들이었다.

청해군도의 역사가 기록하는 바에 따르면 대륙에서 온 인간들은 청해궁의 인어들과 맹약을 나누었기에 해루족과 요마군도의 반발을 누르고 정착할 수 있었다고 한다. 그런 이들을 대표하는 세력이 바로 청해용왕대였다.

　청해용왕은 청해군도 최강을 상징하는 이름이었으며, 또한 청해궁과의 맹약을 계승하는 존재이기도 했다.

　해루족이 아닌 인간들이 모두 청해궁의 추종자인 것은 아니다. 예를 들면 요마군도의 요괴, 마수들과 손을 잡고 해적질을 하는 자들도 있었다.

　양진아가 말했다.

　"청해궁의 추종자들은 해적질을 하지 않아."

　청해용왕대의 비호를 받는 이들의 수는 그리 많지 않다. 전부 합쳐 봤자 5천 명 정도였다.

　그런 숫자로도 청해군도 최강이라 불리는 이유는 청해궁과 청해용왕대의 위엄이 워낙 막강하기 때문이다.

　형운이 물었다.

　"좀 이해가 안 되는데……."

　"뭐가?"

　"주민의 총원이 5천 명 정도라면, 청해용왕대의 숫자는 얼마나 되는 거지?"

　그 말에 양진아가 형운을 쏘아보았다. 형운이 그 시선을 담담하게 받아내며 물었다.

　"외부인에게 함부로 말할 정보가 아니기는 하겠지만 지금은 그런 걸 가릴 때가 아닌 것 같은데?"

"…총원은 300명 정도고 그중에 정식 선원은 200명. 100명은 견습이야."

"한 전투 집단의 규모로 보면 작지는 않지만, 청해군도가 보통 넓은 게 아닌데 고작 그 정도로 모두가 넘볼 수 없을 정도로 압도적인 위엄을 갖출 수 있나?"

"개개인의 실력이 월등하니까. 무공과 기환술은 인원 개개인의 격차를 현격하게 벌리는 것을 가능케 하지."

"청해용왕대의 무공이 해루족을 비롯한 다른 세력을 압도할 정도로 뛰어나다?"

"당연하지. 하지만 그것만은 아니야."

"그럼?"

"청해궁의 지원이 있어."

양진아는 못마땅한 기색으로 사정을 털어놓았다.

현계의 용궁이라고 할 수 있는 청해궁은 자신들과 맹약을 맺은 인간들에게 막대한 영약과 거기서 수련하는 것만으로도 기연이라고 할 수 있는 특별한 환경을 제공해 주고 있었다. 그 덕분에 청해용왕대의 일원들은 특출한 무위를 자랑할 수 있었던 것이다.

"…어디서 많이 들은 것 같은 이야기군."

형운이 중얼거렸다.

저것은 별의 수호자의 무인들이 뛰어난 이유와 비슷하다. 별의 수호자는 그 어느 집단보다도 소속된 무사들에게 풍족한 비약과 좋은 훈련 환경을 제공하는 것이다.

양진아가 말했다.

"어쨌든… 해루족이 우리의 권위를 존중하기는 하지만 사이가 그리 좋지는 않아. 우리는 해루족 출신이라도 받아들이지만, 그들은 외부인에게 배타적이지. 게다가 우리는 그들에게서 신을 빼앗기도 했고."

"신을 빼앗았다? 무슨 소리야?"

의아해하는 형운에게 양진아가 설명했다.

아주 오래전, 신과 인간이 서로를 접하는 것이 어렵지 않았던 시절의 이야기다.

해루족은 신을 섬기는 자들이었다. 지금은 이름이 잊힌 그 신은 바다의 폭군이었다. 해루족을 가호하는 대신 그들에게 산 제물과 끔찍한 일들을 요구했다. 바다의 존재들에게 폭거를 휘두르는 것은 물론, 고대에 해루족과 함께 청해군도의 주민이었던 부족들을 말살시켰다.

세월이 흐를수록 이에 따른 불만이 쌓여간 것은 당연했다. 하지만 누구도 해루족이 모시는 신에게 거역할 힘이 없었다.

구원의 빛은 외부에서 나타났다.

신의 폭거로부터 탈출한, 말살당한 부족 최후의 생존자가 대륙을 여행하며 힘을 길러 돌아온 것이다.

그에게 은혜를 입고 신명을 나눈 신들이 힘을 빌려주었다. 그리고 인간 동료들이 그를 위해 목숨을 걸었다.

치열한 싸움 끝에 해루족의 신은 쓰러졌다. 그리고 영영 봉인되는 신세가 되었다.

해루족은 마침내 변덕스러운 신의 폭압에 희롱당하는 운명으로부터 벗어났다.

그러나 동시에, 그들은 그때까지 갖고 있던 절대적인 권위도 잃었다.

"…그런 신화 때문에 지금까지 자기 부족이 아닌 인간을 배척한다는 거야?"

이야기를 들은 형운이 기가 차다는 듯 물었다. 양진아가 한숨을 쉬었다.

"그저 신화가 아니야. 그만큼 오래된 이야기이기는 하지만……."

"아니, 물론 청해군도에 사는 네 입장에서야 조상들의 이야기이긴 하겠지. 그렇다고 하더라도……."

"말을 끝까지 들어."

양진아가 짜증을 냈다. 형운이 입을 다물자 그녀가 말을 이었다.

"이름이 잊힌 신, 지금은 암해의 신이라 불리는 존재는 지금도 청해궁 깊숙한 곳에 봉인되어 있어. 청해궁은 신들의 도움으로 성립되었고, 인어왕이 바다의 왕으로 불리는 이유는 바로 신을 봉인할 의무를 지고 있기 때문이야."

"그럼 그 신이 다시 깨어날 수도 있다는 거야?"

"그 걱정이야말로 신화의 영역이야. 하지만 청해군도의 사정에 대해서는 대충 이해했겠지?"

"어느 정도는. 그럼 이제 현 상황에 대한 이야기를 들어보지."

"처음에 말했다시피 나도 모든 상황을 파악하고 있는 게 아니야. 그걸 감안하고 들어줘."

"그럼 지금 가는 곳이 안전하다고 확신할 수도 없겠군."

그 말에 양진아가 움찔했다.

일행은 지금 양진아가 제안한 장소를 향해 가고 있었다. 그녀에게 위험이 닥칠 경우를 대비해서 청해궁에서 준비해 준, 청해용왕대에서도 극소수의 인물만이 알고 있는 피신처라고 했다.

입술을 깨물며 불안을 드러내던 양진아가 표독하게 말했다.

"내가 비난을 달게 받아야 할 입장이라는 것은 알아. 하지만 내게서 필요한 이야기를 들으려면 내 몸 상태를 좀 더 배려해 주는 게 어때?"

"…알겠어."

형운이 감정을 억누르며 대답했다.

양진아를 원망하는 마음은 형운도 마찬가지였다. 아무리 좋게 생각하려고 해도 그럴 수가 없었다.

'도규.'

형운은 죽은 호위단의 일원을 떠올리며 이를 악물었다.

아랫사람이라고는 해도 형운은 호위단원들과 친밀하게 지냈다. 그들 한 사람 한 사람의 이름을 알고 살아온 사정을 알았다.

그렇기에 슬프고 화가 났다.

언젠가 닥쳐올 일이었음을, 자신이 감당해야 할 일임을 알면서도… 도저히 초연할 수가 없었다.

하지만 양진아는 그런 당연한 감정을 받아낼 수 있는 상태가 아니다. 심신이 쇠약해져서 감정이 조금만 격해져도 눈앞이 아찔해질 정도였으니까.

여기서는 그녀의 말대로, 필요한 이야기를 듣기 위한 배려를 해줘야 한다.

"계속 말해봐."

"내가 확신할 수 있는 정보만 이야기하자면, 일단 해루족과 요마군도가 손을 잡았어."

청해군도에는 무수한 해적 집단이 존재하지만 그중 해루족의 세력은 독보적이었다.

다른 해적 집단이 그저 범죄자들의 집단이라면, 해루족은 청해군도의 수군에 가깝다. 규모, 조직력, 전투 기술에 이르기까지 모든 것이 다른 해적들과는 비교도 안 되는 수준이었다.

서하령이 중얼거렸다.

"확실히 너를 쫓아온 자들의 우두머리도 해루족의 용사 화군이라고 했지……."

"화군?"

양진아가 깜짝 놀라서 물었다.

"정말 화군이었어?"

"곡정이가 그와 싸워서 당했어. 상당한 고수였지."

"그건 말 안 해도 되잖아."

일부러 등을 돌리고 있던 마곡정이 발끈했다.

하지만 양진아는 거기에는 관심도 보이지 않았다. 아연해하며 중얼거릴 뿐이었다.

"화군이 움직였다면 해랑 부족이 움직였다는 소리인데……."

"그건 또 무슨 소리야?"

"해루족은 여러 부락의 연합체야. 하지만 해루족이라는 근본이 그들을 묶어둘 뿐, 그 안에도 여러 세력이 존재하지. 그리고 해랑족은 가장 배타적이고 강성한 부족 중에 하나야. 우리와 가장 알력이 많은 녀석들이기도 해."

"음? 알력이 많다고?"

형운이 이해할 수 없다는 듯 고개를 갸웃거렸다. 그러자 양진아가 의아해했다.

"그런데 왜? 뭐가 이상해?"

"하지만 그 화군이라는 자는 해룡창법과 해룡시를 썼는데……."

"뭐?"

양진아가 경악했다.

너무 놀란 나머지 벌떡 일어났던 그녀는 눈앞이 아찔해지는 걸 느끼며 휘청거렸다. 형운이 손을 뻗어 붙잡아주자 그녀가 잠시 숨을 몰아쉬었다.

"그런, 그럴 수가……."

해루족 역시 무공을 가졌다.

잊힌 신이 봉인되었을 때, 대륙으로부터 전해진 무공이 오랜 세월 동안 독자적으로 발전해서 각 세력별로 계승, 발전되어 왔던 것이다. 청해군도는 넓었고, 외부와의 교류도 완전히 단절되지 않았던 만큼 상당한 다양성도 갖추고 있었다.

그런 그들이 보기에도 청해용왕대의 무공은 대단히 탐나는 것이었으리라. 특히 해룡시는 바다 위에서 청해용왕대가 압도적인 위엄을 과시하는 근간이었으니까.

'누가 가르친 거지? 설마 대사형?'

무공의 전수라는 것은 쉬이 이루어지는 것이 아니다. 기본 사상을 이해하는 것은 물론, 정수를 이해해야만 전수가 가능한 것이다.

즉 청해용왕대의 핵심 인물쯤 되지 않으면 제대로 기술을 유출하는 것도 불가능하다.

게다가 긴 시간 동안 비밀리에 공을 들여야만 가능한 일이 아닌가?

양진아가 이를 갈았다.

"청해용왕대 내부에서 반역이 일어났어. 나는 해룡시로 나를 몰아넣은 자들도 당연히 반역자라고 생각하고 있었는데… 아무래도 그게 아닌 모양이네."

3

청해용왕 진본해는 청해군도의 제왕이다.

누구도 그 사실을 부정하지 않았다. 역대 청해용왕들이 그러했듯이, 진본해는 감히 인간의 힘으로 넘볼 수 없는 재해와도 같았다.

그런 위엄은 그가 청해용왕이 된 후 쌓은 업적들로 만들어진 것이다.

진본해는 요마군도에서 탄생한, 스스로를 요왕(妖王)이라 칭하는 존재를 일대일로 격퇴했다.

바다에 뜨는 모든 배를 격침시키고 인간들을 먹이로 삼던 대해의 괴수를 격멸했다.

대륙으로 나가서, 그곳의 영웅들과 함께 진야라는 신의 권속을 막아내기도 했다.

그럼에도 많은 이가 그에게 도전했다. 요마군도의 무투파 요괴들과 해루족의 용사들이.

진본해는 기꺼이 도전을 받아주었다. 그리고 모든 도전을 물리치며 불패의 신화를 쌓아왔다.

사웅은 그런 진본해의 대제자였다.

사람들은 다들 입을 모아서 사웅이 차기 청해용왕이 될 것이라고 이야기했다. 셋째 제자 가돈의 성취가 그와 경쟁할 만하고, 막내 제자 양진아는 신분과 재능 모두가 탁월하지만 그래도 그의 입지는 굳건했다.

그런 그가 청해용왕대를 배신하는 것은 상상도 못 할 일이었다.

누구보다도 청해용왕대의 일원으로 헌신했으며, 많은 이에게 우두머리가 될 자질을 인정받은 그였다. 진본해가 10년 안에 그에게 자리를 물려줄 것임을 다들 확신하고 있었다.

그래서 청해용왕대의 장로인 해파랑은 충격을 금할 수 없었다.

"이제 말해줘도 되지 않소, 사웅 공자?"

"아직도 저를 공자라고 부르시는군요."

사웅이 바위처럼 무표정한 얼굴로 대답했다.

해파랑은 양진아를 도망시킨 후에도 추적대를 막기 위해 격투를 벌였다. 그리고 결국 사로잡히고 말았다.

사웅과 해파랑은 일대일로는 승부를 장담할 수 없었다. 청해용왕대에서 청해용왕 진본해를 제외하고 최고의 실력자 셋을

뽑는다면 이 둘이 반드시 포함된다.

하지만 해파랑은 계속된 추격전으로 기력을 소진했다. 그런 상태에서 자신과 대등한 무인이 포함된 다수를 당해낼 수는 없었다.

결국 사웅이 그를 제압했고, 다시 눈을 떴을 때는 지하 동굴 속에 만들어진 감옥 속이었다.

"공자야말로 내게 존대하고 있잖소."

"이건 그저 습관일 뿐입니다. 말투를 바꾸는 것에 심력을 소모하고 싶지 않군요."

"그럼 나도 습관이라고 해두지. 그리고 나를 비교적 곱게 모신 것에 대한 예의를 덧붙이기로 할까?"

"별로 곱게 모시지는 않았습니다만……."

해파랑의 몰골은 처참했다. 온몸이 상처투성이인데도 제대로 치료도 해주지 않았고, 내공이 심후한 고수를 구속하기 위한 철제 구속구를 입혔다.

그 구속구는 철침이 요혈 부분을 관통해서 기의 흐름을 막아 버리는 잔인한 물건이었다. 이것으로 구속당한 이상 아무리 심상경의 절예를 터득한 고수인 해파랑이라고 해도 진기를 운용할 수 없다.

고통과 끔찍한 이물감이 그치지 않을 텐데도 해파랑은 덤덤했다.

"글쎄, 내가 공자를 가두었다면 훨씬 과격하게 대접했을 것 같소만. 배신자를 두고 자제할 자신이 없군."

"못 당하겠군요."

사웅이 고개를 절레절레 저었다.

해파랑이 물었다.

"공주님은 어떻게 되셨소?"

"아직 못 잡았습니다. 해루족이 기대에 부응해 주지 못하는
군요. 화군이라면 충분히 잡을 수 있을 거라고 생각했지
만……."

작게 혀를 차는 그를 보면서 해파랑은 생각했다.

'변수가 생겼나 보군.'

양진아가 인어왕의 혈통을 이었다 하나 지친 몸으로 해루족
의 추격에서 벗어날 가능성은 거의 없었다. 해파랑은 실낱같은
가능성에 희망을 걸고 그녀를 바다로 던졌을 뿐이다.

사웅의 태도로 보건대 거기까지 대비해서 바다의 추격대를
준비한 것 같았다. 그런데도 양진아가 빠져나갔다면 필시 그들
의 계산을 깨는 변수가 개입했다는 의미일 터.

물론 이 모든 것은 해파랑의 희망적인 망상에 불과할 수도 있
다. 해파랑은 그 사실을 잘 알면서도 기원했다.

'공주님, 부디 무사하시길…….'

해파랑은 대륙 출신이었다.

젊은 시절, 뱃사람이었던 그는 가족을 억울하게 잃은 원한을
갚기 위해 힘 있는 흑도의 고수를 암살했다. 그리고 조직의 복
수를 피하기 위해 목숨을 걸고 청해군도로 밀항했다.

하지만 밀수 사업을 진행하는 흑도 조직에 의탁한 것이 아니
라 배 하나를 훔쳐서 멋대로 바다로 나간 것이다. 도중에 수군
의 감시망에 걸려들었고, 결국 그들의 공격을 받아서 배가 침몰

했을 때…….

양진아의 모친, 인어공주가 그를 구해주었다.

인어공주의 배려로 해파랑은 청해용왕대의 일원이 될 수 있었다. 그리고 인어공주가 인간 남자와 사랑하여 양진아를 낳았을 때, 그녀를 지키기 위해서라면 무엇이든 하겠다고 맹세했다.

사웅이 말했다.

"미래를 보는 자가 그토록 많은데도, 정작 미래를 마음대로 통제할 수 있는 자는 없군요. 얄궂은 일입니다."

"해루족의 주술사들을 조롱하고 싶소?"

"아닙니다. 그저 운명이란 한 인간이 그 일부를 들여다본다고 해서 마음대로 하기에는 너무나도 거대하다는 것을 실감했을 뿐."

"공자를 옭아매는 운명은 무엇이오?"

"해파랑 장로와 비슷할 겁니다."

"은혜란 말이오?"

해파랑의 사연은 청해용왕대에는 널리 퍼져 있었다.

사웅이 그에게서 눈을 돌려 허공을 보며 말했다.

"이 사람을 위해서라면 무엇이든 하겠다. 설령 내 목숨을 바치는 일이라고 해도. 그렇게 맹세한 때가 있었지요."

"…….."

"후회하지 않는다면 거짓말입니다. 해파랑 장로, 믿어줄지는 모르겠지만 청해용왕대는 내 집이었고 가족이었습니다. 사부님께서는 내 아버지나 다름없는 분이셨고."

"하지만 그래도, 맹세를 깨뜨릴 수 없었다는 것이오?"

사웅은 대답하는 대신 희미하게 웃었다. 일그러진 미소였다.

해파랑이 물었다.

"왜 나를 살려두는 것이오? 인질로 쓸 생각인가?"

"글쎄요."

해파랑을 바라보는 그의 눈은 공허했다.

"그렇다고 해두지요."

진심이라고는 눈곱만큼도 묻어나지 않는 대답이었다.

하지만 사웅은 해파랑이 더 물을 기회를 주지 않고 그 자리를 떠났다.

4

형운 일행이 양진아가 알려진 은신처로 가는 과정은 결코 무탈하지 않았다. 위험한 일들이 몇 번이나 있었다.

일행은 두 번이나 날짐승 요괴에게 발각당했다.

처음 발각당했을 때, 양진아는 절망했다.

"아! 이제 화살도 없는데……!"

그녀가 화군이 이끄는 추격대에게서 벗어나지 못한 이유는 두 가지였다. 그중 하나가 바로 날짐승 요괴였다.

해룡시라면 날짐승 요괴를 잡을 수 있다. 하지만 계속 적들에게 쫓긴 그녀에게는 더 이상 화살이 남아 있지 않았다.

하지만 이 문제는 양진아가 상상도 못 한 방식으로 해결되었다.

형운이 운화와 어기충소를 써서 날짐승 요괴가 있는 곳까지

상승, 도망칠 틈조차 주지 않고 격추시켰던 것이다.

양진아가 황당해했다.

"세상에. 도대체 그동안 무슨 일이 있었던 거야?"

괴령 사건에서 형운과 만난 후 2년간 그녀도 게으름을 피우지 않았다. 청해궁의 지원을 받아가면서 부단히 노력해 왔고 그만큼 성과를 거두었다.

막대한 영약을 공급받았으며, 기연도 두 번이나 겪었다. 성운의 기재답게 무공에 대한 이해는 타의 추종을 불허하는 속도로 깊어졌다. 이미 기공은 의기상인과 허공섭물의 경지에 이르렀고 영수의 힘도 자유자재로 제어할 수 있었다.

그 결과 내공이 7심에 이르렀다.

기나긴 청해용왕대의 역사 속에서도 이만큼 빠른 성취를 찾기 어려웠다. 진본해조차 어이없다며 허탈하게 웃었을 정도다.

그런데 형운을 보니 자신감이 와르르 무너진다.

'사실은 내 자질 별 볼 일 없는 거 아냐?'

그런 말도 안 되는 생각마저 들었다.

게다가 형운이 보여주는 비상식적인 능력은 거기에 그치지 않았다.

"음?"

양진아의 인도로 물길을 찾아서 이동하던 중, 뗏목 위에 서서 운기행공하고 있던 형운이 눈을 떴다. 그러더니 전신에서 매서운 기파를 발했다.

"뭐야?"

놀라서 물은 양진아에게 기이한 감각이 찾아들었다.

인어왕의 혈통을 이은 그녀에게는 독특한 재능이 있었다. 예전 괴령 사건 때 해파랑과 멀리 떨어져 있음에도 서로 위치를 알리는 교감 능력을 발휘했던 것처럼, 영적인 감각을 가졌던 것이다.

그녀의 영감은 기환술사의 재능에는 이르지 못했지만, 술법의 조짐을 감지하고 저항할 수 있었다. 그렇기에 지금 이 순간 먼 곳에서 발한 영적인 힘이 자신들에게 닿았음을 알 수 있었다.

'주술사의 예지!'

주술사의 예지력은 미래를 읽어내는 힘이다.

그 힘은 넓게 보면 인간의 인지 밖에서 일어나는 움직임을 읽어내는 것이기도 하다. 즉 정상적인 방법으로는 어디서 어떻게 움직이는지도 알 수 없는 누군가를 탐색할 수도 있는 것이다.

다만 인간이 예지로 읽어내는 세계의 모습은 단편적이라서, 그것 하나만을 보고서는 도저히 의미를 읽어낼 수 없는 경우가 많았다.

내일, 자신이 있는 그 장소에 비가 온다는 예지를 본다면 의미를 알기 쉬우리라.

하지만 어디인지 알아볼 단서조차 없는 망망대해 한가운데서 폭풍이 휘몰아치는 것을 본다면 그게 무슨 의미인지 알 수 있겠는가?

대부분의 예지란 그렇다. 그렇기에 예지를 좇는 자들의 예언이 뜬구름 잡는 소리처럼 들리기 쉬웠다.

흑영신교의 신녀와 광세천교의 그림자 교주가 최강의 예지 능력자로 불리는 것은 그런 한계를 초월했기 때문이다. 저 아득한 곳에서 현계를 굽어보는 거대한 존재들로부터 힘을 부여받는 그들은 자신들이 보고자 하는 곳을 보고, 더 많은 정보를 얻어서 그것을 종합함으로써 소름 끼치도록 정확한 미래를 읽어낸다.

해루족의 주술사들이 발휘하는 예지력은 그들에 비하면 비루하기 짝이 없다. 하지만 지금 이 순간, 적들에게 숨소리조차 들키지 않으려고 필사적인 일행에게는 치명적인 위협이었다.

"뭐지?"

문득 형운이 고개를 들며 중얼거렸다.

동시에 그와 양진아의 눈에 보이는 광경이 급변했다.

시야가 확장된다.

마치 엄청난 속도로 하늘로 날아오르기라도 한 것처럼, 풍경이 빠르게 변하면서 확장되었다가 다른 지점으로 향한다.

둘은 아득한 천공에서 청해군도를 굽어보고 있었다. 그러다가 어느 순간 무수한 섬 중 하나로 빨려 들어가듯이 떨어져 내린다.

아찔한 순간이지만 경이감이 더 강했다. 모든 것이 너무 빠르고, 육체적인 감각 없이 이루어지기 때문이었다.

'뭐, 뭐냐?'

그들의 인식이 지상에 닿는 순간, 당황한 목소리가 들려왔다.

둘은 경악하고 있는 사람들을 보았다.

적동색 피부와 황금색 눈동자를 지닌, 화려한 복장을 한 다섯 명의 남녀가 기겁하고 있었다. 순간 그들의 두 사람, 아니, 정확히는 형운과 그들의 의식이 교차하면서 무수한 정보가 쏟아져 들어왔다. 그리고…….

'커억!'

그들 전원이 비명을 지르며 쓰러지고, 형운과 양진아의 의식이 순식간에 제자리로 돌아왔다.

"헉!"

양진아가 헛숨을 토했다.

그녀는 식은땀을 흘리며 형운을 바라보았다. 그녀와 달리 형운은 아직 정신을 못 차린 듯 멍청한 표정을 짓고 있었다.

"…선풍권룡?"

양진아는 그동안 다른 일행에게 형운의 별호가 바뀌었음을 듣고는 호칭을 정정했다.

"음……."

그 말에 형운이 천천히 표정을 바꾸었다. 양진아가 뭐라고 하려고 하는데 손을 들어서 막는다.

"잠깐만. 생각을 정리해야 해."

한꺼번에 너무 많은 정보가 쏟아져 들어왔다. 다섯 명이 생각하던 것을 한순간에 알게 되니 머릿속에서 이해할 수 있는 형태로 정리하기까지 시간이 걸렸다.

"양 소저, 내가 미친 소리 하는 것처럼 들릴지도 모르겠는데… 일단은 좀 들어보고 확인해 주겠어?"

"말해봐."

"불필요한 정보를 빼고 요약해 보면, 대주술사 모람이라는 작자와 그를 따르는 해루족의 주술사 다섯 명이 양 소저를 찾겠다고 예지의 힘을 하나로 모았군. 그런데 우리를 들여다보려는 순간에 역으로 내가 그들을 들여다보았고 그것이 그들에게 꽤 큰 타격을 준 것 같은데. 내가 백일몽을 꾼 걸까, 아니면 현실에서 일어난 일일까?"

"믿기 어렵지만… 현실이야."

양진아는 자신의 목소리가 가늘게 떨리고 있음을 깨달았다.

심신이 쇠약해져서? 어쩌면 그럴지도 모른다.

하지만 양진아는 그보다 더 큰 이유가 있음을 깨달았다.

'뭐지, 이 녀석은?'

형운이 무서웠다.

청해궁의 인어공주와 인간 사이에서 태어난 그녀는 뭍의 인간들과는 비교도 할 수 없을 정도로 기묘한 일을 많이 경험했다. 바닷속에 도사리고 있는 거대한 영수의·존재도, 심해에 구속되어 바다 위의 세상을 악의로 그리는 대요괴의 존재도 안다.

그런데도 형운이 무섭다. 형운이 보여주는 모습 전부가 그녀가 알고 있는 지식의 틀을 부수고 있었다.

'대영수라면 또 몰라도 어찌 인간이 이럴 수가 있지?'

예지의 힘을 갖지 않았으면서도 상대가 자신을 들여다보면 오히려 상대를 들여다보고 그들에게 상처를 준다.

심지어 해루족의 주술사들은 형운을 보려고 한 것도 아니다. 그의 곁에 있는 양진아를 보려고 했을 뿐인데, 둘 사이에 강한 운명의 인과가 존재한다는 이유만으로 이런 일이 일어났다.

'심지어 자신만이 아니라 내 의식까지 함께……'

마지막에 해루족의 주술사들과 의식이 교차해서 그들의 정보를 읽어낸 순간만을 제외하고 양진아는 형운이 일으킨 현상에 함께하고 있었다.

형운이 서하령을 불렀다. 설명을 들은 그녀가 눈살을 찌푸렸다.

"그놈의 일월성신, 사실은 기환술사의 자질도 있는 거 아냐?"

"지난번에 시험해 봤을 때는 없다고 판명 났었는데… 지금도 없다고는 장담 못 하겠군."

형운이 한숨을 쉬었다.

허용빈에게서 별의 조각을 받은 후로 자신이 무섭게 변화하고 있는 것이 느껴졌다. 앞으로 어떻게 변해갈지, 그 변화의 끝이 무엇일지 모른다.

두려웠다.

예전에 시험해 봤을 때 형운은 영적 감각은 일반인보다 조금 더 뛰어난 정도였고, 기환술사의 자질은 없었다. 하지만 지금도 그럴까?

"…만약 그렇다면 확실히 주의할 필요가 있을지도."

서하령이 심각한 표정으로 중얼거렸다.

대영수, 특히 광령익조라는 특별한 존재의 혈통을 이은 그녀는 강한 영감을 타고났다. 그것은 조금만 개발하면 뛰어난 기환술사가 될 수 있는 재능이기도 했다.

하지만 그녀는 의도적으로 그 재능을 봉인했다.

그저 이론적으로 기환술을 공부하고, 연단술에 도움이 되는 기물들을 다룰 수 있는 수준에서 멈췄다. 영수의 본질에 다가가면 선조들에게 자아가 먹혀 버릴 위험이 있는 그녀에게 있어서 영적인 잠재력을 깨우는 것이 더없이 위험한 행위이기 때문이다.

"하지만 지금 이야기할 문제는 아니네. 신경 쓰이는 게 뭐야?"

"흑영신교 놈들이 이번 일에 개입했어."

"뭐?"

"정보가 단편적이기는 한데, 한 가지는 확실해. 흑영신교는 이번 일에 꽤 깊숙이 개입해 있고 꽤 많은 인원을 투입한 것 같아."

"음……."

서하령이 침음했다.

불현듯 그녀는 한 가지 사실을 떠올렸다. 화군과 해루족 일당들과 전투를 치렀을 때 떠올렸던, 배후에 마교가 있을지도 모른다고 생각했던 이유를.

'그렇구나.'

워낙 상황이 급박해서 잊고 있었다. 하지만 이제 한번 끊어졌던 사고가 단번에 답으로 이어졌다.

"살무귀를 잡았을 때, 백무검룡 대협을 급습한 자는 마교의 일원으로 의심되었지. 어쩌면 그것조차도 우리를 이 일에 휘말리게 하기 위한 포석이었는지도 모르겠어."

흑영신교는 살무귀 사건에 개입하면서 단서를 남기지 않았다.

괴물로 변해서 자폭 공격으로 홍자겸에게 중상을 입힌 흑영신교도는 그 이전의 행적에서 도무지 수상한 점을 찾을 수 없는 인물이었다. 그렇기에 만검문에서도 그가 마교의 끄나풀일 가능성과 그저 살무귀에게 동조하는 마인이었을 가능성 중 어느 한쪽을 답으로 확정 짓지 못했다.

하지만 상황이 여기까지 오니 서하령은 확신할 수 있었다.

흑영신교의 술책이 분명하다. 어쩌면 살무귀 사건 자체가 일행의 발목을 잡기 위한, 아니, 형운을 잡기 위한 계획이었으리라.

'이유도, 단서도 차고 넘쳐.'

이미 형운은 흑영신교의 대적이다.

그들의 일을 몇 번이나 망쳐놓았다. 교주를 패퇴시켜서 그 권위를 손상시키기도 했다. 무엇보다 허용빈이 가졌던 별의 조각을 취한 것이 결정적이다.

'그 행위가 흑영신교에게 있어 어떤 의미를 갖는지는 알 수 없지만… 정말로 중요한 계획이라는 것만은 분명해. 필시 치명적인 타격이었을 거야.'

서하령은 설산에서 가신우가 죽고, 그가 가졌던 별의 조각이 흑영신교주에게 흡수되는 순간을 보았다. 그때 느낀 기분은 아직도 생생했다. 마치 자신이 영혼까지 잡아먹힐지도 모른다는 공포였다.

그렇기에 확신한다. 교주가 위험을 감수하고 직접 성운의 기재를 죽여서 그들이 지닌 별의 조각을 취하는 행위는, 흑영신교에게 있어서는 미래의 운명을 좌우할 정도로 중요한 계획이었음을.

'살무귀도 노골적으로 형운을 노렸지. 서로 일면식도 없는 사이였고, 그를 그 지경으로 몰아넣은 것은 만검문과 백무검룡대협이었는데도. 그것 역시 흑영신교가 의도한 바였다고 하면 앞뒤가 맞아.'

그리고 그 일로 인해서 형운 일행의 일정이 늦춰지지 않았더라면 어땠을까?

'이번 일에 휘말려들지도 않았겠지. 어쩌면 살무귀 사건은 형운을 없애기보다는 이번 일에 딱 휘말려드는 일정을 만들어내기 위한 준비 단계에 불과했을 수도…….'

상식적으로는 말도 안 되는 추론이다.

하지만 적이 흑영신교라면 말이 된다. 전 대륙을 아우르는 초월적인 예지의 힘을 휘두르는 자, 그리고 그 수족으로서 기능하는 강대한 조직을 상대한다는 것은 이토록 끔찍한 일이었다.

'그나마 위안이 되는 거라면 방금 전의 현상.'

예지 능력자들이 형운의 행동을 읽어내려고 하는 순간, 오히려 형운이 그들을 들여다보았다.

이 현상은 형운도 처음 겪는 것이다. 하지만 과연 그것이 지금까지는 깨어나지 않았던 능력이 깨어났을 뿐인가?

'흑영신교의 신녀조차도 형운의 행동을 직접적으로 예지할 수 없는 게 아닐까?'

지나치게 낙관적인 추측일지도 모른다. 하지만 서하령은 그럴 가능성이 높다고 생각했다. 그럴 경우 흑영신교가 이토록 거대한 계획을 준비하면서까지 형운을 없애고자 하는 이유가 더욱 설득력을 얻으니까.

'하여튼…….'

문득 그녀는 형운을 흘겨보았다.

흔히들 성운의 기재는 풍운을 몰고 다니는 존재라고들 한다. 경이로운 재능을 지닌 그들은 살아남아서 영웅이 되거나 아니면 일찌감치 운명이 부과한 시련을 이기지 못하고 죽어나갔다.

하지만 서하령은 왠지 그 통설에 반박하고 싶었다. 어째 그녀가 겪는 풍운이라 할 수 있는 사건들마다 형운이 중심이 되지 않는가?

'귀혁 아저씨도 참, 터무니없는 제자를 키우셨어.'

서하령은 귀혁이 참을 수 없이 그리워졌다.

5

청해군도는 그 이름대로 무수한 섬으로 이루어진 곳이다. 이곳의 주민 중에서도 모든 곳을 파악한 지도를 지닌 자는 없었다.

세력이 나뉘어 있기 때문이다.

각 세력은 다른 세력이 자신들의 영역에 들어오는 것을 탐탁지 않아 했다. 지형을 파악당한다는 것은 곧 지리적인 이점을 잃는다는 의미였으니까.

그중에는 너무 작거나, 환경이 적합하지 않아서 인간이 자리 잡지 않은 곳도 있었다. 그중에서도 섬이 아닌 암초가 양진아가 말해준 은신처였다.

일행은 일몰이 시작될 무렵 그곳에 도착했다.

"적이 매복하고 있지는 않은 것 같아."

일행은 형운과 서하령이 한차례 주변을 살핀 후에야 은신처로 들어갔다.

"확실히 여기라면 적들이 쉽게 접근할 수 없겠군."

척 봐도 암초가 많아서 배가 들어올 수 없는 지형이었다. 설령 밀물 때를 노린다고 해도 무리일 것 같았다.

그런 만큼 일행의 뗏목도 끝까지 접근할 수는 없었다. 얼기설기 만들었던 뗏목을 산산조각 내고, 몸이 멀쩡한 자들이 짐과 부상자들을 짊어지고 은신처로 들어왔다.

"여기야."

양진아가 앞장섰다. 그녀는 암초 중 하나로 다가가더니 손을 뻗었다.

그러자 그녀의 손이 암초를 쑥 통과해 들어갔다.

"허상인가?"

다들 깜짝 놀랐다.

유일한 예외는 형운뿐이었다. 일월성신의 눈이 허상을 꿰뚫어 보고 있었기 때문이다.

아주 사소한 차이였지만 양진아는 그것을 알아보았다.

안 놀란 척 연기할 상황이 아니다. 그런데도 전혀 동요가 없다는 것은 실제로 놀라지 않았다는 의미다.

'환술까지 무시하는 거야? 도무지 바닥이 보이질 않네.'

여기까지 오는 데 거의 만 하루가 걸렸다.

그동안 다들 녹초가 되었다. 익숙지 않은 바다 위에서 생사를 가르는 격전을 치른 데다가, 그 후에는 망망대해를 어설픈 뗏목에 의존해서 헤맨 것이다. 계속 교대했다고는 하나 물속에 잠겨 있는 시간도 많아서 이미 한계에 달한 이도 많았다.

서하령이나 천유하, 마곡정이나 가려처럼 내공이 심후한 이들도 다들 한계였다. 이런 상황에서 적들의 습격을 받는다면 대책이 없으리라.

그런데 형운만은 멀쩡했다. 피로한 기색이 없지는 않았지만 그건 일반인이 잠을 조금 덜 자고 일했을 때의 수준이다.

형운의 내공이 8심에 이르렀다고 해도 이것은 비상식적인 일이다. 추적대와의 싸움에서는 무시무시한 기세로 힘을 발휘했으니 그 반동도 만만치 않을 터.

하지만 일월성신의 튼튼함은 상리를 벗어나 있었다. 대영수의 혼혈 1세대인 서하령이나 양진아와 비교해도 월등히 강건한 육체였다.

형운도 그 사실을 절절하게 실감하고 있었다.

'회복이 빨라지고 있어.'

여기까지 오는 여정은 몸이 회복될 만한 상황이 아니었다. 다른 이들이 그랬듯이 계속 기력이 소모되었어야 정상이다.

그런데 잠깐씩 쉬면서 운기하는 것만으로도 회복이 되고 있다.

만약 형운과 똑같이 8심의 내공을 지니고, 비슷한 기량을 지닌 자가 있다면 순간적으로 발할 수 있는 힘의 크기는 비슷할 것이다. 하지만 육체의 강건함과 운동 능력, 그리고 회복력에 있어서는 비교도 안 되게 열악할 것이다.

일월성신이 얼마나 뛰어난지는 이미 수도 없이 검증된 바였다. 하지만 형운은 자신의 육체가 위진국에 오기 전과는 비교도

할 수 없을 정도로 강해졌음을 알 수 있었다.

아니, 지금 이 순간에도 강해지고 있는 중이다.

'멈출 수가 없어.'

일월성신의 잠재력에 불이 붙어버렸다. 인간의 힘으로는 끌 수 없는 거대한 불이.

마치 폭주하는 짐승의 등에 올라타고 있는 기분이다. 이런 위기 상황에서 계속해서 강해진다니 기뻐해야 마땅하건만, 갈수록 두려움만 커지고 있었다.

'사부님이 계셨다면……'

이 문제에 대해서 의지할 사람이 아무도 없다는 사실이 형운을 더욱 힘들게 했다.

귀혁이 있었다면 언제나처럼 해결책을 제시해 줬을 것이다. 설령 당장 답이 없는 문제라도 그와 함께 노력한다면 이겨 나갈 수 있으리라는 믿음이 있었다.

하지만 지금 형운의 곁에는 귀혁이 없다.

그리고 형운은 다른 누군가에게 의지하는 게 아니라, 모두에게 의지가 되는 존재여야 했다. 불안에 떨고 있는 일행 앞에서 흔들리는 모습을 보이지 않기 위해 필사적이었다.

문득 귀혁의 가르침이 떠올랐다.

'흔히들 말하지. 자신을 믿어야 한다고. 그럼 자신을 믿기 위해서는 어떻게 해야 할까?'

'노력일까요?'

'단순하지만 그게 진리다. 무인으로서 살아간다는 것은 매 순간

순간 미지의 영역에 내던져지는 것이다. 나이를 먹고, 경험이 쌓여도 그런 두려움은 사라지지 않지. 그것을 극복하기 위해서는 자신을 믿을 수 있는 경험을 쌓아나가야 한다. 너를 지탱하는 것은 네가 살아오면서 쌓아온 것들이니까.'

귀혁의 가르침은 형운의 마음속 보물 서랍이었다.

어려운 상황을 맞닥뜨려서 불안이 사무칠 때마다, 공포가 마음을 압박해서 비명을 지르고 싶을 때마다 형운의 마음은 늘 과거로 돌아간다. 죽을 것처럼 힘들었던 수련들을 떠올리고, 귀혁의 가르침을 되새기면서 마음을 바로 세웠다.

'나는 그만큼 힘든 수련을 해왔다. 요령 피우지 않고, 도망치지도 않고 그 시간을 버텨온 것은 이런 순간을 위해서였다.'

그 경험들 덕분에 형운은 지금 무너지지 않고 서 있을 수 있었다.

"신기한 곳이군."

암초의 입구로부터 이어진 통로는 자연적인 동굴이 아니었다. 인공적으로 만들어졌다는 것을 알 수 있었다.

하지만 그것은 사람의 손으로 파낸 것과는 느낌이 달랐다. 암석도 파낼 수 있는 거대한 두더지가 굴을 팠다면 이런 느낌이 아닐까?

천유하가 물었다.

"양 소저, 수면보다 낮게 내려왔는데 밀물 때도 물이 안 들어오나?"

"안 들어와. 그 정도 장치는 되어 있어."

양진아는 확신에 차서 말했다.

통로는 생각보다 길었다. 구불구불 돌아서 200보 이상을 걸은 후에야 아래쪽에 위치한 공간에 도달할 수 있었다.

문득 서하령이 작게 노래를 불렀다.

라아아아아…….

"뭐하는 거야?"

양진아가 눈살을 찌푸리고 말았다. 서하령이 음공으로 사방을 두들겨 봤다는 것을 알았기 때문이다.

서하령이 말했다.

"처음 올라온 암초랑 분리된 공간이네. 암초 밑에다가 석조 건축물을 붙여놓은 것 같은 구조인데, 괜찮은 거야?"

그 말에 양진아가 놀랐다. 하지만 곧 그녀는 그 과정을 파악했다.

서하령은 어두컴컴한 통로 속에서도 어느 순간 자기가 밟는 돌의 질감이 달라졌다는 것을 눈치챘다. 아마도 발소리가 달라진 것에서 위화감을 느낀 것이리라.

'천천히 걷고 있었던 만큼 소리의 차이를 느끼기는 힘들었을 텐데…….'

실제로 양진아는 그 차이를 감지하지 못했다.

음공을 연마했기 때문일까? 아니면 다른 이유가 있는 것일까?

어쨌거나 서하령은 그 차이를 눈치챘다. 그리고 음공으로 사방을 두들겨 보고는 이곳의 구조를 간파한 것이다.

"칫. 이래서 성운의 기재란."

"네가 할 소리가 아닌 것 같은데, 양진아."

서하령이 코웃음을 쳤다.

천유하가 쓴웃음을 지었다.

"한자리에 셋이나 모여 있으니 별로 희귀하다는 느낌이 안 들긴 하지만."

세 성운의 기재는 아주 자연스럽게 형운을 바라보았다. 형운이 당혹해하며 물었다.

"음? 왜?"

"아니, 아무것도 아냐."

"우리보다 네가 신기하다고."

서하령과 양진아가 투덜거렸다.

양진아가 말했다.

"불을 밝힐 테니까 눈 조심해."

곧 사방에서 반딧불 같은, 하지만 광량은 등불보다도 높은 빛의 구체들이 나타나더니 허공을 떠돌기 시작했다.

그러자 그들이 있는 공간이 적나라하게 드러났다.

바닥은 완벽하게 평평하게 다져져 있는 데 비해 주변은 울퉁불퉁했다. 넓이는 좀 빡빡하기는 해도 열여섯 명이나 되는 일행 모두를 수용할 수 있었다. 그리고 벽에는 다른 곳으로 이어지는 문 몇 개가 보였다.

형운이 양진아를 보며 물었다.

"생각보다 넓은데?"

"방을 뒤져보면 밀봉해서 보존된 건량하고 약도 있어. 호흡할 수 있는 공기와 식수를 만드는 장치도 있고. 혼자일 경우는 반년까지도 지낼 수 있도록 설계되었으니까."

"굉장하군. 이 은신처는 청해용왕대에서 만든 건가?"

"아니, 청해궁에서 만든 거야. 나를 위한 거지. 달리 아는 사람이 없어."

이곳 말고 청해용왕대의 다른 사람들과 공유하는 은신처도 몇 있었다. 그곳들은 추후에 찾아가 볼 생각이었다. 자세한 상황을 파악하고 살아남은 자들을 모아서 반격을 준비할 것이다.

서하령이 말했다.

"훌륭하기는 하지만 여기가 절대적으로 안전하다는 보장은?"

"없어. 적이 해루족만이라면 절대적으로 안전하다고 자신했겠지만……."

양진아가 힘없이 대답했다.

이곳은 인어공주의 딸인 양진아를 위해서 청해궁에서 신경 써서 마련해 준 곳이다. 그녀가 이곳에 들어온 이상 외부에서 쉽게 찾아내거나 침입할 수 없는 안전장치들이 작동한다. 심지어 해루족 주술사들의 예지조차도 차단할 수 있었다.

하지만 적은 해루족만이 아니다. 청해용왕대 내부의 반역자들, 요마군도, 그리고 흑영신교까지 있으니 도저히 안전을 장담할 수 없다.

"그래도 잠깐이나마 숨 돌릴 시간을 벌 수 있을 거야. 그리고 일단 움직이기 시작하면 그때부터는 괜찮아."

"무슨 뜻이야?"

"아까 전에 서하령 네가 지적했듯이, 이 은신처는 입구의 암초와는 별도로 만들어서 붙여둔 곳이야. 그리고 그렇게 만든 이유는 이 은신처의 위치가 시간에 따라서 바뀌기 때문이지."

양진아의 설명에 다들 이해할 수 없다는 표정을 지었다.

바다 밑에 있는 건축물의 위치가 시간에 따라서 바뀐다고? 어떻게 그럴 수가 있단 말인가?

"내가 들어와서 시설을 작동시켰으니 한 시진(2시간) 안에 알게 될 거야. 일단은 급한 일부터 처리하자."

다들 의아해하면서도 그 말에 따랐다. 은신처에 도달하자 긴장이 풀려서 쓰러질 것 같았기 때문이다.

부상자들의 상처를 다시 치료하고, 비약을 먹고 가볍게 운기조식해서 내공을 회복했다. 형운이 돌아가면서 진기를 불어넣어서 그 과정을 도와주었다.

'놀라워.'

양진아는 새삼 놀람을 금할 수 없었다.

형운이 불어넣어 준 진기가 너무나도 정순하다. 자신도 진기의 질적인 면에서는 뛰어나다는 자부심이 있었는데, 형운의 것과 비교하니 청정수와 흙탕물 정도의 격차가 있었다.

'이게 정말 사람의 기운이야?'

믿을 수가 없었다. 인간과 달리 완전히 한쪽 성향으로 특화된 영수의 기운이라도 이 정도 정순함을 갖는 것은 불가능하다.

형운이 꽤 많은 진기를 불어넣어서 운기조식을 도와주고, 일행이 건져 온 비약을 먹은 덕분에 상태가 한결 나아졌다. 그런 양진아에게 서하령이 말했다.

"일단 쉬게 해주고 싶지만, 네가 당장 가르쳐 줬으면 하는 게 있어."

"뭐지?"

"수공(水功)."

"뭐?"

"청해용왕대의 비전 무공을 알려달라고 하는 게 아니야. 너라면 내공심법의 종류와 별개로 진기의 운용만으로도 써먹을 수 있는 수공 정도는 알고 있겠지? 그게 필요해."

해루족과의 일전으로 서하령은 자신들이 얼마나 취약한 상황인지를 절감했다.

일행의 전력은 굉장하다. 형운을 제외하고도 서하령, 천유하, 마곡정, 가려 네 명이 실전에서 수상비를 능숙하게 운용하면서 싸울 수 있다.

하지만 그것만으로는 안 된다. 수상비를 지속하는 것은 내력 소모가 심한 데다가 바다 밑에서 덮쳐오는 적들을 상대하기도 까다로웠다.

양진아가 말했다.

"가르쳐 줄 수는 있겠지만, 의미가 있을까?"

"있어. 나와 천 공자라면."

"…하긴, 나라도 그렇게 대답하겠네."

다른 사람이 이제까지 생판 모르던 무공을 익히겠다고 하면 미친 짓이라고 할 것이다.

하지만 성운의 기재가 그렇게 말한다면?

"좋아. 잘 들어. 솔직히 난 누구 가르치는 일은 잘 못하지만 너희라면 비급의 내용을 읊어주는 것만으로도 충분하겠지. 밖

에 나가서 시험해 보는 건 몸이 좀 회복된 후에 하더라도… 뭐
한 일각 정도면 기본은 다 알려줄 수 있겠네."

당장 겉으로 드러나는 무공의 형태만을 보고도 그 진체를 파
악하고, 공백을 상상력으로 채워서 재현해 내는 게 가능한 천재
들이다. 해설까지 붙어 있는 책을 읽는 것만으로도 무공을 터득
하는 게 불가능하지 않았다. 하물며 시범을 보여줄 사람까지 있
다면야.

물론 다른 사람들이 보기에는 어이없는 소리다. 무공이라는
게 그렇게 쉽게 터득할 수 있는 것이었던가?

"일단 당장 수중에서 쓸 만한 공격 기술을 알려줄게. 이게 가
장 쉬우니까."

하지만 그들은 사람들이 어이없어하든 말든 말도 안 되는 속
도로 기술을 가르치고 습득하기 시작했다.

6

"음?"

양진아가 예고한 대로 한 시진(2시간)가량의 시간이 지났을
때, 잠시 눈을 붙이고 있던 형운이 눈을 떴다.

"공자님, 더 주무셔도 됩니다. 아직 아무 일도 없습니다."

무일이 말했다.

아무리 형운이 강건하다고 해도 살아 있는 사람이다. 여기까
지 오는 동안 누구보다도 많은 일을 하고, 수면을 취하지도 않
았다. 게다가 일행의 회복을 돕기 위해 진기까지 아낌없이 불어

넣어 준 그에게는 다들 휴식이 필요하다고 생각했다.

하지만 형운은 불과 일각 정도 누워 있다가 깨어났다.

"누군가 우리를 보고 있어. 굉장히 큰 뭔가가… 사람이 아닌 것 같은데?"

"뭐?"

깜짝 놀라서 물은 것은 양진아였다.

"나보다도 먼저 느꼈단 말야?"

"뭐가 오는 게 맞군. 바다영수인가?"

형운은 자신의 능력에 대해서 설명하는 대신 되물었다.

양진아가 혀를 찼다.

"맞아. 하지만 아직 나와 감응이 시작되지도 않았는데… 아, 이제 왔네."

"바다영수라니, 무슨 소리지?"

서하령이 경계심을 내비치며 물었다. 설마 벌써 수공을 써야 할 때가 다가오기라도 하는 것일까?

지금까지 그녀와 천유하는 양진아에게 수공에 대해서 배우고 있었다. 짧은 시간 동안 물속에서 쓸 수 있는 특수한 기공파를 비롯해서 유용한 기술을 여럿 배웠다. 양진아는 무공의 요체를 설명하고 한 번 기의 운행을 시범 보였을 뿐이지만 두 사람에게는 그것으로 충분했다.

양진아가 씩 웃었다.

"아까 말했지? 이 은신처는 움직인다고. 왜 그런지 곧 알게 될 거야."

곧 일행 중에 기감이 예민한 이들은 다들 느낄 수 있었다. 거대한 기파를 흘리는 존재가 다가오고 있는 것을.

잠들어 있던 이들도 하나둘씩 깨어나기 시작했다. 그리고…….

쿠궁…….

은신처가 가볍게 흔들렸다.

당황하는 일행을 양진아가 진정시켰다.

"괜찮아. 청해궁의 사자인 청해귀령(靑海龜令)이니까. 말을 걸어올 거야."

─공주님, 무사하셔서 다행입니다.

말하기가 무섭게 모두의 머릿속에 느릿느릿한 목소리가 울려 퍼졌다. 근엄한 노인의 목소리 같은, 하지만 육성이 아니라 심상에 울려 퍼지는 정신적 파동이었다.

형운은 오싹했다.

'굉장히 격이 높은 영수다.'

형운은 영수를 많이 보지는 못했다. 하지만 청해귀령이 보통 영수가 아니라는 것은 확신할 수 있었다.

'이 정도면 곡정이 할아버지 이상일지도…….'

유설은 물론이고 설산의 청안설표 일족의 장, 청류보다도 거대한 기운을 지닌 존재다.

일월성신의 눈이 청해귀령을 본다.

사방이 막혀 있어도 상관없다. 벽을 꿰뚫고 그 너머, 해가 저문 후라서 바다가 칠흑인 것도 개의치 않는다.

그저 그곳에 있는 거대한 존재의 기를 시각화해서 심상에 그려낸다.

'바로 옆에 붙어 있는 게 아니라 30장(약 90미터) 정도 떨어져 있다. 암초들 때문에 들어오지 못할 정도로 커.'

거대한 거북이가 그곳에 있었다.

형운이 실물로 거북이를 보는 게 처음은 아니었다. 별의 수호자에서 약재로 가져온 것도 보았고 청해성에 온 후로 시장 등에서 보기도 했다.

하지만 청해귀령의 모습을 보니 놀라움으로 숨이 막혔다.

생김새만 보면 영락없는 거북이였다. 거북이 하면 느긋한 인상이지만 청해귀령의 얼굴은 다소 무서워 보인다. 눈매가 날카롭게 찢어져 있기 때문이다. 하지만 검고 깊은 눈동자에는 악의가 없었다.

신기한 것은 머리에 하얀 털이 나 있다는 점이다. 청해귀령은 전체적으로 검푸른 암석 같은 색깔을 띠고 있었는데 그 속에서 머리에 난 하얀 털이 물의 움직임에 따라서 살랑거리는 것이 굉장히 눈에 띄었다.

그리고 무엇보다 컸다. 엄청나게 컸다.

'청룡 님도 집채만 했지만… 이건 거의 작은 산이 움직이는 것 같은데?'

어느 정도냐 하면 일행이 있는 은신처 정도는 등 위에 가뿐하게 올려놓을 수 있을 정도다.

그 정도 덩치다 보니 암초들이 모여 있는 곳에는 들어오지 못하고 그 바깥쪽에 있었다.

'그럼 왜 은신처가 흔들렸지? 아!'

의문을 품었던 형운은 곧바로 답을 깨달았다.

허공섭물이다.

인간이 무공을 통해 구현하는 것과는 전혀 다른 방식이겠지만 결과는 같다. 보이지 않는 힘으로 은신처를 붙잡고 암초로부터 떼어내려고 하고 있었다.

쿠구구궁…….

"이, 이거 괜찮은 건가?"

마곡정이 새파랗게 질려서 중얼거렸다. 굉음이 울리면서 은신처가 움직이고 있었다. 사방이 막혀 있는 바닷속에서 은신처가 부서지기라도 했다가는 다 수몰될 게 아닌가?

─괜찮다. 그곳은 애당초 그렇게 만들어진 곳이니.

청해귀령이 차분하게 말했다. 그리고 문득 고개를 갸웃하며 물었다.

─너는 뭔가? 나를 보고 있군? 맞지?

정말로 바닷속에서 고개를 갸웃하는 게 보여서 형운은 무심코 웃어버릴 뻔했다.

"그렇습니다."

형운이 대답하자 다들 놀라서 그를 바라보았다.

양진아는 아연해했다.

"뭐야, 청해귀령이 보인다고? 이곳에서? 너 술법도 쓸 수 있어?"

"그런 건 아니지만, 보여."

동시에 형운은 한 가지 사실을 깨닫고 눈을 떴다.

기감이 감지한 것을 시각화하고 있다고 생각했다. 실제로도 처음에는 그랬다. 하지만 지금은 아니었다.

그냥 보인다.

'상대가 나를 보면, 나 또한 상대를 본다.'

예지의 힘으로 자신을 보려고 한 자들을 보았듯이, 이제는 그럴 수 있었다.

누군가 자신을 본다면, 자신도 그를 볼 수 있다.

그리고 이것은 연구해 봐야 확신할 수 있는 문제겠지만 어쩌면 '보는 능력'의 우열에 따라서는 상대는 자신을 보지 못하게 하고 자신만 일방적으로 보는 것도 가능하리라. 해루족의 주술사들에게 그랬던 것처럼.

'단순히 시선을, 거기에 담긴 감정만 알 수 있는 게 아니라 이런 일까지……'

허탈한 웃음이 나왔다. 또 일월성신의 잠재력이 깨어나 버린 것이다. 아마도 해루족의 주술사들이 자극한 것이 계기가 되었으리라.

'그게 아니었어도 언젠가는 깨어났겠지만.'

하지만 자신이 그럴 수 있다는 것을 깨닫고, 그 기능을 활용할 기술을 궁리하는 것은 보다 훗날이 되었으리라.

―신기한 인간이군. 정말 인간인가? 인간인데 인간이 가질 수 없는 기운을 가졌어.

"그런 이야기를 많이 듣는 편입니다. 정식으로 인사드리겠습니다. 별의 수호자의 형운이라고 합니다."

―별의 수호자인가? 오랜만에 듣는 이름이군.

그러는 사이 은신처가 암초로부터 완전히 분리되어서 청해귀령이 있는 곳으로 움직이기 시작했다. 다들 기겁해서 주변을 살펴보았지만 물이 들어오는 낌새는 없었다.

서하령이 놀람을 감추지 못하고 물었다.

"은신처의 위치가 움직인다는 게 이런 의미였어?"

"그래. 조금 전까지는 안전을 장담할 수 없었지. 하지만 적어도 우리가 다른 은신처로 가는 동안은 안전을 장담할 수 있어. 믿을 수 있겠지?"

"지은 죄를 잊고 의기양양한 게 마음에 안 들지만, 인정할게."

서하령은 비아냥거림을 잊지 않았다. 양진아는 발끈했지만 그녀에게 신경질을 내는 대신 청해귀령에게 물었다.

"청해귀령, 혹시 우리를 청해궁으로 데려다줄 수 있어?"

―청해궁의 부탁 없이 뭍의 존재를 데려가는 건 제 계약 사항에 없습니다만?

"긴급 상황인데 그렇게 야박하게 굴 거야?"

양진아는 자신보다 까마득하게 오랜 세월을 살아온 대영수를 친근하게 대하고 있었다. 할아버지에게 어리광부리는 손녀 같았다.

―하하하. 공주님 떼쓰는 건 이길 수가 없지만, 지금은 안 됩니다.

"왜?"

―청해궁은 지금 손님을 받을 상황이 아니니까요. 이미 대부분의 인원이 대피했습니다.

그 말에 양진아의 낯빛이 창백해졌다. 그녀는 불길한 예감이 들어맞았음을 깨달았다.

"전날, 일이 터지기 전에 꿈을 꾸었어. 바다에서 검은 아지랑이 같은 환경이 거대하게 피어나는 꿈이었지. 혹시 관계가 있을까?"

―있을 겁니다.

"무슨 일인지 알려줄 수 있어?"

―봉인에 균열이 생겼습니다.

"암해의 신……."

양진아가 숨을 삼켰다.

형운에게 그것이야말로 신화의 영역이라고 말했던 우려가 현실이 된 것이다.

"어떻게 그럴 수가 있어?"

―봉인의 기둥 중 하나가 파괴되었다는 말만 들었습니다. 그 정도로 봉인이 깨어지진 않겠지만, 균열이 생기긴 하는 거지요.

"설마 이번 반란의 목적이 그것일까?"

―공주님이 이곳에 오신 것으로 보아서 뭍에서도 난리가 났다는 건 알겠습니다. 하지만 유감스럽게도 전 큰 도움은 드릴 수 없을 것 같군요. 사실 제 영역에 나타난 것들을 상대해야 하는 처지인데 계약 때문에 몸을 뺀 겁니다.

"고마워, 그리고 미안해. 내가 보답으로 다음에 뭍에서 좋은 거 구해다 줄게."

―기대하지요.

석제 상자처럼 만들어진 은신처는 암초들 사이를 통과해서 청해귀령의 등 위에 달라붙었다. 그리고 청해귀령은 서서히 몸을 돌려서 바다 밑을 헤엄치기 시작했다.

대주술사 모람은 몸이 불덩이처럼 뜨거워져서 힘겨운 숨을 내뱉었다. 예지의 힘으로 양진아를 찾아내다 실패한 반동이었다. 아니, 정확히는 형운에게 반격당한 반동이라고 해야 할 것이다.

그나마 모람의 상태는 양호한 편이다. 다른 주술사들은 의식을 잃고 신음하고 있었다.

본래 주술이 실패했다고 이런 반동이 찾아오지는 않는다. 같은 주술사, 혹은 뭍의 기환술사들에게 반격을 당한다면 또 모를까.

"후우."

모람은 주술적 고양 효과가 있는 향초를 태우고 연기를 들이마셨다. 의식이 끊어질 것 같은 고통을 망각하고 정신을 또렷하게 만들면서 사람 좋은 인상의 흑영신교도를 노려보았다.

"당신들이 저자를 들여다보지 말라는 이유가 이런 거였군."

"그렇습니다. 하지만 설마 옆에 있는 자를 들여다보는 것만으로도 이렇게 될 줄은……."

흑영신교도는 유감이라는 표정을 지었다. 속내는 전혀 그렇지 않았지만 말이다.

'예상대로 주술로 발휘하는 예지는 정밀성이 떨어진다. 서로의 역량을 모으면 목표로 한 국면에 대해서 많은 정보를 모을 수는 있지만, 누구를 어디까지 볼지 제어하기가 어려운 게 분명

하다. 그리고 그것이 흉왕의 제자가 반응한 이유일 터.'

간밤에 추격전의 결과를 알아냈을 때는 문제가 없었다. 그때는 형운을 표적으로 삼아서 주시하지도 않았고, 내면을 들여다보거나 인과를 파악하려고 하지도 않았다. 그저 형운이 끼어들어서 벌어진 일의 결과만을 보았을 뿐이기에 괜찮았던 것이다.

'신녀께서 가정하신 게 옳았어. 유용한 자료를 얻었다.'

그는 흑영신교 이십사흑영수의 일원, 혈귀수(血鬼手)였다.

일반인 사이에 갖다 놔도 위화감을 느낄 수 없을 정도로 사람좋은 인상의 소유자였다. 또한 마기(魔氣)조차도 완벽하게 감춰서 자신을 위장하고 있다.

혈귀수는 기환술사로서의 기량을 인정받아서 그 지위에 오른 인물이다. 기환술사 중에서는 희귀한 축에 속하는, 무공도 연마해서 실전에서 싸우는 것을 거리끼지 않는 자이기도 했다.

무인일 뿐만 아니라 영적 자질, 그것도 기환술사의 자질을 갖추고 있다는 점에서는 팔대호법의 후보가 될 만한 인물이다. 하지만 유감스럽게도 무인으로서의 격이 많이 떨어져서 이십사흑영수에 머물고 있었다.

'하지만 현재 흑서령의 자리는 공석이고 이번 작전에서도 팔대호법이 죽을 가능성이 높은 상황. 이번에 내가 맡은 역할만 제대로 수행한다면 충분히 은총을 바랄 수 있다.'

팔대호법의 자리에 오르는 자는 무인으로서만 뛰어나서는 안 된다. 영적인 능력만 뛰어나서도 안 된다. 양자를 고루 갖춰야 한다.

그만큼 자격이 있는 자가 귀하다. 거듭된 격전 속에서 인재를 소모한 흑영신교는 결국 흑서령의 자리를 채우지 못하고 공석으로 남겨두고 있었다.

하지만 후보가 없지는 않았다. 성지의 비고에 있는 교의 보물을 써서 의식을 치름으로서 부족한 부분을 채운다면 팔대호법이 될 만한 그릇으로 만드는 게 가능하다. 과거 귀검마녀(鬼劍魔女)라 불렸던 흑월령처럼.

그런 경우가 되려면 그 능력과 흑영신에 대한 믿음을 높이 평가받아야 한다. 큰 공적을 세우는 것이 필수였다.

'팔대호법이 되어 흑영신의 위대한 의지를 직접 접한다…….'

흑영신교도로서는 상상만 해도 가슴 벅찬 영광이었다. 흑암정토가 내세의 구원이라면 팔대호법의 자리는 연옥에서 추구할 수 있는 최고의 명예다.

모람이 물었다.

"그쪽 일은 어떻게 진행되고 있소?"

"어떤 일을 말씀하시는 겁니까?"

"기둥에 대한 것부터 듣지."

"우리 쪽 인원이 청해용왕대가 알고 있는 기둥을 찾고 있습니다. 청해궁은 정신없는 상황일 테니 오래 걸리지 않을 겁니다."

암해의 신은 청해궁에 봉인되어 있다. 하지만 그 봉인을 구성하는 거대한 술법은 청해군도 전체의 영맥을 이용하는 구조였다.

이 거대한 땅의 힘을 통째로 써야만 봉인할 수 있는 존재, 그것이 바로 신이다.

그 술법의 핵심은 다섯 개의 기둥이었다. 청해군도 곳곳에 흩어져 있으며, 그중 하나의 위치는 해루족에게 전승되어 왔다. 흑영신교와 손잡은 해루족은 큰 희생을 치르면서 기둥 하나를 파괴했고, 그 결과 청해궁은 외부 상황에 신경 쓸 수 없는 상황이 되었다.

혈귀수가 말했다.

"두 개째를 찾아서 파괴하면 승리는 굳어지는 겁니다. 신을 영접할 준비만 하면 되겠지요."

봉인을 완전히 파괴할 생각은 없다. 암해의 신이 완전히 구속에서 풀려나는 것은 해루족도 원치 않는 사태다.

그저 그의 의지, 그리고 가호만을 끌어내고 싶을 뿐이다. 신을 되찾아서 청해군도를 통일하고 아득한 옛 영광을 수복하는 것이 목표였다.

'그리고 우리는 그 와중에 흉왕의 제자를 제거하고, 새로운 용왕을 손에 넣는다. 그뿐이지.'

혈귀수는 속으로 웃었다.

모람이 물었다.

"용왕은?"

"아직 싸움이 계속되고 있습니다. 아무리 빨라도 사흘, 길면 그 두 배 이상 걸리겠지요. 물론 그동안 우리 일은 끝나겠지만."

그렇게 대답한 혈귀수가 막사를 나서서 밖으로 나갔다.

우르릉……!

숲 저편에서 벼락이 치면서 굉음이 울려 퍼졌다.

아니, 그것은 자연적인 현상이 아니다. 지상으로부터 무시무시한 힘이 발출되고 그 결과 대기가 뒤흔들린 것이다.

혈귀수는 전율했다. 그의 기감이, 그리고 영감이 그 힘의 무서움을 깨닫고 있었다.

"정말 오싹하군. 저 진법 안에서 외부에 이 정도로 강렬한 힘을 발하다니……."

청해용왕 진본해는 흑영신교와 해루족이 준비한 함정에 갇혀 있었다.

저편에서 새카만 어둠의 기운이 피어오르고 있었다.

흑영신교와 해루족이 수백에 달하는 인신 제물을 포함한 막대한 자원을 투입하여 구축한 삼라허상진(森羅虛像陣).

지금 이 순간에도 해루족의 주술사들과 흑영신교의 기환술사들이 힘을 모아서 저 진을 유지하고 있었다.

죄 없는 인간의 목숨을 끊고, 그들의 몸과 마음을 이루는 모든 것을 제물로 바쳐서 저 아득한 곳에서 그들을 굽어살피는 신의 힘을 구현하는 연료로 삼는다.

스스로 생각하는 능력과 의지를 지닌 인간이야말로 술법을 위한 최고의 자원이었다.

하지만 그런 개념으로 인간을 대하고 희생시키는 것은 인간의 도리를 저버린 사악한 자들이나 가능한 일이다. 마인 기환술사들이 정도를 걷는 기환술사는 쓸 엄두도 못 내는 큰 술법들을 펑펑 써댈 수 있는 이유이기도 했다.

"후후. 헛된 발버둥을 계속해 주시오."

마계와 이어진 기환진 속에서 진본해는 끊임없는 싸움을 강요받고 있다. 환마, 요괴, 마수… 온갖 사악한 것이 그를 물어뜯기 위해 덤벼들리라.

그러고 나면 흑영신교에서 고르고 고른 전투 병력과 그에게 씻을 수 없는 원한을 품은 자, 흑영신교와 손잡고 새로운 청해 용왕이 되고자 하는 자가 덤벼들 것이다. 끊이지 않는 차륜전으로 진본해를 궁지로 몰아넣는다.

그 방식은 철저한 소모전이다. 이쪽이 삼라허상진에 부어 넣는 자원이 먼저 바닥나는가, 아니면 진본해의 힘이 먼저 다하는가.

"설령 진본해 그대가 우리의 안배를 깨고 나온다고 할지라도, 이미 할 수 있는 일은 아무것도 남지 않았을 테니까……."

혈귀수는 자신이 할 일을 되새기며 차갑게 미소 지었다.

제64장

유혹

성운을
먹는자

1

　마곡정은 자신의 재능에 수도 없이 절망해 왔다.

　그는 영수의 혈통이라 순혈의 인간과는 비교도 안 되는 신체적 잠재력을 지닌 존재고, 무공을 익히지 않은 어린 시절에도 이미 성인 장정을 장난감 취급할 수 있는 초인이었다.

　그런 그가 풍성 초후적의 제자가 되어 최고의 환경에서 무공을 연마했으니 그야말로 호랑이가 날개를 단 격이다.

　별의 수호자 무인들의 질은 강호 무인들의 평균을 크게 상회한다. 말단 무인들만 나서도 흑도에서 제법 한다 하는 조직을 순식간에 말살시킬 수 있을 정도다.

　풍족한 지원과 내부의 치열한 경쟁, 그리고 이권을 수호하기 위한 실전 경험까지 갖췄으니 당연한 일이다. 예전에 형운이 위장 신분을 만들기 위해 나섰을 때 무일이 지적한 바 있지만 그들의 강호 경험은 치열하기 짝이 없어서 흑도 무리들의 인식조차도 말랑말랑하게 치부해 버린다.

마곡정은 그런 별의 수호자 무인들 중에서도 두각을 드러내는 존재였다.

탁월한 육체 능력과 영수의 힘만으로도 동격의 무인을 크게 상회하는데, 무공에 대한 이해마저도 깊다. 불과 열아홉 살에 의기상인의 경지에 이른 자가 얼마나 되겠는가?

하지만 그래도 그는 자만해 본 적이 없다.

어린 시절의 그는 앞뒤 가리지 않고 공격적이었던 것이지 오만방자했던 것이 아니다.

'젠장. 네놈들 옆에 하령이 누나 같은 사람 하나만 있어봐라. 자만심? 그게 대체 뭐하는 건데?

서하령 때문에 그는 한 번도 최고였던 적이 없었다. 그저 그녀에게 안 맞고, 아니, 좀 덜 맞고 살려고 필사적이었을 뿐이다.

"큭!"

마곡정은 자신의 도로 정면으로 날아드는 삼지창을 비껴내며 신음했다.

마치 발사된 화살처럼 빨라서 바위도 꿰뚫을 강격이라고 생각했다. 그런데 실제로 받아내 보니 툭 갖다 대는 수준이 아닌가?

오히려 흘려내는 기세가 과했다. 그리고 그것이 상대가 노린 바였다. 기다렸다는 듯 찔렀던 창을 살짝 빼냈다가 다시 찌르는 변화를 일으킨다.

마곡정은 거기에도 반응했다. 하지만 다음 순간 그는 경악으로 눈을 부릅떴다.

창끝이 그가 반응했던 곳과는 미묘하게 틀어진 지점을 찌르고 있었다. 절묘하게 한 치 앞에서 멈췄다.

"흠."

시큰둥한 표정으로 흑색의 철창을 거두는 것은 은은한 푸른 빛이 도는 흑발을 뒤로 묶어 올린 양진아였다.

그녀가 작게 한숨을 쉬면서 말했다.

"나 이제 좀 쉬고 싶은데. 솔직히 힘들어."

"…고마워, 양 소저."

마곡정은 분한 기색을 역력하게 드러내면서 말했다.

이 대련은 마곡정이 요청한 것이다. 양진아는 몸 상태가 정상이 아니었지만 지은 죄가 있는지라 이 요청에 응해서 열 번을 상대해 주었다. 그리고 열 번 다 그녀가 이겼다.

'하지만 놀라운데?'

겉으로는 시큰둥한 표정이었지만 양진아는 내심 놀라고 있었다.

처음 대련을 시작했을 때는 충분히 봐주면서 했는데도 다섯합 만에 승부가 났다. 하지만 마지막에는 진지하게 했는데도 쉰합을 넘게 버틴 것이다.

'의기상인까지 썼는데……'

마곡정은 기공파는 서로 봉하더라도 의기상인은 쓸 것을 요청했고 그녀는 그에 응해주었다. 그리고 이 부분에서는 둘의 수준 차가 컸다.

솔직히 양진아는 마곡정을 무시하고 있었다. 형운 일행이 평균적으로야 괜찮은 전력이지만 그중에서 자기가 인정할 만한 실력자는 형운과 서하령, 천유하뿐이라고 생각했던 것이다.

하지만 직접 상대해 보니 인식이 바뀌었다.

'이 정도면 웬만한 해루족 용사들도 별로 어렵지 않게 잡겠어.'

호쾌함과 변화무쌍함을 양립한 격투 능력은 양진아가 보기에도 훌륭하다. 신체 능력은 내공 수위로 짐작할 수 있는 수준을 크게 상회한다. 게다가 실전에 들어가면 냉기를 다루는 능력까지 더해질 터.

'서로 만전의 상태에서 싸운다면… 뭍이라면 나도 쉽게 볼 상대는 아니야.'

물론 바다에서라면 상황이 다르다.

잠시 생각하던 그녀가 머릿속으로 조금 전의 대련을 되새겨 보고 있던 마곡정에게 말했다.

"마 공자, 당신이 겪은 화군의 무공에 대해서 설명해 줘. 보고 느낀 것들을 간추리기만 해도 좋아."

마곡정이 양진아에게 대련을 부탁한 것은 화군을 쓰러뜨리기 위해서다.

의기상인을 다루는 기량의 수준 차는 당장 어쩔 수 있는 것이 아니다. 하지만 해룡창법에 대해서라도 파악해야 승기가 보이지 않겠는가?

'나는 약자다. 게다가 절대적으로 불리한 판이지. 수단 방법

을 가릴 생각은 없어. 동원할 수 있는 모든 수를 써서 놈을 쓰러뜨린다.'

마곡정의 투지는 그 어느 때보다도 격하게 불타오르고 있었다.

"음, 그자는……."

양진아의 요구에 마곡정은 생각을 정리했다.

'적을 판단할 때 결코 감정에 휘둘리지 마라.'

풍성 초후적은 스승으로서 자상하지도, 친절하지도 않았다. 하지만 결코 불성실하지 않았다. 그는 마곡정에게 자신의 무공을 철저하게 가르쳤으며 무인으로서 가져야 할 마음가짐을 단단히 각인시켰다.

형운과 귀혁처럼 정이 깊은 관계는 아닐지언정, 마곡정 역시 스승을 존경하고 가르침을 신뢰했다.

"흠……."

마곡정의 이야기를 들은 양진아의 표정이 심각해졌다.

'화군. 실력을 직접 본 적은 없지만 해루족의 용사 중에서도 상당한 실력자라는 말은 들었는데… 이 녀석의 설명대로라면 둘째 사형과 필적하는 수준인데?'

청해용왕 진본해의 제자는 총 다섯 명이다.

대제자 사웅, 어린 시절 대륙에서 도망쳐 온 그는 채 마흔이 되기 전에 심상경의 절예를 터득한 천재였다. 차기 청해용왕 자리가 확실시된다는 평을 듣는 무서운 실력자다.

둘째 제자 박리연은 제자들 중 가장 연상으로 부드럽고 편안한 성품의 소유자였다. 무공은 사숭보다 떨어지지만 누구에게나 존중받았다.

셋째 제자 가돈은 사숭의 강력한 경쟁자였다. 요괴와 인간 사이에서 태어났고, 어린 시절 자신을 학대하던 아버지 요괴에게 잡아먹힐 뻔한 것을 진본해가 구해서 제자로 삼았다. 요마군도의 요괴들에게 맹렬한 적개심을 품은 그는 사숭보다 네 살 어렸고 자질과 성취 면에서도 자주 비교되는 강자였다.

넷째 제자 배안은 말솜씨가 좋은 청년이었고, 나이 차가 얼마 안 나서 양진아하고도 친했다. 하지만 무공 실력은 양진아에게 추월당한 지 오래였다.

마곡정의 설명을 근거로 판단해 보면 화군의 무공은 배안보다는 우위지만 박리연을 넘지는 못할 것이다.

하지만 문제는 그의 무위가 아니라, 그가 익히고 있는 무공이다.

그는 청해용왕대의 무공을 익히고 있다. 그것도 진본해의 제자인 박리연과 비교될 정도의 수준으로.

'그것도 하필이면 해룡창법과 해룡시……'

물론 청해용왕대의 무공이 이 둘만 있는 것은 아니다. 청해용왕대는 무인 집단으로서도 역사가 깊고 그 질이 뛰어나니까.

당장 장로인 해파랑은 해룡창법이 아니라 청해용검(靑海龍劍)을 주력 무공으로 익히고 있다. 그 외에도 맨손 격투술부터 시작해서 다양한 병기에 대응하는 무공들이 존재한다.

진짜 심각한 것은 해룡창법보다는 해룡시가 유출되었다는 사실이다.

해룡창법과 청해용검, 그리고 다른 청해용왕대의 무기술 사이에는 우열이 없다. 역대 청해용왕들이 때로는 검객이었고 때로는 창수였으며 때로는 권사였던 것만 봐도 알 수 있는 부분이다.

하지만 해룡시는 다르다.

이 궁술이야말로 청해용왕대가 청해의 패자로 군림할 수 있었던 핵심이라고 봐도 과언이 아니었다. 해룡시를 구사하는 궁사들이 다수 있다는 것만으로도 해상전에서 상대에게 압도적인 우위를 점할 수 있었다.

'설령 이번 사태를 성공적으로 진압하더라도, 해룡시가 유출된 이상 우리가 해루족을 상대로 가졌던 우위가 무너져 버려.'

해룡시는 작금의 해상전 양상을 생각하면 두려울 정도로 막강한 전술적 무기였다. 당연히 청해용왕대 입장에서는 배신자들을 포함, 자신들의 무공을 익힌 전원을 말살해야 한다.

하지만 그게 과연 쉬울까?

설령 그 일을 해냈다 한들 저들에게 해룡시의 요체가 남아 있지 않을까?

'하긴…….'

거기까지 생각하던 양진아는 문득 한숨을 쉬었다.

'지금은 그런 훗날의 일보다는 당장의 위기를 타파할 방법부터 찾아내야겠지만.'

양진아의 뇌리에 해파랑의 마지막 모습이 떠올랐다. 그가 어떻게 되었을지 생각하면 가슴이 먹먹해진다.

당장에라도 주저앉아서 울고 싶은 기분이었지만 양진아는 오기로 가슴을 폈다.

'난 아직 책임을 다하지 않았어.'

해파랑이 자신을 희생해 가면서 쥐여준 책임을.

이 책임을 다하기 전까지는 울 수 없다. 양진아는 마음을 다잡았다.

2

해루족의 용사 화군은 안도의 한숨을 내쉬며 막사에서 나왔다. 그곳은 해루족의 정신적 지주 중 한 명, 대주술사 모람의 막사였다.

그는 맡은 임무를 수행하는 데 실패했다.

추후 청해궁이 개입해 올 경우를 대비하는 수단이 될 양진아를 사로잡지 못했고, 그녀를 미끼로 끌어들여서 해치워야 할 정체불명의 외부인들도 놓쳐 버렸다. 세 척의 배 중 하나가 침몰했고 숙련된 전사, 투사들의 희생도 컸다.

전장에 나선 장수로서는 변명의 여지가 없는 대패다. 목숨으로 책임을 물어도 할 말이 없다.

하지만 이런 일로 목을 날리기에는 그는 너무 귀중한 인재였다. 결국 지휘권을 박탈당하고 욕을 많이 먹는 정도로 끝났다.

"사웅."

모람 앞에서 물러난 화군은 사웅을 찾아갔다.

얼굴을 비스듬하게 가로지르는 커다란 흉터가 있는 중년의 사내, 사웅은 동산에 올라서 먼 곳을 바라보고 있었다. 지금 이 순간에도 강대한 힘이 해일처럼 흘러나오고 있는 장소, 청해용왕 진본해를 가둔 삼라허상진이 설치된 숲이다.

사웅이 화군을 돌아보았다.

"무슨 일이지?"

"실패한 벌로 당신 부하 노릇 좀 하라는군."

화군이 마음에 안 든다는 듯 투덜거렸다.

그럴 수밖에 없었다. 사웅은 예전에는 해루족에게 공포의 대상으로 군림하던 존재였다. 청해용왕대를 배신해서 그들의 아군이 되었다고는 하지만 지금까지 쌓인 앙금이 사라지진 않는다.

하지만 새로운 용왕의 자리를 노리는 자, 화군의 숨은 스승이기도 한 자가 공언했다. 사웅은 자신이 일찌감치 청해용왕대에 심어둔 배신의 칼날이었노라고.

또한 사웅은 청해용왕대를 공격하는 초기 단계에도 혁혁한 공을 세웠기에 함부로 비난할 수도 없었다.

그는 자신의 사제, 진본해의 둘째 제자인 박리연을 죽이고 셋째 제자인 가돈을 패퇴시켰다. 그리고 넷째 제자인 배안과 장로 해파랑을 사로잡았다.

사웅이 아니었다면 아무리 철저하게 준비했다고 하더라도 청해용왕대에 이 정도의 타격을 줄 수는 없었으리라. 실제로 청해용왕대의 일원들은 사태를 파악하지도 못하고 우왕좌왕하는 와중에도 해루족과 요마군도의 연합군에 막대한 타격을 입혔다.

사웅은 이 문제에 대해서 가타부타 따지는 대신 물었다.

"상황은 알고 있나?"

"몰라. 욕만 실컷 듣다 왔는데 알겠냐?"

"실패한 것은 너만이 아니다. 내 사제인 가돈을 추적했던 병력이 몰살, 굼린 장로와 기단 장로는 생존자들을 모아서 추적대를 격파하고 탈출, 이 과정에서 과훈이 죽었다."

"과훈이?"

화군이 경악했다.

과훈은 해루족의 용사 중 한 명으로 차기 대용사 자리를 노리고 화군과 경쟁하는 이 중 하나였다. 해루족 전통 무공을 익혔지만 화군도 승산을 장담할 수 없는 탁월한 기량의 소유자다. 그런데 그가 죽었다고?

사웅이 말했다.

"굼린 장로에게 덤볐다가 목이 날아갔다는군. 그렇게 정면승부를 피하라고 경고했거늘……."

사웅은 이번 작전을 수행하기 전에 청해용왕대의 정보를 전달해 두었다. 그 정보에는 당연히 핵심 인물들의 무위에 대한 것도 있었다.

대륙 서방, 하운국 너머에 있는 변방국 출신인 굼린 장로는 사웅이 심상경의 절예를 터득하기 전까지만 해도 진본해를 제외하고 청해용왕대에서 세 손가락 안에 드는 무위의 소유자였다.

화군이 몸을 떨었다.

"무섭군. 굼린 그 늙은이, 백 살 가깝지 않았나?"

그는 왜 과훈이 그런 짓을 저질렀는지 알 것 같았다.

해루족은 청해용왕대의 무서움을 인정한다.

그러나 동시에 그 일원들을 낮춰 보는 경향이 있었다.

모순된 말 같지만, 청해용왕대의 위엄이 어디서 나오는지를 생각해 보면 그럴 만도 하다. 무인으로서는 청해용왕의 업적이며 집단으로서는 해룡시다.

즉 해룡시를 빼고 보면 무인과 뱃사람으로서의 역량은 해루족의 용사들도 뒤지지 않는다. 그런 자부심이 있었던 것이다.

"화군, 네가 싸운 자들은 어땠지?"

"이미 보고를 듣지 않았나?"

"네 견해를 듣고 싶다. 너라면 부하들은 보지 못한 부분까지 보았겠지."

지당한 말에 화군이 벌레 씹은 표정을 지었다. 화군이 내키지 않는 기색으로 말했다.

"괴물들이었지."

"수공은 모르지만 수상비를 쓰는 자가 한둘이 아니었다고 들었다."

"내가 본 것만 다섯. 전원이 공주와 비슷할 정도로 어린 애송이들이었다. 믿어지나?"

"……."

"경공만이었다면 그럴 수도 있겠다고 생각했겠지만, 하나하나가 내게도 위협적일 정도로 강했다. 내게 덤빈 둘 모두 의기상인을 쓰더군. 다른 둘도 그 아래가 아니었을 거다."

"…대단하군. 별의 수호자가 무시무시한 집단이라는 것은 익히 들었지만 그 정도였나?"

사웅도 놀람을 금할 수 없었다. 그만큼 형운 일행의 무위는 비정상적이었다.

사웅이 물었다.

"그런데 지금 말한 것은 넷뿐이군. 나머지 하나는?"

"괴물이다."

"음?"

"기술적으로만 보면 그렇게까지 놀라운 수준은 아니었지만……."

화군은 지금도 믿기 어렵다는 듯 간밤에 겪은 형운의 무위를 이야기해 주었다. 사웅이 신음했다.

"아무래도 진아가 이야기한 그놈 같군."

"그놈?"

"풍혼권이라고 했던가? 진아가 초대한 인물이다. 2년 전, 대륙으로 나갔을 때 완패했다고 인정했던……."

"……."

대륙 사람들이 청해군도의 사정을 잘 모르듯, 청해군도의 사람들도 대륙의 소문에 어둡다. 서로 교류가 단절되어 있으니 그럴 수밖에 없다.

하지만 성운의 기재인 양진아가 얼마나 비정상적인 재능의 소유자인지는 모두가 잘 안다. 그런 그녀를 패퇴시켰던 자라니…….

"…아니, 설령 그렇다 해도 그 힘은 납득이 안 가는데. 아무리 재능이 뛰어나다고 하더라도 그 나이에 그런 힘을 가질 수가 있나?"

"세상에는 상식으로는 납득할 수 없는 천재들이 얼마든지 있지. 적을 상대하는 데 그들의 사정을 알고 납득해야 할 이유가 있나?"

"없긴 하지만……."

"그럼 신경 쓰지 마라. 적어도 지금은. 그보다 네 휘하의 해룡궁사들은 몇이나 남았지?"

해룡궁사는 해루족에서 해룡시를 터득한 궁사들을 지칭하는 명칭이었다.

양진아의 추측과 달리 해루족에게 청해용왕대의 무공을 유출한 것은 사웅이 아니었다. 그는 이번 사태 전까지는 무공 전수가 가능할 정도로 해루족과 깊게 접촉한 적이 없다.

모든 것은 화군의 숨은 스승, 진본해를 쓰러뜨리고 새로운 용왕이 되고자 하는 남자 기룡의 손으로 이루어졌다.

오래전에 청해군도를 떠나서 대륙을 주유하던 그는 비밀리에 귀환하여 대주술사 모람과 손잡았다. 그리고 해루족에서 선별한 인원에게 청해용왕대의 무공을 가르치면서 이때를 준비해 왔다.

화군이 대답했다.

"다섯 명."

"많이 잃었군."

가차 없는 평가에 화군의 표정이 벌레 씹은 듯 일그러졌다.

하지만 반박의 여지가 없었다. 해룡궁사는 대단히 귀중한 전력이다. 육성하는 데도 많은 공이 들었다.

사웅은 화군의 표정이 변하든 말든 신경 쓰지 않았다.

"이제부터가 힘들 거다."

"뭘 하면 되지?"

"생존자들이 뭉치기 전에 최대한 많이 없애야 한다."

"흠."

상황은 해루족―요마군도 연합군이 압도하고 있다. 초기에 기습으로 입힌 피해는, 사람의 몸에 비유하면 사경을 헤맬 정도로 막대한 수준이었다.

핵심 인물들을 죽이거나 붙잡았고, 청해군도의 전투 집단이 가장 중요하게 생각하는 무기인 배도 고스란히 손에 넣었다. 주민들도 거의 대부분 도망치지 못하고 제압당했다.

그런데도 청해용왕대의 잔당을 두려워하지 않을 수 없었다.

사웅이 말했다.

"아주 많은 피가 흐르겠지."

"흥. 해루족의 사나이는 죽음을 두려워하지 않는다."

"그거 부럽군."

사웅의 담담한 대꾸를 비아냥거림으로 받아들인 화군이 발끈했다. 하지만 자신을 향한 그의 공허한 눈과 이어지는 말에 그런 감정이 거짓말처럼 사라져 버렸다.

"두려움을 이겨내야 할 만큼 삶이 소중하다니."

3

형운이 눈을 떴을 때, 그는 혼자가 되어 있었다.

반딧불 같은 빛구슬들이 떠다니면서 석조 은신처 안의 어둠을 흐릿하게 비춘다. 분명 그 속에 많은 사람이 있었고, 바닷속이라 달리 갈 곳도 없는데 오직 그만이 남아 있었다.

'꿈이다.'

형운은 그 사실을 알아차렸다.

논리적으로 생각해서 도달한 결론이 아니다. 애당초 꿈속에서는 논리적인 사고가 불가능하니까.

그저 일월성신의 감각이 알려주었다. 이것이 꿈이라는 것을, 그리고…….

"누구냐?"

누군가 그의 의식을 엿보기 위해서 의도적으로 조성한 꿈이라는 것을.

그렇기에 일월성신의 감각이 경고해 온 것이다. 이것은 그의 정신을 공격하기 위한 술법일 수도 있었다.

—멋진 몸이야…….

어둠 너머에서 키득거리는 소리가 들려왔다.

언뜻 들으면 아이의 목소리 같다. 하지만 웅웅거리며 울려 퍼지는 소리에는 마치 뱀이 혀를 날름거리는 듯 쉿쉿거리는 소리가 섞여 있다.

형운은 주변을 경계하며 몸을 일으켰다. 누군가 어둠 속에서 자신을 보고 있다.

'흥미, 호기심, 그리고 탐욕?'

형운은 그 속에 담긴 감정들을 구분해 보았다. 아주 강렬한 감정들이었다.

어둠이 꿈틀거리며 뻗어온다. 저편에서, 바닥에서, 천장에서……

형운에게는 마치 연체동물의 촉수처럼 보였다. 그것이 형운을 발목부터 휘감고 더듬자 소름이 끼쳤다. 등 뒤에서 욕망으로 헐떡거리는 질척한 숨소리가 들려오는 것 같았다.

─너무나도 훌륭해. 이렇게 근사한 몸은 처음 보는군.

"그런 소리는 지겹도록 들었지. 넌 누구냐?"

─바라는 것을 이루어주는 존재지.

"……."

─예를 들면… 영생?

"관심 없다."

─오, 이런. 잠깐만 기다려 봐.

형운이 단호한 태도를 취하자 상대가 키득거리며 말을 이어 나갔다.

─그럼 이런 건 어때? 죽은 자의 부활.

그 말에 형운이 움찔했다. 어쩔 수 없이 뇌리로 스쳐 가는 얼굴들이 있었다.

물론 그 말에 동한 것은 아니다. 조건반사적인 반응이었을 뿐.

"꺼져."

형운이 진기를 일으켰다. 전신에서 빛이 일어나면서 어둠을 뿌리친다. 그러자 상대가 흠칫 놀란 것처럼 존재감이 멀어졌다.

─이런. 매정하구나. 아주 오랜만에 누군가와 이야기를 나누게 되었는데. 얼마나 오랜만인지 알면 놀랄걸?

"글쎄. 하는 꼬락서니를 보니 왜 그런지는 알 것 같군."

형운이 시큰둥하게 말했다.

우웅…….

팔목에서 진조족으로부터 받은 팔찌가 가늘게 떨리고 있었다. 형운의 정신을 침범하려는 사악한 힘에 반응하는 것이다.

"네가 사악한 존재라는 것도 알겠고."

—오, 그건 고상한 척하는 진조족 놈들의 물건이군. 그 위선적인 놈들의 잣대를 맹신하는 건가? 그놈들이 악이라고 하면 다 악인가? 그놈들도 자기들 이익을 위해서 인간들을 이용할 뿐이거늘.

"그야 그렇겠지."

형운이 코웃음을 쳤다.

"하지만 그게 네가 착한 놈이라는 증거가 되진 않아. 사기를 치려면 최소한의 성의는 보이도록 하시지."

—뭐가 마음에 안 들지?

"네 외모?"

—음?

"지금 남의 꿈에 멋대로 침입해서 이따위 모습으로 말을 걸면서 좋은 인상을 주길 바라냐? 이건 누가 봐도 음습하고 사악한 놈으로밖에 안 보일걸?"

—…….

"언제 적 유행인지는 모르겠지만, 요즘 세상 그렇게 만만치 않다. 네가 장사를 하는데 이런 태도로 접객하면 반드시 물건 사야겠다고 온 사람도 두말 않고 도망갈걸. 세상 날로 먹으려고 하지 말고 자기를 그럴싸하게 꾸미는 성의를 배워서 다시 오도록 하시지."

　─어, 잠깐······.

　형운은 더 말을 섞지 않았다. 곧바로 진기를 일으켜서 강맹한 파동으로 주변을 강타했다.

　빛이 폭발하면서 기분 나쁜 꿈이 산산조각으로 부서져 나갔다.

4

　형운은 눈을 떴다.

　여전히 은신처 안이었다. 꿈과 달리 주변에 일행 모두가 있었다.

　다들 죽은 듯이 잠들어 있었다. 양진아에게 수공을 배우던 서하령과 천유하도.

　여기까지 오는 길은 너무 힘들었다. 부상을 치료하고 운기조식을 했으니 이제는 잠깐이라도 눈을 붙여둬야 할 때였다.

　다행스러운 것은 모두 무인이라 젖은 몸 때문에 벌벌 떨 일은 없다는 점이다. 여전히 내공이 넘치는 형운이 모두를 적신 물기를 증발시켜 버렸다.

　'반 시진(1시간) 좀 못 되게 잤군.'

　형운의 시간 감각은 기관장치처럼 정밀했다. 마음만 먹으면 자는 동안에도 얼마나 시간이 흘렀는지 쉽게 짐작해 낼 수 있었다.

　돌바닥 위에 대충 모포를 깔아두고 불편하게 잤는데도 충분히 피로가 회복되었다. 형운은 다른 사람을 깨우지 않도록 기척을 죽이고 일어났다.

—어딜 가십니까?

그리고 가려의 전음을 듣고는 흠칫했다.

그녀가 말을 걸어오기 직전까지 누군가 깨어 있다는 기척을 느끼지 못했다. 형운이 시선을 느끼지 못했다는 것은 그녀의 눈길이 이쪽을 향해 있지 않았다는 의미일 것이다.

'심지어 딱히 기감으로도 날 포착하고 있지 않았는데…….'

살무귀와의 싸움에서 형운은 누군가 기감으로 자신을 주목하는 것마저도 알아낼 수 있게 되었다. 가려는 그것마저 속여 넘긴 것이다.

'하령이라면 또 모르겠는데 누나는 진짜 바닥이 안 보이네.'

오감을 기감으로 활용하는 천라무진경이라면 이해할 수 있다. 하지만 가려는 대체 무슨 수를 쓴 것일까?

—여기서 깨서 뒤척거리기도 그렇고, 잠깐 위로 올라가 보려고요.

가려는 말없이 형운을 따라왔다. 형운이 아무리 기척을 죽여도 조금씩 소리가 나는 데 비해 그녀는 정말 아무런 소리도 내지 않고 걸었다.

"어쩐지 문 닫히는 소리가 안 들리더라니……."

계단을 오르던 형운이 혀를 내둘렀다.

통로의 끝, 원래는 입구 역할을 하던 암초와 연결되어 있었을 부분에는 아무런 차폐막도 없었다. 그곳을 나서면 곧장 바닷속이었다.

벽이 있어야 할 곳에서 바닷물이 찰랑거리고 있었다.

참으로 신비로운 광경이었어야 했다.

하지만 실제로는 그런 감흥은 없었다. 아무런 조명도 없는 곳인지라 형운조차도 그저 그렇다는 것을 알 수 있을 뿐이니까.

형운은 손을 뻗어서 물을 만져보았다. 손이 쑥 들어가고 물의 흐름이 느껴진다. 이 순간에도 청해귀령이 움직이고 있으니 당연한 일이었다.

형운이 가려를 보며 낮은 목소리로 물었다.

"몸은 좀 어때요, 누나?"

"만전은 아니지만, 충분히 싸울 수 있습니다."

가려 역시 속삭임으로 대답했다. 물이 찰랑거리는 소리만이 존재하는 어둠 속에서 그 소리는 굉장히 선명하게 들려왔다.

대화는 시작하자마자 끊겼다. 형운은 말없이 찰랑거리는 물의 벽을 바라보고 있었다.

평소와 달리 침묵을 견디지 못한 것은 가려 쪽이었다. 그녀가 입을 열었다.

"…공자님 책임이 아닙니다."

"……."

"다들 각오하고 있는 일이었습니다."

"그래도 내 책임이에요."

"공자님……."

"내가 책임지는 사람이니까."

형운이 무거운 어조로 말했다. 스스로에게 각인시키려는 듯이.

"그리고 놈들은 나를 노렸어요."

"네?"

"해루족의 행동 이면에는 흑영신교의 의도가 깔려 있었어요. 내가 아니었다면 애당초 우리는 이 일에 휘말리지도 않았을 거예요."

물론 그런 식으로 생각하는 것은 부질없는 일이다. 자꾸만 과거로 거슬러 올라가서 원흉이 뭔지 따지다 보면 한도 끝도 없지 않은가?

하지만 해루족 주술사들의 심상을 들여다봄으로써, 형운은 양진아를 책망하는 마음에서 벗어날 수 있었다.

다른 사람들은 몰라도 자신에게는 이 일로 양진아를 비난할 자격이 없다. 그렇게 생각한 것이다.

"후회하진 않아요. 흑영신교와 생사대적이 된 것은, 설령 미래를 모두 알고 과거로 돌아간다 한들 나는 같은 선택을 할 테니까."

자신이 어쩔 수 없었던 부분으로 후회하진 않는다. 그저 스스로의 부족함을 반성하고, 현실을 받아들일 뿐이다.

"그래도 최소한 나는 이 모든 일의 원인이 나라는 사실을 알아야 해요. 내가 책임져야 할 문제죠."

"……."

"누나, 나를 원망해도 좋……."

"바보 같은 말씀은 하시지 말아주시지요."

형운이 자조적으로 하려던 말을 가려가 잘랐다. 어둠 속이지만 그녀가 부끄러운 듯 살짝 시선을 피하고 있다는 것을 알 수 있었다.

"미움받고 싶으면 차라리 뻔뻔해지십시오. 그편이 원망하기 쉽겠지요. 미워하기도 어려운 인물이 자기를 미워하라고 말하면 그게 더 비겁하지 않습니까?"

"……."

"그리고 저는 공자님을 원망하지 않습니다. 어떤 경우에라도."

그 말에 형운은 한 방 얻어맞은 듯 눈을 크게 떴다.

그러다가 곧 미소를 지으며 말했다.

"고마워요."

5

청해귀령은 일행을 한 시진(2시간) 만에 목적지에 데려다주었다. 청해군도 동남부에 있는 작은 섬에 위치한 암초에 은신처를 다시 붙여준 것이다.

일행을 내려준 청해귀령이 돌아가는 것을 보면서 서하령이 물었다.

"저 영수님은 너랑 사이가 좋은 것 같은데… 차라리 대륙으로 데려다달라고 할 수는 없었어?"

그랬다면 일행의 안전은 확보할 수 있었을 것이다. 그리고 양진아 입장에서도 별의 수호자와 정식으로 교섭해서 지원부대를 이끌고 반격에 나서는 것은 나쁜 선택은 아니었다.

하지만 양진아는 고개를 저었다.

"할 수 있었다면 그렇게 했을 거야. 청해귀령이 대영수이기는 하지만, 대륙으로 가는 것은 그쪽의 바다영수들과 협정을 위반하는 일이야."

"바다 밑의 영수들에게도 세력이 있다는 거군. 역시 그렇구나."

"이곳에서 배를 구해서 너희라도 탈출시키는 것도 생각해 봤지만, 청해궁의 사정이 어렵다면 무리야. 지금 바다 위는 적들이 장악했을 테니까. 우리에게는 제대로 된 배도, 뱃사람도 없고 설령 있다 한들 바다에서 싸우는 것은 무모해."

이렇게 된 이상 차라리 뭍에서 싸우는 것이 낫다. 양진아는 그렇게 판단하고 있었다.

"한 시진(2시간)만 더 쉬고 나서, 몇 사람만 나랑 같이 가줘."

"전원이 움직이는 게 아니라?"

"이곳은 단시간에 들키진 않을 거고 만약 들킨다고 해도 시간을 끌 수 있어. 하지만 지금부터 가야 할 곳은 그렇지 않아. 은밀하게 움직일 수 있고, 만약의 사태에도 확실하게 몸을 뺄 수 있는 사람만 가야 해."

양진아는 청해용왕대의 생존자들이 있을 만한 곳을 찾아보려고 하고 있었다. 일단 사람을 모으고 상황을 파악해야 뭘 해볼 수 있지 않겠는가?

그녀가 말한 조건이 부합하는 사람은 정해져 있었다. 그중에 형운, 서하령, 천유하 세 명이 따라가기로 했다.

마곡정이 따지고 들었다.

"왜 나를 빼놓는 거야?"

"부상자니까."

"지금은 멀쩡하다고!"

마곡정의 회복 속도는 경이로웠다. 왼쪽 어깨를 창에 관통당한 것은 일반인이라면 평생 장애가 남을지도 모르는 중상이었다. 하지만 마곡정은 이미 왼팔을 어느 정도 쓸 수 있을 정도로 회복되어 있었다.

아무리 그가 무인이고 영수의 혈통이라고 해도 비정상적인 회복 속도다. 그 이유는 영수의 힘을 다루는 능력에 있었다.

이전에 북방설산에서 청안설표 일족의 장, 청륜에게 지옥훈련을 받은 마곡정은 영수의 힘을 통제하는 능력이 완숙한 경지에 접어들었다. 그래서 영수의 힘을 일깨운 상태에서는 상처를 급속히 회복할 수도 있었던 것이다.

하지만 이런 급속 회복은 몸에 무리를 주었다. 비약을 섭취하고 형운에게 상당량의 진기를 공급받았음에도 마곡정은 상당히 피로해하고 있었다.

서하령이 한심하다는 듯 말했다.

"한 수 위의 상대에게 복수하고 싶으면 신중하도록 해. 만전을 기해도 모자랄 판에 아직 다 회복되지도 않은 몸으로 무리하다니, 오만하기 짝이 없어."

"큭……."

마곡정이 몸을 떨었다.

가려도 불만을 품은 것은 마찬가지였지만, 형운이 자신들이 없는 동안 은신처가 발각될 경우 대비할 전력이 필요하다는 이유로 설득했다.

곧 네 사람이 조심스럽게 은신처에서 밖으로 나왔다.

사위가 어둠에 휩싸인 가운데 흐릿한 달빛만이 주변을 비추고 있었다. 보고 있으면 무서워질 정도로 새카만 바다가 파도치는 소리가 끊임없이 들려왔다.

형운은 시간을 가늠해 보았다.

처음 은신처에 들어설 때가 일몰이 시작될 무렵이었다. 그 후로 세 시진(6시간) 넘는 시간이 흘렀으니 한창 새벽이 깊었다.

문득 천유하가 물었다.

"아까는 말하지 않았지만… 서 소저야말로 괜찮습니까?"

"걱정해 줘서 고마워요. 하지만 저는 괜찮아요."

서하령도 지난번 전투에서 두 번이나 칼을 맞았다. 그런 상태로 격전을 치렀으니 후유증이 있어야 정상이다.

하지만 적어도 겉보기에는 정말 아무렇지도 않아 보였다. 형운이 그녀를 흘끔 보며 생각했다.

'평소에는 제일 엄살이 심한 주제에 이런 때는 또 강한 척하기는.'

다른 사람이라면 몰라도 기를 시각화해서 보는 형운의 눈을 속일 수는 없다. 서하령의 상태는 별로 좋지 않았다. 양진아보다는 낫지만 몸이 평소에 비해 꽤 무거웠고 진기 운행도 원활하지 않았다.

문득 형운이 물었다.

"여기서부터 저기까지는 그냥 수상비로 가는 수밖에 없나?"

은신처가 있는 암초군에서 가장 가까운 섬까지는 80장(약 240미터)가량 떨어져 있었다.

양진아가 말했다.

"보통은 헤엄쳐서 가야 하냐고 묻지 않아?"

"왠지 바다에서 헤엄친다는 게 잘 상상이 안 가서……."

내륙에서만 살아온 입장에서는 당연했다. 잔잔한 호수나 강도 아니고 밤바람에 제법 파도가 센 바다를 헤엄친다는 발상이 쉽게 떠오르지 않았다.

형운이 양진아에게 오른손을 내밀었다. 양진아가 무슨 뜻이냐는 표정으로 그를 바라보았다.

"잡으라고."

"…뭐?"

양진아의 눈매가 매섭게 치켜 올라갔다. 여자한테 대뜸 자기 손을 잡으라고 하다니, 설마 대륙에서 유행하는 최신 희롱법인가?

형운이 한숨을 쉬었다.

"척 하면 착 하고 알아들을 줄 알았어. 그 몸 상태로 저 거리를, 그것도 열심히 파도치는 바다 위를 수상비로 달려가려고?"

수상비는 내력 소모가 심한 경공술이다. 그리고 수면의 기세가 거칠면 거칠수록 부담이 높아진다.

양진아가 얼굴을 붉혔다.

"그, 그런 거였어?"

"뭘 상상한 거야?"

"흥. 지나가는 사람을 붙잡고 물어보시지? 백 명한테 물어보면 몇 명이나 네 의도를 알아듣는지."

양진아는 투덜거리면서도 형운의 손을 잡았다. 형운이 서하령을 바라보자 그녀는 대뜸 손을 내밀었다.

"잡아. 난 내력 안 써도 되지?"

"…척 하면 착이라 좋군."

"양손의 꽃이네. 영광으로 생각하고 대대손손 자랑하도록 해."

"……."

"불만 있어?"

"부정은 못 하겠는데 뭔가 좀……."

구시렁거리던 형운이 문득 천유하를 바라보았다.

"미안해. 손이 안 남는다."

"필요 없어."

천유하가 장난스럽게 웃었다.

일행은 수상비로 밤바다를 달렸다. 양손에 양진아와 서하령을 붙잡고 보조를 맞춰서 수상비를 펼치는 형운의 모습은 꽤나 우스꽝스러웠지만 천유하는 내색하지 않았다.

일행이 도착한 숲은 해변을 높이가 50장(약 150미터)에 달하는 커다란 암벽이 가로막고 있었다. 양진아가 암벽의 중간, 30장(약 90미터) 높이쯤 되는 지점을 가리키며 말했다.

"저기까지 올라가야 해."

"동굴이 있군. 저기가 은신처야?"

형운의 물음에 양진아가 혀를 내둘렀다. 그녀는 서하령과 천유하에게 물었다.

"혹시나 해서 묻는 건데, 보여?"

두 사람은 고개를 절레절레 저었다.

어두워서가 아니다. 저곳도 허상으로 입구를 가려놓은 데다가, 애당초 울퉁불퉁한 암벽 한가운데라서 미리 알지 못하면 동굴이 있다는 것을 상상할 수도 없는 지점이었다.

형운이 말했다.

"기다려. 일단 내가 혼자 올라가서 확인해 볼게. 다 같이 고생할 필요는……."

"그랬다가는 기환진과 기관장치의 공격을 받게 될걸?"

양진아가 시큰둥하게 지적하자 형운이 멈칫했다.

"…그런 게 장치되어 있나?"

"은신처에 누가 들어가서 작동시켜야 하긴 하는데, 사람이 있다면 작동시켰겠지. 그리고 내가 안 가면 어떻게 저기 있을 사람들을 이해시킬 건데? 대뜸 칼질부터 할 가능성이 매우 높아."

"음. 그렇군."

형운이 납득했다. 그리고 양진아에게 등을 보였다.

"그럼 업혀."

"…뭐?"

"그 몸 상태로 저 암벽을 낑낑거리면서 올라가느니 그게 낫잖아? 나라면 쉽게 올라갈 수 있는데? 아, 너무 부담스러우면 손을 잡을까? 하지만 아무리 그래도 벽을 타고 달리는 건 좀 부담이 갈 텐데……."

"……."

양진아는 어처구니가 없어서 형운을 바라보았다.

물론 이 상황에서는 합리적인 제안이기는 하다. 그렇기는 한

데…….

'이 녀석, 나를 눈곱만큼이라도 여자로 보면 이런 소리는 못 할 텐데?'

즉 형운은 양진아를 눈곱만큼도 이성으로 보지 않고 있다는 소리다.

그렇게 생각하니 왠지 열 받는다.

'아니, 내가 이 녀석을 욕할 처지는 아니고 딱히 이성으로 안 봐도 상관없기는 한데… 왜 이렇게 기분이 나쁘지?'

양진아는 언제나 청해군도에서 공주님 대접을 받고 자랐다. 예쁘다는 소리는 귀가 닳도록 들어서 듣기 짜증 날 지경이었고, 주변의 남자들 중 그녀에게 반해서 말이라도 한번 나누고 싶어 하는 사람이 수두룩했다. 그녀가 얼마나 제멋대로인지는 소문이 자자했는데도 그런 것이다.

대륙으로 나갔을 때도 상황이 다르지 않았다. 여행하는 동안 수작을 걸어온 남자의 수만도 수십 명이었으니까.

그러다 보니까 형운의 태도는 신선하다 못해 충격적이었다.

'서하령 때문에 그런가?'

인정한다. 양진아가 보기에도 서하령은 눈부신 아름다움의 소유자였다.

그런 서하령과 늘 함께 있어서 여성의 미모에 무덤덤해진 거라면 납득 못 할 바는 아니다. 무엇보다 형운의 태도를 보면 서하령도 별로 여자 대접을 해주는 것 같지는 않았다.

'아니, 근데 그 가려라는 부하는 노골적으로 여자 대접을 해주던데?'

그걸 생각하니 또 왠지 울컥한다.

형운이 의아해하며 그녀를 돌아보았다. 못마땅한 표정을 짓고 있던 양진아는 퍼뜩 정신을 차리고 말했다.

"손을 잡을래."

"그러지."

형운은 그녀의 손을 잡고 절벽을 수직으로 달려 올라갔다. 이것은 형운보다는 양진아에게 부담이 큰 행위다. 하지만 그녀는 형운이 끌어주는 힘을 절묘하게 이용, 적재적소에 발을 디디면서 부담을 분산시켰다.

'역시 대단하군.'

형운이 혀를 내둘렀다. 수상비로 바다를 건널 때도 그랬지만, 호흡을 맞춰본 적도 없는 타인의 힘을 이용하는데도 너무나도 능숙하다. 형운은 기술 하나하나의 정밀도는 높지만 이런 감각적인 운용 면에서는 도저히 따라 할 엄두가 나지 않았다.

양진아가 입가에 손가락을 대며 전음으로 말했다.

─기다려. 내가 먼저… 아니, 잠깐. 혹시 안에 사람이 있는지 알 수 있어?

─열두 명. 이쪽을 알아차렸어. 한 명은 나도 아는 사람이군.

─…….

양진아는 이제 더 놀랄 기력도 없었다.

─혹시 다연을 말하는 거야?

─그래.

어떻게 알았냐고 묻지는 않았다. 이제는 그냥 형운이 하는 짓은 그런가 보다 하고 받아들이기로 했다.

'다른 사람이 나 볼 때 이런 심정이었나?'

지금까지 성운의 기재인 자신이 해온 일들을 보면서 다른 사람들이 어떤 감정을 품었을지 이해할 것 같았다.

양진아는 천천히 기파를 개방했다. 그리고 안쪽에다 대고 말했다.

"나야."

"아가씨?"

놀란 목소리가 들려왔다. 그리고 허상으로 가려진 동굴 입구에서 젊은 여성이 얼굴을 내밀었다. 예전 양진아가 대륙에 나왔을 때 해파랑과 함께 그녀를 수행했던 여성, 다연이었다.

"정말 아가씨세요?"

"그럼 누구겠어?"

"무사하셨군요!"

"물론이지."

두 사람이 서로를 끌어안았다.

뒤늦게 형운을 발견한 다연이 눈을 크게 떴다.

"풍혼권 소협?"

"이제는 선풍권룡 대협이래."

양진아가 못마땅한 기색으로 정정해 주었다. 다연은 그녀의 표정만으로도 대충 무슨 일이 있었는지 알 것 같았다.

"자세한 사정은 모르겠지만⋯ 분명 아가씨를 도와주셨겠지요. 감사합니다."

그녀는 두 사람을 안으로 이끌었다. 형운은 잠시 기다려 달라고 하고는 서하령과 천유하를 전음으로 불러들였다.

동굴 안은 어두컴컴했다. 어느 정도 안으로 들어가자 제법 넓은 공간이 나왔고 열한 명의 인원이 불을 피우고 있었다.

"공주! 무사하셨구려!"

양진아를 보고 반색한 것은 대머리에 하얀 수염을 짧게 다듬은 거구의 노인이었다. 그를 본 형운이 흠칫했다.

'어?'

노인은 이질적인 생김새의 소유자였다. 자잘한 흉터가 아로새겨진 피부는 갈색이었고 눈동자는 진녹색이다.

형운은 영수의 혈통을 많이 봐와서 머리색이나 눈동자색, 피부색이 다른 경우는 익숙했다. 당장 서하령과 양진아, 마곡정이 있지 않은가?

하지만 이 노인은 이목구비 자체가 이질적이었다. 예전, 하운국 황궁에 갔을 때 봤던 거인 위사처럼 아예 다른 종족이라는 느낌이 드는 생김새라고나 할까?

'구성원이 독특하군.'

눈에 띄는 것은 노인만이 아니었다. 인원 중에 하나는 인간이 아니었다.

'영수의 혈통은 그렇다 치고 영수가 있을 줄은……'

한 명은 영수의 혈통이다. 기질이 양진아와 비슷한 구석이 있는 것으로 보아 바다영수의 혈통이 아닐까?

그리고 또 한 명은 인간의 모습으로 둔갑한 영수였다. 무슨 영수인지는 모르겠지만 엉덩이에 달린 꼬리를 보니 물짐승인 것 같았다.

문득 노인이 형운과 서하령, 천유하를 바라보았다.

"공주, 이자들은?"

"내가 초대한 손님이고… 지금은 조력자이기도 해."

양진아는 노인에게 형운과 서하령, 천유하를 간략하게 소개했다.

"이쪽은 우리 청해용왕대의 굼린 장로야."

형운은 굼린의 겉모습만으로는 나이를 가늠하기가 어려웠다. 얼굴에 주름이 많아서 노인이라는 것은 알겠는데 몸은 기골이 장대하고 두꺼운 근육이 불끈거리고 있어서 전혀 노쇠함을 찾아볼 수 없었다.

굼린은 서역 변방국 출신이었다. 진본해의 스승, 선대 청해용왕이 대륙을 주유하던 시절에 갈 곳이 없어진 그를 거두어들였다.

"내가 기대할 수 있었던 최강의 전력이지."

청해용왕 진본해는 행방을 알 수 없고, 대사형 사웅은 배신했다. 장로 해파랑은 사로잡혔다.

이런 상황에서 양진아가 기대한 것은 장로 굼린, 혹은 셋째 사형 가돈과 무사히 합류하는 것이었다. 이 시점에서 기대할 수 있는 최강의 전력이기 때문이다.

"굼린이라면 대사형, 아니, 사웅도 상대할 수 있어."

"음? 그건 무슨 말씀이시오?"

굼린이 놀라서 물었다. 양진아가 한숨 섞인 목소리로 말했다.

"사웅이 배신했어."

"정말이오?"

굼린이 경악했다. 아니, 그만이 아니라 은신처에 있던 모두가 술렁였다.

도저히 믿을 수가 없다는 분위기였다. 그만큼 사웅은 모두에게 신뢰받는 인물이었다.

양진아가 그들을 진정시키며 말했다.

"일단 서로 아는 정보부터 종합하자. 상황이 어떻게 돌아가는지부터 알아야겠어."

6

굼린을 중심으로 한 생존자들도 상황을 구체적으로 파악하고 있지 못했다. 하지만 서로의 정보를 모아보니 대충 어떻게 돌아가는지는 알 것 같았다.

일은 한밤중에 청해용왕 진본해가 혼자서 마을을 나서는 것으로 시작되었다.

그가 왜 그랬는지는 모른다. 평소에도 워낙 자유분방하게 행동했는지라 다들 크게 신경 쓰지 않았다.

진본해가 자리를 비우고 얼마 지나지 않아서, 청해용왕대의 본부와 배에서 잇달아 폭발이 일어나고 불길이 치솟았다.

외부의 경계가 소홀했던 것일까?

아니다. 내부에 배신자가 있었기에 벌어진 일이다.

혼란 속에서 해루족과 요마군도의 연합군이 노도 같은 기세로 공격해 왔다.

내부의 배신으로 치명적인 기습을 당한 데다가 배가 불타서 바다로 나갈 수도 없는 상황에서 적의 대군이 몰려든 것이다.

아무리 청해용왕대가 강력하다고 해도 어쩔 도리가 없는 상황이었다.

이런 상황 속에서도 청해용왕대는 적에게 막대한 출혈을 강요했지만, 적들의 포위를 뚫고 탈출한 인원은 그리 많지 않았다.

굼린이 참담한 표정으로 말했다.

"내가 스물두 명을 데리고 탈출했는데 살아남은 것은 우리뿐이오."

이들 역시 거센 추격을 받았다. 용감한 동료들의 희생이 없었다면 추격대를 몰살시키고 도망칠 수 없었으리라.

양진아가 입술을 깨물었다.

"사웅 말고 또 다른 배신자가 있는지는 알 수 없지만… 아마 그 혼자만으로도 혼란을 키우기는 어렵지 않았겠지."

"믿기 어렵기는 하지만, 그가 배신했다면 그랬을 것이오."

아마도 사웅은 난리 통에 구심점이 될 만한 인물들을 암살했으리라. 설마 그렇게까지 했을까 하는 생각이 드는 것도 사실이지만, 애당초 배신자에게 무엇을 기대하겠는가?

"일단은 이동하자. 호룡 님이 있다고 해도 한 곳에 오래 머무는 것은 위험해."

양진아의 눈길이 한 사람에게로 향했다.

아니, 정확히 말하자면 사람은 아니다. 호룡이라 불린 것은 열대여섯 살 정도로 보이는 소년의 모습을 한 영수였다. 인간의 몸에 회색 짐승의 귀와 꼬리, 그리고 짐승의 손과 발을 지닌 그는 아까 전부터 내내 눈을 감고 정신을 집중하고 있었다.

양진아의 말에 그가 눈을 떴다.

"동감이야. 놈들의 주술이 근처를 훑고 지나간 횟수만 해도 세 번이나 되니까."

영수인 호룽은 인간은 갖지 못한 능력을 지녔다. 오랜 세월 동안 수련해서 얻은 능력으로 주술사들의 예지에 포착되는 것을 막고 있었다.

"음?"

문득 그가 놀란 표정을 지었다.

"…공주, 이 인간들은 대체 뭐지?"

그의 시선이 형운과 서하령, 천유하에게 향했다. 영수인 그는 셋을 보고 놀라지 않을 수 없었다.

양진아가 말했다.

"그건 나가면서 이야기하자."

"난 먼저 나가서 우리 일행을 부르도록 할게. 이쪽으로 모든 인원이 이동하는 것도 시간이 걸릴 테니까."

형운은 그리 말하고는 먼저 은신처를 나섰다. 나와서 혹시나 적의 탐색이 있나 주변을 살폈지만 아직까지는 느껴지는 게 없었다.

'바다보다야 기민하게 움직일 수 있겠지만, 과연 사태 해결이 가능할지 걱정이군.'

여기 와서 이야기를 들어보니 상황은 정말 암울했다. 그들은 청해군도에 갇힌 것이나 다름없고, 이곳의 모든 세력이 적이라고 봐도 과언이 아닌 것이다.

그에 비해 현재 일행의 전력은 부상자를 포함해서 28명뿐. 과연 살아서 이곳을 나갈 수 있을까?

'내가 혼자 탈출해서 원군을 부른다면?'

그런 극단적인 생각도 들었다.

지금의 형운이라면 불가능한 일은 아니다. 하지만 대륙으로 가는 것만으로도 목숨을 걸어야 하는 일이고, 무사히 당도한다 해도 원군과 함께 돌아올 때까지는 많은 시간이 필요하리라.

그동안 일행이 무사히 버텨줄 가능성은 극히 희박하다. 그리고 원군이 여기까지 당도하기도 어렵다는 게 문제였다.

'위진국의 수군도 애를 먹는데 쉽게 뚫고 들어올 수 있을 리가 없지.'

청해군도의 바다는 적들이 완전히 장악하고 있으리라. 원군을 불러와도 일단 그들과 싸워서 돌파해야 하는데 과연 얼마나 많은 희생을 치르게 될까? 그리고 희생을 치르면 승리할 수는 있을까?

생각할수록 암울해졌다. 형운은 필사적으로 마음을 다잡았다.

'포기하면 안 돼. 계속 생각해야 해. 답이 나올 때까지…….'

형운은 다시 바다를 건넜다. 그리고 애써 태연한 표정을 가장한 채로 은신처에 들어갔다.

"양 소저의 동료들과 합류했어요. 모두 이동하지요. 만약의 사태에 대비해서 짐은 최소화하도록 합시다."

일행은 밀항선이 침몰할 때 제법 많은 짐을 건져냈다. 하지만 그 대부분을 은신처에다가 두고 운신에 방해가 되지 않는 수준의 짐만을 챙기기로 했다.

문득 무일이 물었다.

"배는 어디에 있습니까?"

"배?"

자기도 모르게 반문한 형운은 한 가지 사실을 깨달았다.

'컥! 가려 누나랑 곡정이 말고는 수상비를 할 수 있는 사람이 아무도 없잖아?'

결국 형운은 한 번에 두 명씩 업고 바다를 건너는, 참으로 놀랍지만 우스꽝스러운 곡예를 몇 번이나 반복해야 했다.

7

사웅은 악몽을 꾸었다.

꿈속에서 그는 과거를 반복하고 있었다. 사방에서 불길이 치솟고 사람들이 아우성치는 소리가 울려 퍼지는 가운데, 그의 칼에 베인 한 사람이 비틀거리며 쓰러지는 모습이 보였다.

"대, 대사형, 어째서……?"

경악과 불신으로 사웅을 바라보는 것은 진본해의 둘째 제자 박리연이었다. 비록 사웅의 사제이기는 하지만 다섯 살이나 나이가 많은 그는 부드럽고 편안한 인품으로 모두에게 사랑받았다. 천성이 무뚝뚝해서 신뢰를 주기는 할지언정 편함을 주지는 못하는 사웅이 주변과 융화하는 데도 많은 도움을 주었다.

모두들 두 사람이 청해용왕대를 이끌어갈 인재임을 의심하지 않았다. 그리고 박리연 역시 자신이 사웅을 도와 미래를 열어갈 것이라 믿었다.

사웅이 자신의 등을 찌르기 전까지는 그랬다.

"처음부터 이럴 생각이었다."

"처음, 이라면 언제부터……?"

"이곳에 왔을 때부터."

"……."

박리연이 재차 놀랐다. 사웅이 청해군도에 온 지는 30년이 다 되어간다. 그 시간 동안 그는 모두가 의지하는 청해용왕대의 대사형이었으며, 숱한 공적을 세운 영웅이었다.

그런데 그 모든 것이 이날을 위한 거짓이었단 말인가? 도저히 믿을 수가 없었다.

"나머지 이야기는 저승에서 계속하지. 우리가 같은 곳에 갈지는 모르겠지만……."

사웅은 박리연과 길게 이야기하고 싶지 않았다. 그래서 죽어가는 박리연의 궁금증을 풀어주지 않고 창을 찔렀다.

동시에 사웅은 헛숨을 토하며 눈을 떴다.

"……."

사위가 어둠에 잠겨 있었다.

"후."

나무에 기대어 잠들었던 그는 자조하면서 몸을 일으켰다. 전신은 식은땀에 젖어 있었다. 피로하기는 하지만 더 이상 잠들 기분이 아니다.

꿈은 변질되지 않은 기억을 보여주었다. 당장 눈을 감으면 생생하게 떠올릴 수 있었던 배신의 순간을.

나무들 사이로 불어오는 밤바람을 맞으면서 사웅은 어째서 이렇게 되었는가를 생각했다.

생각해 보면 시시한 사연이었다. 배신당한 자들이 그 이유를 듣는다면 고작 그런 사정으로 자신들이 죽어야 했다는 사실에 분노할 것이다.

사웅은 어린 시절에 대륙에서 청해군도로 건너왔다.

해파랑이 그렇듯 그가 목숨을 걸고 바다를 넘게 된 계기 또한 원한이었다.

누이가 명문가의 자식에게 욕보여지고 죽었다. 그 일을 항의하던 부모도 뭇매를 맞고 시름시름 앓다가 죽었다.

혼자 살아남은 사웅은 목숨을 버릴 각오로 칼을 품은 채 기회를 노렸다. 하지만 어린 사내아이 하나가 무인의 호위를 받는 성인 남자를 죽이는 것은 무모한 일이었다.

결국 무모한 복수는 실패하고 사웅은 원수에게 장난감 취급을 받으며 천천히 죽어가는 꼴이 되었다. 얼굴에 난 흉터는 원수가 악마처럼 킬킬거리며 서서히, 깊게 그은 상처의 흔적이 남은 것이다.

공포보다는 억울하고 분통함에 하늘을 원망하며 생각했다.

누구든 하늘을 대신해서 자신의 원한을 풀어준다면, 그를 자신의 하늘로 생각하겠노라고.

그 독기 어린 마음이 하늘에 닿았을까?

기적이 일어났다. 한 사람이 그 자리에 나타난 것이다.

사웅은 예나 지금이나 그렇게 흉터가 많은 사람은 본 적이 없었다. 한쪽 눈은 얼굴 반을 파먹은 것 같은 흉터로 인해서 사라져 있었고 얼굴에도 무수한 흉터가 나 있어서 보기가 두려울 지경이었다.

그가 나타나자 그 자리에 있던 자들이 쥐 죽은 듯이 고요해졌다. 마치 시간이 멈춰 버린 것처럼 움직이지도, 입을 열지도 못하는 가운데 남자가 사웅에게 다가와 물었다.

'내가 네 소원을 들어준다면, 너는 내게 뭘 해주겠느냐?'

그 순간 사웅의 인생은 끝났다.
그의 인생은 더 이상 스스로의 것이 아니었다. 남은 인생 전부를 그를 위한 도구가 되어 살아가기로 맹세했다.
사웅의 운명을 산 남자의 이름은 기륭.
선대 청해용왕의 대제자이며, 청해용왕대의 반역자로 기록된 남자였다.
"사웅."
문득 화군이 수풀을 헤치고 다가오며 말을 걸었다.
"요마군도 놈들이 성과를 냈다. 네 셋째 사제 쪽과 굼린 쪽, 두 무리를 다 발견했다는군. 어느 쪽으로 가겠나?"
"가돈 쪽에는 누가 갔지?"
"대용사와 요마군도의 흑요군. 물론 부하들도 충분히 끌고 갔고."
"그 정도라면 가돈하고도 해볼 만하겠군."
"해볼 만하다? 너무 얕보는 거 아닌가?"
무뚝뚝한 사웅의 말에 화군이 불쾌감을 드러냈다.
대용사는 해루족 용사 중에서도 최강으로 인정받는 인물이다. 주술사들과 각 부락 촌장이라는, 해루족 사회에서 존중받는 권위를 지닌 어른들이 모여서 평판과 업적을 고려해서 고른다.

물론 대용사가 다른 용사들보다 강한가에 대한 의문은 늘 따라다닌다. 대용사의 자리는 용사끼리 직접 겨뤄서 결정되는 것이 아니며, 용사들은 다들 자신의 실력에 자부심이 넘치니까.

그렇다고는 해도 외부인인 사웅이 그를 무시하는 듯한 발언이 해루족인 화군에게 좋게 들릴 리 없다.

그리고 흑요군은 요마군도의 실력자다. 왕이 없는 요마군도는 칠요군(七妖君)이라 불리는 우두머리 요괴들이 나눠서 다스린다. 요괴 사회는 인간 사회와는 비교도 안 될 정도로 약육강식의 법칙에 충실한 곳, 당연히 흑요군도 살아 움직이는 재앙과도 같은 존재였다.

사웅이 말했다.

"그러니까 해볼 만하다고 하는 거다. 가돈은 나도 승패를 장담할 수 없는 녀석이니까."

"……."

"하긴 그 점은 굼린 장로도 마찬가지지. 그래도 어느 한쪽을 잡아야 한다면, 굼린 장로를 잡아야겠지."

"어째서지?"

"가돈은 앞뒤를 가리고 움직이는 녀석이 아니다. 그에 비해 굼린 장로는 신중하고 상황을 넓게 보는 안목이 있지."

사웅이 이끄는 추격대는 굼린이 이끄는 무리의 흔적을 좇아서 움직이기 시작했다.

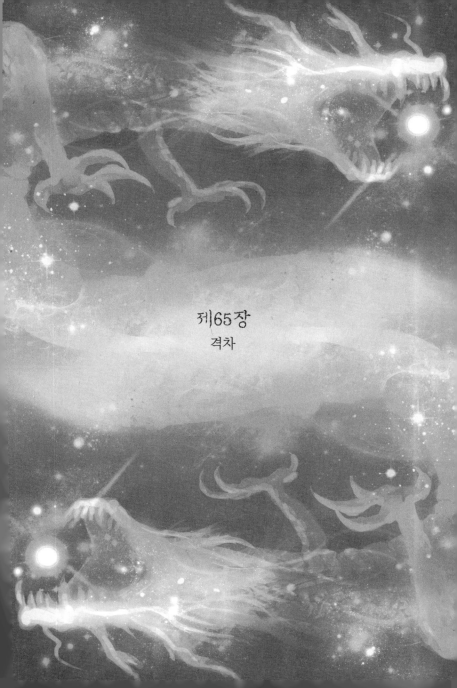

제65장
격차

성운을
먹는자

1

청해용왕 진본해는 이미 70세가 넘었다. 하지만 비슷한 연배
의 귀혁이 그렇듯이 그도 겉모습만 봐서는 실제 연령보다 훨씬
젊어 보였다.

흰머리가 많기는 해도 그를 초로 이상으로 보는 사람은 드물
것이다. 강인해 보이는 얼굴도 그랬지만 7척(약 2미터 10센티미
터)에 달하는 바위 같은 근육질의 거구를 보면 그런 인상이 더
더욱 강렬하다.

그런 그가 지금 도망 다니고 있었다.

주변은 끝없이 이어지는 숲이었다. 정말로 한도 끝도 없이 광
활한 건지, 아니면 공간이 꼬여 있는 것인지는 모르겠다. 어느

방향으로 가도 도통 진본해가 아는 장소로 나갈 기미가 안 보였다.

"이놈은 제법 육질이 괜찮군."

진본해는 숲 속에서 자신을 덮쳐온, 멧돼지를 닮은 시커멓고 호랑이보다도 커다란 괴물을 때려잡고는 고기를 발라서 구워 먹고 있었다. 손질에는 칼조차 필요 없었다. 손가락으로 날카로운 기운을 일으켜서 슥슥 고기를 떼어낸 다음 열양지기를 일으켜 구우면 끝이다.

이틀간 그가 본 괴물의 수는 셀 수도 없을 정도로 많았다. 그를 가둔 이 진법은 마계와 연결되어 있어서 온갖 흉포한 괴물이 득시글거렸다.

진본해는 그 괴물들을 전부 상대할 생각은 하지 않았다. 대부분 피하다가 어쩔 수 없는 경우에만 때려잡았다.

"흠. 벌써 발각됐나?"

문득 그가 하늘을 올려다보며 눈살을 찌푸렸다.

곧 하늘 한구석이 일그러지더니 섬광이 번쩍했다. 그리고 그 자리에 열 명의 인원이 나타났다.

〈청해용왕이라고 불리는 자가 언제까지 도망만 다닐 셈이냐?〉

음산한 목소리가 울려 퍼졌다. 산 자의 목소리가 아니었다.

해골 위에 바짝 마른 회색 피부가 달라붙어 있는, 안구 전체가 새빨간 눈을 지닌 그 모습은 섬뜩했다. 마인 기환술사들이 만들어낸 사악한 존재, 강시(僵尸)였다.

그는 30여 년 전 흑영신교가 토벌당했을 때 생존한 세 명의 전대 팔대호법 중에 하나였다.

현 팔대호법의 스승인 흑천령을 제외한 두 명은 당시에 입은 내상을 회복하지 못했다. 한 명은 교를 재건하던 중 힘이 다해 죽었고, 다른 한 명은 은퇴하여 원로의 지위를 얻었다.

더 이상 싸울 힘이 없어 죽을 날을 기다리던 그는 흑영신교의 앞날을 위해 희생을 자처했다. 살아 있는 자신을 강시로 만들 것을 제안한 것이다.

그 시도는 성공했고, 현시점에서 흑영신교가 내밀 수 있는 최강의 패 중 하나가 되었다. 흑영신교는 오랜 시간 공들인 청해군도의 일을 처리하기 위해 그를 투입했다.

게다가 이번 일에 투입된 것은 그만이 아니다. 현 팔대호법인 흑운령과 암서령, 그리고 이십사흑영수 중 셋이 함께한다.

이들만으로도 경천동지할 전력인데 요마군도의 칠요군 중 하나와 고위 요괴 셋이 함께하고 있다.

이쯤 되면 진본해도 승산을 장담할 수 없는 전력이다. 그것으로도 모자라서 전장 자체가 그에게 극도로 불리했다.

일단 이 진법은 청해군도에 넘치는 바다의 기운을 차단한다. 진본해가 익힌 해룡신공의 진가를 발휘할 수 없는 환경이다.

이 안에 존재하는 마계의 존재들은 진본해에게만 적의를 발휘한다. 또한 외부에서 해루족의 주술사들과 흑영신교의 기환술사들이 진법을 조작해서 진본해에게 불리한 상황을 만들어내고, 진본해의 적들에게는 힘과 여러 가지 편의를 제공해 준다. 조금 전에 그들이 공간을 뛰어넘어 온 것만 봐도 알 수 있었다.

진본해에게 절대적으로 불리한 상황이었다. 하지만 그런 상황에서 이틀이나 지났는데도 진본해는 태연했다.

"애당초 사람을 붙잡아놓으려면 이렇게 넓은 동네에다 내던져 놓으면 안 되지. 네놈들에게만 편파적인 무대를 만들어놓고 수로 밀어붙이면서 내 체면을 걱정해 주다니, 그 오지랖은 정말 감탄스러운 수준이구먼."

적들은 진본해를 상대로 차륜전을 시도했다. 진본해의 기력을 야금야금 깎아낼 심산이었다.

그런 의도를 일찌감치 눈치챈 진본해는 아예 승부 자체를 피했다. 격돌을 최소화하면서 삼라허상진 안에서 도망 다녔다.

강시가 말했다.

〈이러는 동안에도 밖에서는 네 소중한 청해용왕대가 죽어가고 있다. 그래도 계속 도망만 다닐 셈이냐?〉

"바보 같은 소리를 하는군. 그게 내가 네놈들하고 승산 낮은 싸움을 해야 할 이유가 된다고 생각하느냐? 나 같은 대어를 낚으려면 좀 더 그럴싸한 떡밥을 던져야지."

진본해가 코웃음을 쳤다.

'이 빌어먹을 진법만 아니었어도 한바탕했을 텐데…….'

여유 있는 척 적들을 조롱하고 있지만 진본해도 속이 부글부글 끓었다. 마음 같아서는 당장 죽기 살기로 싸우고 싶었다.

걱정이 안 된다고 하면 거짓말이다. 그가 없는 동안 청해용왕대도 어려운 싸움을 하고 있을 테니까.

하지만 그런다고 이판사판으로 싸웠다가는 적들이 원하는 대로 될 뿐이다.

만약 그가 패한다면?

끝장이다. 진본해가 없는 청해용왕대를 이놈들이 덮칠 것이다.

'어느 쪽의 인내심이 먼저 바닥을 보일지 승부다.'

아쉬운 것은 진본해만이 아니다. 적이 싸우고 싶어서 안달이 났다는 것은 쉽게 알 수 있었다.

이런 어마어마한 규모의 기환진을 유지하기 위해서는 그만한 대가를 치러야 할 것이다. 적들도 초조해하고 있다.

기환진이 무너지는 것이 먼저인가, 아니면 진본해가 한계에 달하는 것이 먼저인가?

문제는 바깥 상황이다. 진본해가 이곳에 잡혀 있는 동안 청해용왕대가 몰살당한다면 결국 패배하는 것이나 다름없다.

'그때는 복수해 주마.'

최악의 경우를 상정하면서도 진본해는 방침을 분명히 했다.

청해용왕대의 동지들을 믿는다. 하지만 그들의 힘이 다해 무너진다면, 그때는 무슨 수를 써서라도 복수해 줄 것이다.

〈언제까지 도망 다닐 수 있는지 보자!〉

강시가 된 전대 팔대호법, 교주에게 불사령이라는 이름을 받은 그가 공격을 가했다. 격공의 기로 진본해의 방어를 유도한 다음 곧바로 뛰어들면서 봉 끝에 길게 휘어진 날이 달린 언월도를 휘두른다.

투학!

진본해가 흑색의 삼지창으로 그것을 받아내자 굉음이 울리며 공간이 뒤흔들렸다.

그 틈을 타고 다른 이들이 좌우로 산개하며 공격을 가해왔다.

서로 연계가 잘 안 되어서 틈이 발생할 것을 우려해서 나머지는 기공파와 의기상인으로 원거리 공격을 가하고 단 한 명, 칠요군 중 늑대인간의 모습을 한 강요군만이 뛰어들어 왔다.

"청해용왕! 도망치지 말고 겨뤄보자!"

"다른 놈들 치우고 너 혼자 오면 받아주마."

짐승 같은 울부짖음에 진본해가 시큰둥하게 대답했다.

이들 중 일대일로 겨뤄서 진본해를 감당할 수 있는 자는 아무도 없다. 하지만 압도적으로 유리한 배경을 등에 업고 연계 공격을 펼치니 상대하기가 쉽지 않았다.

'한 놈 정도는 줄여놓을까?'

진본해는 잠깐 고민했다. 든든하게 배도 채웠겠다, 약간만 무리를 감수하면 한 놈 정도는 탈락시킬 수 있을 것 같았다.

하지만 그는 곧바로 그런 유혹을 떨쳐 버렸다.

꽈광! 꽝!

먼 곳에서 솟구친 섬광 한 줄기가 그 자리에 내리꽂혔기 때문이다.

두 발의 화살이 그가 있던 자리를 강타했다. 포물선을 그리며 날아들었으면서도 소리보다도 더 빠른 화살이었다.

그것을 피하는 순간, 가려진 시야 너머에서 직선으로 날아든 또 한 발의 화살이 그의 방어 위를 강타했다. 그리고 그가 밀려나는 사이 하늘 위로 날아올랐던 화살들이 마치 먹이를 향해 강하하는 독수리처럼 급가속하며 내리꽂혔다.

꽈광! 꽈과광! 꽈과과광!

폭발이 연달아 터졌다.

도저히 화살이라고는 믿을 수 없는 파괴력이었다. 소리보다도 빠른 화살이 한 발 한 발 떨어질 때마다 충격파가 반경 수십 장을 휩쓴다.

진본해가 정신없이 경공을 펼쳐서 그것을 피했다. 그런 그가 달리는 궤도로 불사령 일당이 쏘아낸 격공의 기와 기공파들이 소나기처럼 쏟아져 내린다.

'기륭! 이놈, 놀고먹진 않았군!'

진본해가 이를 갈았다.

100장(약 300미터) 밖에 위치한 한 명의 궁수가 극한까지 연마한 해룡시와 은살시를 이용한 저격을 쏘아대고 있다.

그 궁수의 이름은 기륭, 수십 년 전 진본해와 청해용왕 자리를 두고 다퉜던 남자였다.

기륭은 스승과 장로들의 결정에 승복하지 못하고 반란을 일으켰다 처단당했다. 모두가 그가 죽었다고 여겼건만, 기적처럼 목숨을 건져서 복수의 칼날을 갈고 있었던 것이다.

'복수자 주제에 냉정하군. 사부님의 가르침만은 잊지 않았다 이건가?'

궁사는 언제, 어느 때라도 얼음처럼 냉정해야 한다. 무위를 자랑하겠다고 상대와 직접 맞서는 게 아니라 자신이 선택한 거리에서 적을 격살하는 것이야말로 궁사의 긍지다.

기륭은 선대 청해용왕의 가르침을 철두철미하게 지키고 있었다.

그는 이 진법이 펼쳐지기 전에 진본해를 마주한 이후로는 한 번도 얼굴을 보이지 않은 채 궁사의 본분에 충실했다. 그의 궁사로서의 기량은 진본해와 필적하는 경지에 이르러 있었다.

"하아!"

이대로는 도저히 빠져나갈 수 없다.

그렇게 판단한 진본해가 비장의 수를 펼쳤다. 내력을 크게 소모할 각오를 하고 심상경의 절예를 펼친 것이다.

그의 몸이 빛으로 화하는 것을 보며 불사령이 속으로 회심의 미소를 지었다.

'흥! 네놈이 심상경의 절예를 심즉동으로 펼쳐내는 경지에 이르렀다는 건 안다. 그렇다고 해도 의미 없는 발버둥이다!'

진본해가 심상경의 절예로 공격해 오는 것은 불사령이 기다렸던 바다.

불사령과 암서령은 심상경에 도달한 인물이다. 그리고 흑운령은 많은 인명을 제물로 바쳐서 만들어낸 호부(護符)와 삼라허상진의 힘을 더해서 기화를 막을 준비를 갖추고 있다.

고위 요괴인 칠요군은 기화를 막을 수 있는 능력을 가졌다. 진본해라면 이런 특성마저 초월하는 심상을 구현할 수 있겠지만, 삼라허상진이 그들을 가호하는 한 일격필살은 피할 수 있으리라.

그러니 진본해는 성과 없이 내력만 크게 소모하고 빈틈을 드러내게 된다. 그것이 바로 불사령이 노리는 순간이었다.

〈으음?〉

하지만 다음 순간 불사령은 이상함을 느꼈다.

빛이 솟구치고 나서 눈을 두 번 깜빡할 시간이 흘렀다. 그런데 아무 일도 일어나지 않았다.

〈설마…….〉

불사령은 어처구니없는 사실을 깨달았다.

없다.

흩어지는 빛 무리 너머에서 진본해의 모습을 찾을 수 없었다.

〈…심상경의 절예를 도망치는 데 썼다고?〉

생전과 사후를 합쳐 백 년에 가까운 시간을 존재해 온 불사령
도 듣도 보도 못한 발상이었다.

귀혁이 그랬듯 진본해 역시 기화와 육화의 부담을 초월하고
다양한 심상을 구현하는 경지에 도달해 있었던 것이다. 그는 빛
보다 빠르게 그 자리를 이탈, 무시무시한 경공으로 그들을 피해
사라져 갔다.

〈이런 쥐새끼 같은 놈!〉

불사령이 분통을 터뜨렸다.

그들의 싸움은 아직도 끝이 보이지 않았다.

2

굼린 장로와 합류한 형운 일행은 곧바로 다른 은신처를 향해
움직였다.

청해용왕대는 해루족이나 요마군도 측에 비해 수가 적다. 그
러니만큼 만약의 사태에 대한 대비가 철저했다.

지금처럼 본거지가 적들에게 밀렸을 경우를 대비해서 도주로
를 설정해 두는 것은 물론이고, 은신처와 무기고 등도 준비해
두었다. 일행은 가는 동안에 무기를 보급할 수 있었다.

"굉장히 잘 보관되어 있군."

천유하가 물건들을 보며 혀를 내둘렀다.

무기는 생각지도 못한 장소에 보관되어 있었다. 짐승들이 살고 있는 동굴 속에 있는 경우도 있었고, 숲 한복판에서 파내는 경우도 있었으며, 연못 속에 가라앉혀 둔 것을 건져내기도 했다.

이 모든 것을 기억하고 있는 양진아도 놀랍지만 무기의 보관 상태도 놀랍다. 도검류도, 창대나 활 등도 새것 같았다.

양진아가 화살을 시위에 물리며 말했다.

"밀봉하고 술법으로 공기를 빼내서 진공 상태로 만드는 거야. 보존성을 극도로 높일 수 있는 방법이지."

곧 그녀가 사격을 가했다. 은형시가 발동, 소리 없이 날아간 화살이 30장 밖에 있던 토끼를 꿰뚫었다.

청해용왕대는 활과 화살이 있느냐 없느냐에 따라서 전투력이 극단적으로 차이가 난다. 정식 대원은 전원이 해룡시와 은형시를 익히고 있으니까 당연한 일이다.

양진아도 마찬가지였다. 일대일로 비무를 한다면 모를까, 지금처럼 다수의 적과 전투를 벌여야 하는 상황에서 충분한 화살을 보급한 의미는 컸다. 그녀의 몸 상태가 정상이 아닌 만큼 더더욱.

사냥은 순식간이었다. 딱히 자리를 잡지도 않고 이동하는 동안 간간히 눈에 띈 사냥감을 잡는 것만으로도 스물여덟 명의 인원이 허기를 채울 만한 양이 모였다.

다들 다치고 지쳐 있었기 때문에 영양 보급이 중요했다. 가죽을 벗기는 것을 보는 그들의 눈에 기대감이 어렸다.

적의 추적을 우려해서 불은 피우지 않았다. 열양지기로 고기를 익힌 다음 잽싸게 먹고 일부러 흔적을 여기저기 흩어놓았다.

마곡정이 물었다.

"연기가 안 나도 고기 굽는 냄새는 날 텐데. 요괴 놈들 중에 후각이 예민한 놈이 있다면 금방 들키지 않을까?"

후각이 보통 인간과는 비교도 안 될 정도로 발달한 그다운 지적이었다. 후각을 기감으로 활용하는 것까지 가능한 그는 때로 짐승의 후각이 인간의 시각보다도 분명하게 목표를 추적할 수 있음을 알고 있었다.

굼린이 말했다.

"그것까지는 어쩔 수 없지. 언제 싸움을 벌일지 모른다면 적어도 배는 든든히 채워두는 게 낫지 않겠나?"

영수인 호롱은 일행의 존재를 감춰줄 수 있는 능력이 있지만 냄새를 없앨 수는 없었다.

일행은 식사를 마치자마자 이동하기 시작했다. 빠르게 은신처들을 훑으면서 생존자들을 찾아볼 계획이었다.

하지만 적들의 움직임이 생각보다 빨랐다.

―모두 멈춰요.

문득 형운이 말 대신 다중전음으로 말했다. 모두의 시선이 쏠리자 그가 설명했다.

―매복한 놈들이 있어요.

―매복이라고?

굼린이 믿을 수 없다는 듯 물었다. 그도 느끼지 못한 것을 형운이 감지했다니?

그러면서도 목소리를 내는 우를 범하지는 않는다. 형운이 굳이 전음으로 말한 의도를 파악했기 때문이다.

적들 중에 요마군도의 요괴가 있다면, 인간과는 비교도 할 수 없는 청력을 지닌 자도 있을지도 모른다.

형운이 대답했다.

─방향은 이쪽과 이쪽. 거리는 둘 다 120장(약 360미터) 정도. 우리를 확실하게 보고 있습니다.

나무가 우거진 숲 속인데 이쪽을 본다는 것은 저쪽의 위치가 더 높고, 관찰이 유리한 지형을 선점했다는 뜻이다. 그리고 그것은 궁사들이 저격에 임할 때 가장 먼저 확보해야 하는 위치였다.

굼린이 물었다.

─확실한가?

─믿기 어렵겠지만, 믿어. 여기까지 오는 동안 한 번도 틀리지 않았으니까.

"음……."

양진아가 단언하자 굼린이 침음했다. 믿기 어려웠지만 양진아는 이런 일에 대해서 허튼소리를 하는 사람이 아니다.

문득 양진아가 입을 열어 말했다.

"아, 지쳤어. 해가 지기 전에는 좀 발 뻗고 잘 만한 곳으로 가고 싶은데……."

"투정 부릴 때가 아닐 텐데?"

뜬금없는 소리였지만, 서하령이 곧바로 대꾸했다. 그리고 한 박자 늦게 다른 사람들도 별 의미 없는 대화를 나누기 시작했다.

적들 중에 청력이 뛰어난 자가 있다면 대화가 끊긴 상황을 수상하게 여길 것이다. 그러니 위장하기 위해 대화를 나눌 필요가 있었다.

서하령이 물었다.

―냄새로 찾은 걸까?

―아마도. 요마군도의 요괴들 중에서는 후각이 예민한 녀석이 많으니까 그걸 특수한 능력으로 승화시킨 녀석이 있다고 해도 이상할 게 없지.

양진아가 긍정했다.

사냥개처럼 냄새로 상대를 쫓을 뿐이라면 피할 방법은 많다. 하지만 냄새로부터 그 이상의 정보를 얻는 능력을 가진 상대라면? 기환술로 대응하지 않는 한 대응책은 바다로 나가는 것뿐이리라.

양진아가 한숨을 쉬었다.

―아마 이것도 미리 준비했을 거야. 표적은 나 아니면 굼린이겠지.

그런 능력의 소유자가 있다면 평소에 두 사람이 쓰던 물건을 확보해 두기만 해도 추적하기 쉽다.

양진아가 눈을 빛냈다.

―선풍권룡, 적의 수를 알 수 있어?

―87명. 일단 내 눈에 보이는 거리에 있는 건 그렇군.

곧바로 대답이 나오자 양진아도 놀랐다. 그녀가 혹시나 하는 심정으로 물었다.

—혹시 구성원 정보도 알 수 있을까?

그러자 굼린을 비롯한 청해용왕대 사람들이 다들 어이없어하며 양진아를 바라보았다. 도대체 말이 되는 요구를 해야 할 것 아닌가?

하지만 형운은 잠시 눈살을 찌푸렸을 뿐, 곧 믿을 수 없는 정보를 풀어놓았다.

—인간이 50명, 요괴가 37마리.

—응?

—그중에 화군이라는 자도 있어. 나머지는 내가 본 적 없는 자들이고. 요괴 중에 하나는 무서운 기운을 가졌군.

"······."

다들 입을 떡 벌리고 형운을 바라보았다. 물어본 양진아도 눈이 휘둥그레졌다.

동시에 살기가 부풀었다. 마곡정이었다.

"곡정아."

서하령이 그의 어깨를 붙잡으며 속삭였다. 그러자 실수를 깨달은 마곡정이 이를 악물고 살기를 가라앉혔다.

경악한 나머지 입만 뻐끔거리던 양진아가 물었다.

—장난치는 거 아니지?

—자기가 물어봐 놓고 할 소리야?

—아, 아니, 그런 건 아닌데······.

형운의 태도가 너무나도 당당해서 양진아는 아연해졌다. 정말 이 거리에서 적의 존재를 눈치챈 것은 물론이고 이토록 자세한 정보까지 알아내는 게 가능하단 말인가?

'주술사들의 예지로도 그렇게는 못 할 텐데?

도저히 믿을 수가 없었다. 하지만 형운이 거짓말을 할 이유도 없고, 장난을 칠 만한 상황도 아니다.

형운은 속으로 한숨을 쉬었다.

'상황이 상황이라 큰맘 먹고 말하기는 했다만……'

양진아의 질문에 대답해 준 것은 서하령과 전음으로 빠르게 의사 교환을 한 후에 결정한 일이다.

사실 형운은 지금 말한 것보다 더 자세한 정보를 파악했다.

적들 중에 순혈의 인간이 몇 명이고 영수 혼혈은 몇 명인지, 그리고 그들 개개인의 내공 수위가 어느 정도고 청해용왕대의 내공심법을 익힌 자가 누구누구인지. 요괴 중에 하나는 굼린과 비교해도 압도적인 기운을 가졌다는 것까지.

'요괴의 기운이 인간의 것보다 훨씬 큰 거야 당연하지만… 진짜 위험한 건 그쪽이 아니야.'

그중에 가장 신경 쓰이는 것은 희미한 살기조차 죽이고 이쪽을 주시하고 있는 남자다.

내공 수위는 굼린 장로와 같은 8심. 진기의 질을 보건대 청해용왕대의 내공심법을 익힌 것이 분명했다.

'사웅이라는 자인가?

양진아가 준 정보상으로는 그 외에 다른 인물을 떠올릴 수 없었다.

그때 양진아가 말했다.

―역습하자.

적들은 일행이 사정거리 안에 들어올 때를 기다리고 있다. 유리한 고지를 선점한 채로 저격을 가하고는 혼란에 빠진 틈을 찌를 속셈이리라.

하지만 그들은 형운과 같은 능력을 지닌 자가 있으리라고는 상상도 못 할 것이다. 그러니 그 점을 십분 활용해서 역습을 가한다.

양진아가 형운에게 부탁했다.

─선풍권룡. 적들의 매복 지점을 알려줘.

아무리 궁술이 뛰어나도 극복할 수 없는 문제가 있다.

표적이 어디 있는지 모른다면 쏘아 맞힐 수 없다.

이 상황은 궁수들끼리의 싸움에서는 이미 승부가 끝난 상황이나 마찬가지다.

저쪽에서는 이쪽을 보는데 이쪽은 저쪽을 보지 못한다. 게다가 저쪽이 저격에 유리한 지점까지 확보했다.

이러면 도저히 승부가 되지 않는다. 무조건 저쪽의 승리다.

하지만 형운의 능력이 있다면 압도적인 열세를 뒤집을 수 있었다. 양진아는 물론이고 청해용왕대의 일원 모두가 형운의 말을 기다리며 화살을 시위에 걸었다.

─알려줄 수는 있는데 그걸로 정확한 사격이 가능한가?

─어렵지. 하지만 해룡시라면 범위 타격이 가능하고, 일단 움직여서 기척이 드러난 적이라면 얼마든지 명중시킬 수 있어.

양진아는 확고한 자신감을 보였다. 형운은 그녀를 믿고 적들의 위치를 지정했다.

곧 일행은 적들이 설정한 사정거리를 추정, 아슬아슬한 거리까지 접근했다. 그리고…….

쉬쉬쉬쉬쉬쉭!

벼락처럼 태세를 전환, 광풍을 휘감은 해룡시를 연달아 쏘아내어 적들의 매복 지점을 타격했다. 시간 차를 두고 화살들이 떨어지면서 폭음이 숲을 뒤흔들었다.

3

"뭐야?"

화군은 경악했다.

완벽하게 매복한 채로 적들이 사정거리에 들어오길 기다리고 있었다. 적들은 그들의 존재를 까맣게 모르는 채로 함정으로 기어들어 오는 것 같았다.

그런데 그들이 딱 저격하기 좋은 지점 앞까지 다가온 순간, 벼락처럼 선공을 가해왔다. 마치 이쪽이 어디서 뭘 하고 있는지 보이기라도 하는 것처럼 정확한 사격이 날아들었다.

"무슨… 커억!"

날아든 해룡시로 세 명이 사망, 나머지는 화살이 도달하기 전에 급하게 매복 지점에서 이탈했다. 하지만 그 순간 기다렸다는 듯이 은살시가 날아들어서 그들을 꿰뚫어 버렸다.

"젠장!"

화군이 격노했다.

도대체 어떻게 된 것인지 모르겠다. 하지만 중요한 것은 적들이 그들의 매복을 완벽하게 파악하고 있었으며, 허를 찌른 기습으로 열 명 이상을 쓰러뜨렸다는 것이다.

'말도 안 되는 솜씨다!'

청해용왕대의 궁술은 뛰어났다. 하지만 그중에서도 양진아와 굼린의 솜씨는 신기에 가까웠다.

다른 이들은 매복자들의 위치를 어림잡고 쏘아내서 범위 타격을 가한 후, 회피 지점을 예측해서 두세 명이 한 지점에 은살시를 여러 발 쏘아냄으로써 잡았다.

하지만 양진아와 굼린은 첫 해룡시로 각각 한 명씩을 잡고, 이어지는 은살시로 또 한 명씩을 잡았다.

비교를 불허하는 솜씨였다. 화군도 스스로의 궁술에 자신이 있었지만 저 둘에 비하면 한 수 처진다는 것을 인정할 수밖에 없었다.

하지만 이쪽에도 저들과 필적하는 궁사가 존재한다.

"크악!"

적의 비명이 울려 퍼졌다.

사웅이 쏘아낸 화살이 청해용왕대의 궁사 중 한 명을 관통한 것이다. 저편에서 양진아가 격노해서 외쳤다.

"사웅!"

사웅은 대꾸하지 않았다. 대신 하늘로 한 호흡에 다섯 발의 해룡시를 쏘아내고는 다시 정면으로 화살을 겨누었다.

그러나 그 순간 폭음이 울려 퍼졌다.

꽈광!

사웅이 눈을 크게 떴다.

그와 양진아, 굼린 사이에는 70장에 달하는 거리가 있었다.

그리고 셋 다 화살을 잡고 있었으니 다른 공격 수단으로 빠르게 원거리 공격을 가하기는 어렵다.

그런데도 누군가 고속의 기공파로 그의 움직임을 저지했다.

'굉장한 위력이다! 최소한 나와 동격의 내공을 지닌 자!'

놀란 그에게 푸른 섬광이 연달아 날아들었다. 소나기처럼 연사하고 있는데도 한 발 한 발이 경시할 수 없을 정도로 강맹한 기공파였다.

"풍혼권이라는 애송이인가?"

그의 추측대로였다. 청해용왕대가 사격을 가하는 것과 동시에 형운이 거리를 좁혀오고 있었던 것이다.

사웅은 유려한 움직임으로 유성혼을 비껴내면서 활을 등에 멨다. 그리고 대신 흑색의 삼지창을 들었다.

꽈광! 꽈과과광!

동시에 그가 하늘로 쏘아냈던 다섯 발의 해룡시가 포물선을 그리면서 급강하, 적 진영에 작렬하면서 충격파를 흩뿌렸다. 아직 그 자리에 있던 청해용왕대의 궁사들이 거기에 휩말려서 날아가 버렸다.

쾅!

급가속해서 뛰어들어 온 형운과 사웅이 격돌했다. 충격이 폭발하면서 주변의 수풀과 나무들이 부서져서 흩어지고 사웅이 뒤로 주르륵 밀려났다.

'설마 이 애송이의 내공이 나를 능가한단 말인가?'

사웅이 경악했다. 그의 내공은 8심에 이르렀으며, 기심 하나하나의 완성도도 절정에 달해 있었다.

그런데도 형운과 격돌하는 순간 명백히 열세에 처했다. 형운의 내공이 그보다 위라는 증거였다.

'아무리 비정상적인 존재라고 해도 그렇지, 말도 안 되는 일 아닌가?'

물론 형운의 내공은 아직 8심에 머물러 있었다. 다만 일월성신의 특성상 한없이 9심에 가까운 수준일 뿐이다.

기심의 수가 같다면 한 번에 발할 수 있는 진기의 양, 진기의 여력, 그리고 진기의 질까지 모든 면에서 형운을 능가할 수 있는 존재는 세상에 없었다.

파밧!

사웅은 경악하면서도 기민하게 대응했다. 초고속의 창격이 형운을 노리는 가운데 감각과 진기 운행을 흐트러뜨리는 의기상인, 그리고 허점을 만들어내기 위한 격공의 기가 어지럽게 쏟아졌다.

형운의 내공 수위는 놀랍기 그지없지만 사웅은 이미 심상경의 절예를 터득한 몸이다. 창술은 물론이고 기공도 극한의 경지에 도달했다.

과연 형운의 움직임이 조금씩 흐트러지기 시작했다.

'철벽이군!'

사웅은 경탄했다.

둘은 남들의 눈에는 보이지도 않을 정도로 초고속의 공방을 벌이고 있다. 이런 상황에서 아주 약간이라도 움직임이 흐트러지는 것은 치명적이다. 사웅은 정교한 의기상인과 미세한 격공의 기로 그것을 의도해서 성과를 거두었다.

그런데도 형운의 방어가 무너지지 않는다.

틈이 보인다 싶어서 찌르면 거짓말처럼 형운의 움직임이 가속하면서 막아낸다. 도저히 방어할 수 없는 자세에서도 마치 시간을 되돌리듯이 손발이 절묘한 위치로 이동해서 방어를 이어나가고 있었다.

형운은 간담이 서늘해졌다.

'이 사람, 강하다!'

사옹은 형운이 이제까지 경험해 보지 못한 수준의 적이었다.

지금까지 형운은 여러 번 괴물 같은 적들을 물리쳐 왔다. 그러나 무인으로서 심상경에 도달한 적과 일대일로 대적하는 경험은 처음이다. 이전에도 그런 적을 만난 경험은 있지만, 그때 그들과 싸우는 것은 형운이 아니라 선검 기영준이나 혼마 한서우 같은 이들의 몫이었다.

투두두두두두!

형운의 손발과 사옹의 창이 부딪치는 것만으로도 땅이 뒤흔들리고 대기가 진동한다. 형운의 몸을 휘감은 광풍혼과, 사옹의 창에서 일어나는 광풍이 충돌하면서 주변 대기가 비명을 지르며 날뛰었다.

파밧!

창날이 형운의 소매를 찢고 지나갔다.

"큭!"

놀랍게도 사옹의 창술은 마창사괴와 필적하는 수준에 이르러 있었다. 그들 개개인이 아니라 넷이 한 몸이 되었을 때와 비견될 만하다.

형운이 그것을 따라갈 수 있는 것은 한층 더 강해진 신체 능력과 완숙해진 감극도의 연계 덕분이다. 단순히 신체 능력만 놓고 보면 지금의 형운은 귀혁조차도 능가하는 수준에 이르러 있었다.

문제는 기공이었다.

기공을 다루는 능력의 격차가 너무 크다. 사옹은 고속으로 공방을 벌이는 와중에도 의기상인을 마치 몸의 일부처럼 자유자재로 다루며 형운을 압박하고 있었다.

살무귀 사건 전이라면 형운은 도저히 사옹의 적수가 될 수 없었을 것이다. 하지만 지금의 형운은 그와 맞상대를 해내고 있었다.

사옹의 진기 흐름을 본다. 그리고 그 의미를 파악한다.

의기상인이 어떤 의도로 운용되는지 읽어낸다.

격공의 기가 어디를 노리는지, 그의 시선과 기감이 노리는 지점을 통찰한다.

무인으로서의 기량을 초월한 일월성신의 능력이 격차를 메우고 있었다.

펑!

큰 폭음이 울리며 형운이 한 발짝 뒤로 물러났다. 사옹은 그 틈을 놓치지 않고 몰아붙였지만 형운은 금세 태세를 바로잡고 막아냈다.

'젠장! 뭘 할 틈을 안 주네!'

상황을 뒤집기 위해 뭔가를 하려고 하면 사옹이 귀신같이 알아차리고 견제해 온다. 광풍혼을 확장하는 것도, 중압진을 펼치

는 것도, 격공의 기로 허를 찌르는 것도 전부 차단당하고 있었
다. 심지어 운화조차도 펼칠 틈이 없었다.

'음!'

하지만 충분히 우세를 점하고 있음에도 사웅의 표정이 굳었
다.

그는 충분히 여유를 두고 형운을 상대하고 있었다. 굼린이라
는 강적이 있는 상황에서 주변을 살피길 게을리할 수 없기 때문
이다.

그런데 형운에게 묶여 있는 동안 상황이 악화되어 간다.

다행히 굼린은 칠요군 중 하나, 사요군과 그 부하들이 붙잡아
주고 있었다.

하지만 나머지는 아니다. 정면으로 뛰어든 적들을 상대하는
동안 측면으로 우회한 자들이 시간 차로 급습, 기세를 올리고
있었다.

'이 녀석에게 붙잡혀 있을 때가 아니다.'

이대로는 단번에 전세가 기운다. 그렇게 판단한 사웅은 비장
의 패를 꺼내 들었다. 그의 몸이 빛을 발하기 시작했다.

동시에 형운은 오싹한 공포를 느꼈다.

'심상경!'

형운의 기량을 인정한 사웅이 진기 소모를 감수하고 심상경
의 절예를 펼치고 있었다.

그는 아직 심상경의 절예를 심즉동으로 펼치는 경지에 이르
지 못했기에 대비할 시간이 있었다. 하지만 문제는 사웅이 택한
전술이었다. 그는 결코 서두르지 않고 철두철미한 공방으로 형

운의 움직임을 제약시키면서 천천히 심상경의 절예를 완성해 가는 게 아닌가?

형운은 그것을 뻔히 보면서도 도망칠 수도, 저지할 수도 없었다.

'이대로는 죽어.'

형운은 다급해졌다.

이런 경우는 처음이었다. 자신이 지닌 비장의 패를 꺼낼 수조차 없다니!

차라리 사웅이 강공을 펼쳐서 틈을 만들고 잽싸게 심상경의 절예를 펼쳤다면 얼마든지 대응할 수 있었을 것이다. 그러나 이래서야 손발이 묶인 채로 목이 잘리길 기다릴 뿐이다.

'어떻게 해야 하지?'

형운의 안색이 창백해졌다. 절망적인 결말을 확신하면서 움직임에 동요가 드러났지만, 사웅은 뻔히 보이는 허점조차도 찔러오지 않았다.

무섭도록 신중한 태도다. 심상경의 절예를 쓰기로 결단한 이상 아무리 매력적인 미끼가 보여도 흔들리지 않고 형운이 변수를 일으키지 못하도록 막는 것에만 전념한다.

'생각해.'

형운은 목이 서서히 칼에 잘려 나가는 듯한 공포 속에서도 사고를 멈추지 않았다.

'생각해!'

그리고 마침내 사웅의 모습이 완전히 빛으로 화했다.

4

    심상경의 절예는 펼쳐지는 순간과 명중하는 순간의 시간 차가 없다.

    피와 살로 이루어진 몸을 지닌 자들이 부딪칠 수밖에 없는 물리적인 한계, 시공의 제약을 뛰어넘는 절대적인 일격. 그 앞에서는 아무리 단단한 벽을 세워도 의미가 없고 같은 심상경의 절예나 혹은 기화를 막는 능력만이 유효한 방어 수단이 될 수 있었다.

    "음……."

    빛으로 화했던 사웅이 멈춰 서 있었다. 그는 굳은 얼굴로 전방을 바라보았다.

    쿠구구구…….

    굉음이 잦아드는 가운데, 모래먼지가 뭉게뭉게 피어오르고 있었다. 그리고 그 속에서 피투성이가 된 사람의 모습이 드러났다.

    형운이었다.

    "헉, 허억……."

    형운이 고통스러운 숨을 토했다.

    오른쪽 옆구리를 찔렸다. 그리고 왼쪽 어깨는 완전히 관통당해서 출혈이 어마어마했다. 찔린 곳이 조금만 옆쪽이었다면 팔이 잘려 나갔으리라.

    심상경의 절예를 맞아서 생긴 부상이 아니다. 만약 그랬다면 전신이 통째로 기화해 사라졌거나, 설령 궤도가 어긋났다 하더라도 닿은 지점은 깨끗하게 없어졌을 테니까.

"형운!"

서하령이 비명처럼 외쳤다.

절체절명의 순간, 형운을 구원한 것은 그녀의 음공이었다.

형운은 마지막까지 생각을 멈추지 않았고, 벼락처럼 머리를 스쳐 가는 방법을 실행에 옮겼다. 서하령에게 전음으로 음공을 요청한 것이다.

서하령은 요청을 받자마자 망설임 없이 음공을 쏟아냈다.

예상치 못한 공격에 사웅의 기파가 흐트러졌고, 그것은 형운에게는 유일하게 살아날 구멍이었다. 조금 전까지만 해도 무슨 짓을 해도 파고들 틈이 없었던 사웅의 움직임에 미세한 허점이 발생했다.

형운은 방어를 도외시하고 달려들어 일권을 날렸다.

그 결과가 이것이었다.

"후우."

사웅이 심호흡을 한 번 했다.

중상을 입은 형운에 비하면 경미한 부상이지만 그 역시 멀쩡하지는 않았다. 형운의 일권을 받아내느라 미미한 내상을 입었던 것이다.

하지만 심호흡을 하는 것만으로도 흐트러졌던 진기 흐름이 바로잡힌다. 굳어졌던 몸이 움직이기 시작했다.

"음공이라. 인어도 아니고 대륙의 인간 중에서도 이런 능력을 가진 자가 있군."

서하령의 음공은 기적적인 효과를 거두었다. 하지만 거기까지다. 그녀는 요마군도의 요괴들을 상대하느라 더 이상 형운을 도와줄 수 없다.

형운은 숨을 몰아쉬고 있었다. 진기 운행으로 출혈을 막기는 했지만 부질없는 짓이다. 저 몸으로는 더 이상 사웅의 공격을 막을 수가 없다.

"하지만 여기서 끝이다."

형운은 대답하지 않았다. 사웅이 움직임을 회복하는 것을 뻔히 보면서도 숨을 고르는 데 열중할 뿐이다.

물론 사웅은 형운의 회복을 기다릴 이유가 없었다. 진기 흐름이 안정되는 순간, 흑색의 삼지창이 섬전처럼 뻗어 나갔다.

그리고 창끝이 허공을 갈랐다.

'음?'

사웅이 경악했다. 완벽하게 형운을 관통했어야 할 일격이었다. 그런데 어째서 허공을 쳤단 말인가?

형운의 모습이 사라졌다. 땅으로 꺼진 것처럼 기척조차도 소실되었다.

'무슨 수를 쓴 거지?'

사웅이 의문을 품는 순간, 그의 등 뒤에서 나타난 형운이 일권을 날렸다.

꽈광!

폭음이 울리며 사웅과 형운이 서로 반대편으로 튕겨 나갔다.

사웅은 10장 가까이 날아가다가 몸을 회전시키며 착지했다. 하지만 기세가 워낙 강해서 몇 번이나 더 땅을 박차며 기세를 죽이고서야 멈출 수 있었다.

그러나 형운은 그러지 못했다. 그대로 땅에 처박혔다.

"…쿨럭!"

사웅이 피를 토했다. 휘청거리며 무너지던 그가 창으로 땅을 찍으며 버텨냈다.

"괴물 같은 놈이군……."

더 이상 빠져나갈 구석이 없어 보이는 상황에서도 형운은 반격을 준비하고 있었다.

출혈을 막고, 진기 흐름을 최대한 바로잡으면서 감극도 무심반사경─인형술을 발동했다. 통각을 고통으로 인식하는 감각을 강제로 닫아버리고 모든 감각을 절대감각을 통한 '상태'로만 인식하며, 마치 실로 연결된 인형을 조종하듯이 자신의 몸을 제어하는 기술.

그리고 사웅이 움직이는 그 순간 무심반사경으로 설정해 두었던 운화를 발동, 뒤를 잡고 혼신의 일격을 가했다.

사웅이 아닌 다른 누군가였다면 꼼짝없이 당했으리라. 사웅은 형운의 기척이 후방에서 구체화되는 순간 몸을 앞으로 날리면서 창대를 뒤로 찔렀다.

서로 맞치는 형태였다.

그러나 사웅이 앞으로 몸을 날렸기에 형운의 일권은 반 이상 위력이 죽었고, 사웅의 창대는 뛰어드는 형운에게 절묘한 반격으로 들어갔다.

"공자님!"

"형운!"

찢어지는 비명이 울려 퍼졌다. 가려와 서하령이었다.

하지만 두 사람은 자신들이 상대하는 적들을 뚫을 수가 없었다. 오히려 동요하는 바람에 적들에게 공격할 틈을 내줘서 궁지에 몰렸다.

사웅의 눈이 흉흉한 살기를 발했다.

'저놈은 여기서 끝장을 내둬야 한다.'

형운은 아직 숨이 붙어 있었다. 상식적으로 생각하면 살아날 수 없는 중상이지만, 사웅은 왠지 확실하게 처리해야 한다는 느낌을 받았다. 수십 년 동안 실전을 이겨낸 전사로서의 감이었다.

콰창!

하지만 그가 손을 쓰기 전에 누군가 달려들었다. 사웅은 상대를 확인하지도 못한 채로 공격을 막아내고는 뒤로 날았다. 그러자 상대가 질풍처럼 쫓아 들어와서 무시무시한 속도로 공격을 가해왔다.

"사웅!"

양진아였다.

은은한 푸른 기가 돌던 그녀의 머리칼이 검푸르게 변하고 자수정빛 눈동자가 기이한 빛을 발한다. 영수의 힘을 일깨운 것이다.

조금 전까지만 해도 그녀 역시 적들과 싸우느라 손을 쓸 수 없었다. 단번에 적들을 돌파해서 사웅을 막을 방법은 영수의 힘을 일깨우는 것뿐이었다.

"큭!"

사웅이 신음했다.

평소였다면 양진아가 영수의 힘을 일깨웠다 한들 그의 상대가 못 된다. 하물며 지금의 양진아는 환자나 다름없는 상태라 영수의 힘을 일깨워도 움직임이 둔했다.

하지만 사웅 역시 형운과의 격돌로 부상을 입었다. 몸이 뜻대로 움직이지 않는 것은 물론이고 진기 흐름도 흐트러져서 양진아를 뿌리칠 수가 없었다.

'선풍권룡! 죽으면 안 돼! 아직 갚아야 할 빚이 산더미 같은데 죽어버리면 저승까지 따라가서라도 걷어차 줄 거야!'

양진아는 혼신의 힘으로 사웅을 몰아붙였다. 폭음이 울려 퍼지며 사웅이 정신없이 뒤로 밀려났다.

"죽어!"

양진아는 분노를 활화산처럼 쏟아냈다.

긴 세월 동안 사형제로서 지낸 정이 있다. 가족처럼 여겼던 그가 어째서 배신했는지 이유를 알고 싶어서 미칠 지경이었다.

하지만 그녀는 그 모든 감정을 뿌리치고 결단했다.

자신을 구하기 위해 희생한 해파랑의 모습이 마음을 단단히 붙잡아주는 닻이 되어주었다. 과거의 정에 얽매여서 실수한다면 그 앞에서 어떻게 고개를 들 수 있겠는가?

사웅이 이를 악물었다.

"진아야."

공방의 균형이 변하기 시작했다. 정신없이 밀리던 사웅이 점차 진기의 흐름을 바로잡으면서 방어를 굳히고 있었다.

양진아가 공격할 때마다 물러나던 보폭이 점차 줄어든다. 그러더니 세 번 받아낼 때마다 한 걸음만 물러나고, 그러다가 더 이상 물러나지 않고 제자리에서 공방을 주고받았다.

"내 이름을⋯⋯!"

양진아가 흉흉하게 눈을 빛냈다.

"⋯더러운 입으로 부르지 마!"

응축되었던 진기가 폭발했다. 양진아의 창격이 사웅의 몸을 스치고 지나갔다.

사웅이 경악했다.

'일부러 기세를 늦춰서 내 감각을 혼란시켰단 말인가?'

지금까지도 숨 쉴 틈도 없이 빠른 공방이었다. 몸이 쇠약해졌다고 해도 영수의 힘을 일깨운 양진아는 속도에서 사웅을 능가한다. 그저 사웅이 창술의 숙련도와 기기묘묘한 기공으로 그 차이를 역전했을 뿐이다.

그런데 사웅이 균형을 회복하고 반격을 결단하는 그 순간, 양진아의 움직임이 폭발적으로 가속했다.

핏!

양진아의 창날로부터 일어난 기운이 사웅의 볼을 찢었다.

'과연 천부의 재능!'

전율이 일었다.

그저 완급을 조절해서 사웅을 속여 넘긴 것만이 아니다. 사웅의 머릿속에서 공격과 방어의 주도권이 바뀌는 바로 그 순간을 완벽하게 포착하고 감각을 어긋나게 만든 것이다.

기적적인 전투 감각이다. 무인으로서의 기량을 따지자면 사웅이 몇 수 위에 있었지만, 이것은 그 격차를 초월하는 한 수였다.

쾅!

폭음이 울리며 양진아와 사웅이 한 발짝씩 뒤로 물러났다.

둘 다 요동치는 진기를 다스리느라 움직임이 경직되었다. 서로를 노려보면서도 공격을 가하지 못한다.

다시 움직인 것은 거의 동시였다.

두 자루의 창이 부딪치며 재차 폭음이 울려 퍼지기 시작했다.

5

혼란 속에서 형운에게 적들이 다가오고 있었다.

양진아에게 돌파당한 해루족 전사 세 명이었다. 사웅은 양진아에게 공격받아서 밀리면서도 전음으로 형운의 숨통을 끊을 것을 지시한 것이다.

"멈춰!"

그 앞을 무일이 가로막았다.

무일은 좀 무리해서 그때까지 상대하던 적 하나를 베어 넘기고, 나머지를 호위단원들에게 맡겨 버리고는 형운에게 달려왔다. 모두가 자신의 위치에서 발이 묶인 지금 형운을 구할 수 있는 것은 그뿐이었다.

무일과 세 명의 적이 격투를 벌였다.

개개인의 기량만 본다면 무일이 그들보다 위였다. 하지만 무일은 그들 중 하나도 쓰러뜨리지 못하고 금세 피투성이가 되었다.

"크윽……!"

청해군도에 온 후로 누적된 피로, 그리고 형운을 지키면서 싸워야 하는 상황 때문이었다. 다수의 적이 그의 신경을 분산시키면서 형운을 죽이려고 드니 상대하기가 어려웠다.

'한 명만 더 있으면……'

그러면 타개책이 보일 것 같은데, 유감스럽게도 그 한 명이 없었다.

버티는 데 치중하면 구원이 올지도 모른다. 하지만 언제 형운의 숨이 멎을지 모르는 상황에서 그런 여유를 부릴 수 없었다. 최대한 빨리 적들을 물리치고 구급 조치를 취하지 않으면 안 된다.

'공자님을 죽게 둘 수는 없어!'

무일은 그 어느 때보다도 강한 사명감을 느꼈다.

이 사람은 여기서 죽어서는 안 된다. 무슨 일이 있어도 살아서 내일을 봐야 할 사람이다.

'내 목숨을 바쳐서라도, 공자님만은 살린다.'

무일은 비로소 자신에게 있어 형운의 존재가 얼마나 큰지 깨달았다.

하지만 어떻게 해야 할까? 어떻게 해야 눈앞의 적들을 치우고 형운을 살릴 수 있단 말인가?

그때였다.

화아아아아악!

뒤쪽에서 눈부신 빛이 쏟아졌다. 동시에 소름 끼치도록 거센 기파가 쏟아져 나온다.

무일은 돌아보지 않았다.

'서 아가씨!'

그럴 필요도 없이 무슨 일이 벌어졌는지 알아차렸기 때문이
다.

서하령이 영수의 힘을 일깨웠다.

그 순간의 빛과 기파 때문에 적들이 주춤했다. 무일은 그 틈
을 놓치지 않았다.

"크악!"

무일의 기습이 해루족 전사의 팔을 잘라 버렸다.

깜짝 놀란 다른 둘이 정신을 차리고 공격해 왔다. 무일은 하
나는 피하고 하나는 검을 맞부딪쳐서 움직임을 막았다.

다수를 상대할 때는 해서는 안 되는, 위험을 자초하는 행동이
었다. 하지만 무일이 그 사실을 몰라서 어리석은 선택을 한 게
아니다.

펑!

먼 곳에서 날아든 한 줄기 섬광이 무일과 검을 얽고 있던 해
루족 전사를 강타했다.

영수의 힘을 일깨운 서하령이었다. 그녀가 무일에게 전음으
로 틈을 만들 것을 주문했고, 무일은 망설임 없이 따랐다.

'좋아!'

그것은 무일에게는 황금 같은 기회였다. 곧바로 얽었던 검을
빼면서 적의 목을 베어버렸다.

'나머지를 빠르게 해치운다.'

서하령도 각성 상태를 한계까지 유지할 생각은 없을 것이다.
그랬다가는 전투 불능에 빠져 버리니까.

실제로 그녀는 자신을 둘러싼 적들 중 셋을 격살하고, 무일을 도와준 시점에서 영수의 힘을 다시 잠재웠다. 짧은 시간 동안 개방했던 것만으로도 반동이 있겠지만 거기까지 걱정할 여유는 없었다.

무일은 동요한 적을 향해 맹공을 펼쳤다. 형운을 살리기 위해서는 더 이상 지체할 시간이 없었다.

'공자님, 죽으시면 안 됩니다.'

이 순간 무일의 마음속에는 한 점의 잡념도 없었다.

시시때때로 그를 괴롭히던 심마조차도 마음을 어지럽히지 못한다. 무일은 오로지 형운을 살리고자 하는 일념으로 능력을 극한까지 끌어내었다.

제66장
사악한 것

1

심해(深海).

햇빛조차 닿지 못하는 컴컴한 바다 밑은 아직까지 인간이 도
달할 수 없는 성역으로 남아 있었다.

언젠가, 먼 미래에는 이 바다 밑도 인간에게 있어서 얼마든지
오갈 수 있는 영역이 될지 모른다. 하지만 기심법과 기환술의
체계화 이후 인간의 힘이 폭발적으로 증가했음에도 아직 심해
는 그들의 힘이 닿지 않는 지점이었다.

현계의 용궁이라 불리는 장소, 청해궁은 그런 심해에 있었다.

─아직 두 번째 기둥은 발견되지 않은 것 같구나.

수중에서 흡사 전음과도 비슷한 기파가 울려 퍼졌다.

청해궁은 기본적으로 인어들의 거처다. 그들은 전설로 알려진 대로 상반신은 인간이고 하반신은 물고기의 그것이었다.

그들은 대기에서의 호흡이 가능하지만 다리가 없어서 뭍에서 활동할 수 없고, 바다 생물처럼 수중 호흡이 가능하지만 심해의 수압을 무한히 버틸 수는 없었다. 바다 위와 바다 밑을 자유롭게 오갈 수 있는 대신 각각의 영역에서 사는 존재들만큼 그 영역에 최적화되어 있지는 못한 것이다.

그래서 청해궁 내부는 물과 공기가 공존하고 있었다. 또한 대체로 광원을 띄워서 시야를 확보해 두었다.

하지만 지금, 건장한 노인의 상반신을 가진 인어왕을 중심으로 한 청해궁의 주요 인사들이 와 있는 곳은 물로 가득 차 있었으며 사방이 캄캄해서 서로의 모습조차 잘 보이지 않았다.

광원이 없어서가 아니다. 그들은 주변에 주먹만 한 불빛들을 띄워두었다.

하지만 그들의 눈앞에서 마치 살아 있는 것처럼 꿈틀거리며 넘쳐나는 어둠이 그 빛을 집어삼키고 있었다.

─시간문제일 겁니다. 사특한 것들의 재주가 뛰어나다는 것은 부정할 수 없으니…….

그 자리에 있는 자들의 뇌리에 차분한 여성의 목소리가 울렸다. 긴 검푸른 머리칼을 지닌 아름다운 여성 인어, 인어공주였다.

문득 인어왕이 물었다.

─진아는 아직 무사하다고 하느냐?

─청해귀령과 헤어진 후의 일은 알 수 없습니다. 하지만 그

아이라면 무사할 거라 믿습니다.

—미안하구나.

인어공주는 양진아의 모친이었다. 그녀는 인간 남성과 사랑에 빠져서 양진아를 낳았다. 청해궁의 추종자였던 양진아의 부친은 폭풍이 몰아치던 날, 물에 빠진 어린아이를 구하고 죽었다.

양진아는 뭍에서 살아야 했고 그녀는 바닷속에서 살아야 했기 때문에 어머니 노릇을 제대로 하지 못했다. 예나 지금이나 모녀는 만날 때마다 어색함을 느꼈다.

그러나 그것이 서로를 사랑하지 않는다는 의미는 아니다.

지금 이 순간, 인어공주는 양진아를 구하러 뭍으로 올라가고 싶은 마음을 필사적으로 참고 있었다. 암해의 신의 봉인을 지켜야 한다는 의무만 아니었더라면 진즉 딸의 곁으로 달려갔으리라.

청해궁의 인어들 중에서도 왕족은 청해궁과 영적으로 깊게 연결된 존재였기에 그들이 봉인을 유지하는 데 기여하는 바는 매우 컸다. 봉인이 망가진 지금, 그녀가 빠진다면 사태는 걷잡을 수 없이 악화될 것이다.

인어공주가 고개를 저었다.

—그 아이를 믿을 수밖에 없겠지요. 부디 우리의 도움이 무사히 전해지기만 바랄 뿐입니다.

청해궁은 지상에서 일어난 사태를 손 놓고 방관할 생각이 없었다. 그들은 지상의 아군, 청해용왕대에 도움이 될 만한 기보들을 올려 보냈다. 막대한 힘이 담긴 그 기보들을 손에 넣는다면 그들이 난국을 이겨 나가는 데 큰 도움이 되리라.

구구구구구……!

그때 문득 굉음이 울리며 공간이 뒤흔들리기 시작했다.

인어왕의 표정이 심각해졌다.

—또 오는군. 모두 대비해라.

처음 겪는 일이 아니었다. 봉인에 균열이 생긴 후, 의식이 깨어난 암해의 신이 간헐적으로 몸부림을 치고 있었다.

곧 강대한 기파가 폭발하면서 청해궁 전체가 뒤흔들렸다. 하지만 이번에도 성공적으로 막아낼 수 있었다.

인어왕이 물었다.

—수복조, 상황을 보고해라.

—죄송합니다. 방금 전의 여파로 작업한 영역이 또 무너져 버렸습니다.

—으음……!

인어왕이 침음했다.

그들은 일부가 파괴된 봉인의 기능을 유지함과 동시에, 균열을 수복하고 있었다. 하지만 열심히 수복 작업을 해도 암해의 신이 몸부림칠 때마다 파괴되어서 도무지 진도가 나가지 않았다.

—키득…….

문득 인어왕의 뇌리에 불길한 웃음소리가 들려왔다.

암해의 신의 의념이 어둠에 묻어 나오고 있었다. 마치 필사적으로 노력하는 그들을 비웃는 것처럼.

2

무일은 자신이 쓸모없다고 생각해 본 적이 없다.

그는 늘 누군가 자신을 필요로 하는 인생을 살았다. 강주성 뒷골목에서 부모를 잃고 부랑아로 살았던 시절을 제외하면 그는 늘 누군가에게 쓸모 있는 사람이었다.

그러나 그의 삶은 도구로서의 삶이었다.

무일을 살수로 만들었던 삭룡단도, 별의 수호자에 심을 첩자로 선택했던 마인도 인간으로서의 그를 필요로 한 것이 아니다. 무일의 성품에는 아무런 관심도 없이 자신들에게 유용한 도구가 되어주기만을 원했다.

또한 그의 삶은 거짓된 삶이었다.

무일은 자신을 도구가 아닌 사람으로 봐주는 사람에게 진실하지 않았다. 진실은 그를 도구로 봐주는 자들에게만 보였고, 인간으로 보는 이들에게는 철저하게 거짓으로 꾸며낸 가면을 쓰고 대했다.

별의 수호자에 들어온 후 많은 사람이 무일에게 호의를 갖고 다가왔다. 그러나 그들을 대하는 무일의 마음은 늘 차갑게 얼어붙어 있었다.

자신을 제자로 삼고 총단 소속이 되는 길을 열어준 스승에게는 감사하고 있다. 그를 인간적으로 좋아하기도 한다.

하지만 그런 한편 마음 한구석으로는 어차피 거짓된 관계라고 냉소하고 있었다.

즐거운 듯이 웃어 보이고, 그들이 원하는 성실한 모습을 보이고, 깊은 감사를 표한다 한들 무슨 의미가 있단 말인가? 그 모든 것이 거짓으로 꾸며낸 연기인 것을.

그런 태도가 깨져 나가기 시작한 것은 형운을 만나고서부터 였다.

자신을 진심으로 대해주는 형운이 좋았다.

아랫사람을 도구 취급하지 않고 한 사람으로 대해주는, 그들의 인생을 진지하게 생각해 주는 형운이 고마웠다.

예전에는 누군가의 위에 선 사람이라면 당연히 아랫사람의 희생을 요구한다고 생각했다. 결과적으로 그들이 자신이 가진 것을 베푼다 해도 그것은 아랫사람의 희생과 헌신에 대한 값싼 대가일 뿐이라고, 그렇게 단정 짓고 있었다.

하지만 형운의 뒤를 따르는 동안 그런 생각이 산산조각 났다.

형운은 보면 볼수록 이상한 사람이었다.

그가 그런 사람인 것은 별의 수호자의 조직 분위기 때문도 아니고, 귀혁의 제자이기 때문도 아니다. 별의 수호자라는 조직의 기준으로 보면 형운은 정체를 알 수 없는 이물질이리라.

아마도 그래서일 것이다. 무일이 자신을 지배하던 도구로서의 운명을 거부하고, 스스로의 목숨을 바쳐서라도 그를 살리고 싶어 하는 것은.

'당신은 여기서 죽어서는 안 될 사람입니다.'

이 사람은 살아야 한다. 살아서 내일을 볼 자격이 있는 사람이다.

무일은 생전 처음으로 직업적 의무감이나 생존 의지를 초월한 강렬한 감정에 사로잡혔다.

그것은 사명감이었다.

3

지속적으로 몸이 흔들리는 상황에서 잠들어 있는 것은 쉬운 일이 아니다.

'그만……'

완전히 끊겼던 형운의 의식이 몸이 흔들리면서 일어나는 통증 때문에 조금씩 깨어나기 시작했다.

의식을 잃었을 때는 모르고 지나쳤던, 부상으로부터 비롯된 통증들이 몰려온다. 몸이 크게 흔들리는 게 아닌데도 마치 전신을 칼로 쑤셔대는 것 같은 고통이 느껴졌다.

"으윽……."

"공자님?"

익숙한 목소리가 놀라서 물었다. 형운은 반쯤 깨어난 정신으로 목소리의 주인이 무일임을 깨달았다.

"그, 만……."

그만 내려달라는 말을 하려고 했는데 목소리가 끔찍하게 갈라져 나왔다. 입을 움직이고, 성대를 진동시켜서 목소리를 내는 행위가 거대한 산을 오르는 것처럼 커다란 부담으로 느껴졌다.

"잠깐만 더 참아주십시오. 곧 양 소저가 알려준 보급처가 있는 곳까지 갑니다."

가까운 곳에서 거센 물소리가 들려오고 있었다. 폭포로 이어지는 큰 강이 무일의 목적지였다.

곧 흔들림이 멈췄다.

형운은 자신이 무일의 등에 업혀 있었다는 사실을 깨달았다. 무일은 최대한 형운에게 전해지는 진동을 줄이려고 했지만 두 발로 땅을 디디며 걷는 한에는 한계가 있었다.

무일이 조심스럽게 형운을 내려놓았다. 그리고 주변을 살폈다.

"이걸 드시지요."

무일이 형운의 몸을 받치고 그 앞에 약병을 내밀었다. 내상을 다스리는 구급용 물약이었다.

비몽사몽이었던 형운의 의식이 조금씩 또렷해졌다. 무일이 조금씩 흘려 넣어주는 물약으로 입속을 적시면서, 형운은 혼탁한 의식을 필사적으로 정리해 보았다.

'사웅이라는 자에게 당했어.'

심상경의 절예를 펼치려는 것을 서하령의 도움으로 막았다. 그 대가로 중상을 입었지만, 비장의 수로 역습을 가할 기회를 얻을 수 있었다.

운화로 사웅의 뒤를 잡고 내지른 일격이 그의 등판을 가격했던 것, 동시에 그가 뒤로 찌른 창대가 몸통에 작렬했던 것이 마지막 기억이었다. 그것으로 의식이 완전히 끊겨 버렸다.

'몸 상태는… 역시 엉망이군.'

사웅의 반격은 형운의 몸통 뼈를 박살 내놓았을 것이다. 아마 내장도 파열되지 않았을까?

다른 사람이었다면 살아남지 못했으리라. 구급 조치를 취할 새도 없이 숨이 끊어졌어야 정상이다.

하지만 일월성신의 생명력은 무지막지했다.

무일이 구급 조치를 취한 것만으로도 숨을 이어갔다. 그리고 절대안정을 취해야 할 환자에게는 결코 해서는 안 되는 일, 등에 업고 뛰어다니는 행위를 했음에도 몸이 조금씩 회복되었다.

'유설 님.'

형운은 자신과 합일한 유설에게 감사했다.

그녀의 희생으로 영수의 능력을 얻지 않았다면 부상이 악화되어 죽었으리라. 영수의 능력이 의식을 잃고 있는 동안에도 서서히 부상을 회복시켰다.

─무일.

도저히 목소리를 낼 수 있는 상태가 아니었기 때문에 형운은 전음으로 말했다.

다행히 전음을 구사할 만큼의 진기를 움직일 수 있었다.

"네, 공자님."

바짝 긴장한 그의 대답을 들은 형운은 한 가지 사실을 깨달았다.

─너, 화살이…….

무일의 팔에 화살 한 대가 꽂혀 있었다. 하지만 무일은 대수롭지 않다는 듯 대답했다.

"이탈하다가 한 대 맞았습니다. 위험한 곳에 맞지는 않았으니 걱정하지 않으셔도 됩니다."

─…….

"상황이 급해서 뽑지 않고 두었을 뿐입니다. 공자님 부상에 비하면 아무것도 아닙니다."

무일은 그렇게 말하면서 화살을 붙잡고 뽑았다. 곧바로 일어나는 출혈은 진기를 운용해서 막았다.

해루족 전사들을 쓰러뜨린 무일은 형운에게 응급조치를 취한 후 그를 업고 전장을 벗어났다. 형운이 절대안정을 취해야 하는 상태라는 것은 알았지만 그곳에서는 도저히 안전을 장담할 수 없었기 때문이다.

사웅이 양진아를 제압하고 돌아올 수도 있고, 적이 화살로 형운을 노릴 수도 있다. 하다못해 근처에서 기공파가 터지기만 해도 그 여파로 죽음을 맞이할 수도 있지 않은가?

그래서 양진아가 알려준 비밀 보급처를 일행과 합류할 지점으로 정해두고 먼저 이탈했다. 그 과정에서 적이 쏜 화살에 맞기는 했지만 이 정도는 아무것도 아니다.

잠시 그를 바라보던 형운이 말했다.

―내 품에서 약들을 꺼내줘. 그중에 물약으로 된 것들을 골라서 부탁해.

"네? 하지만 그 몸 상태로는…….."

무일이 당혹감을 드러냈다.

형운의 품속에 있는 약은 구급약만이 아니다. 내공 증진을 위한 비약도 있었다.

몸 상태가 엉망인 지금, 이런 약들을 먹었다가는 효과를 보기는커녕 몸을 망치게 될 것이다. 비약에 담긴 기운을 흡수하는 과정은 기심과 기맥에 부담을 주기 때문이다.

―뭘 걱정하는지 알아. 하지만 내 몸은 남들과 달라.

"…알겠습니다."

잠시 망설이던 무일이 그 말에 따랐다. 그의 도움으로 물약을 마신 형운이 눈을 감고 진기를 움직이기 시작했다.

"이건……."

무일은 깜짝 놀랐다.

물가에 누운 형운의 몸이 은은한 빛을 발하고 있었다.

영수의 능력으로 부상을 회복하기 위해서는 그만한 진기를 소모해야 한다. 회복 속도를 높이면 진기 소모량은 훨씬 더 커진다.

진기 운행이 멀쩡한 상태라면 기심을 통해 증폭한 막대한 기운을 쓸 수 있으리라. 하지만 워낙 중상이라 한 번에 쓸 수 있는 기운이 너무 적었다. 다행히 비약 덕분에 부족분을 채울 수 있었다.

뚜뚝, 뚜두둑……!

빛을 발하는 형운의 몸이 움찔거리면서 뼈가 움직이는 소리가 들렸다.

"세상에……."

무일은 직접 눈으로 보면서도 믿을 수가 없었다. 부서지고 부러졌던 형운의 뼈들이 제 모습을 찾아가고 있다는 것을 알 수 있었다.

'일단은 뼈와 내장부터.'

몸통뼈가 반쯤 으스러지고, 부러진 것들이 내장을 찌르고 있는 상황이었다. 의원들이 보았다면 시체인데 어째서 생명 활동이 계속되고 있는지 이상하게 여겼으리라.

형운은 일단 골격이 제 모습을 찾은 상태에서 뼈를 회복하는 것을 중단했다. 아직 금도 가 있고 부서진 부분들도 있었지만, 급한 불부터 꺼야 했다.

다음은 찢어진 내장들을 회복해야 했다.

'용케도 심장은 멀쩡하군⋯⋯.'

그 사실을 확인하자 등골이 오싹했다.

원천기심이기도 한 심장은 워낙 튼튼하게 보호되고 있어서 부서진 뼈들이 긁고 지나갔는데도 찢어지지 않았다. 하지만 내장이 찢어지면서 혈류에 이상이 생겨서 제 모습을 유지하고 있는 게 신기할 지경이었다.

형운은 온 신경을 집중해서 내장을 회복했다.

"헉, 허억⋯⋯."

비 오듯 흐른 땀이 전신을 축축하게 적시고, 불덩이처럼 열이 났다. 의식이 몽롱해질 지경이다.

무일은 그 모습을 구경하지만은 않았다. 주변을 경계하면서 팔의 상처를 치료하고 있었다.

"으윽⋯⋯."

형운이 신음했다.

일단 위험한 고비는 넘겼다. 아까 전까지만 해도 시체나 다름없었던 몸이 얼마 지나지도 않았는데 중환자 상태까지는 회복되었다.

'기맥이랑 기심도⋯ 회복해야 하는데⋯⋯.'

하지만 정신이 몽롱했다. 지금까지 집중하고 있었던 것도 기적이다.

"괜찮으십니까?"

무일이 물었다. 흐릿한 눈으로 그를 바라보던 형운이 말했다.

"뭐든 좋아……."

"네?"

힘없이 갈라져 나오는 형운의 목소리를 들은 무일이 어리둥절해했다. 형운이 말했다.

"이야기를 해줘……."

혼자서 집중력을 유지하기가 너무 힘들었다. 외부에서 정신이 들 만한 자극을 받지 않으면 당장에라도 의식이 끊어질 것 같았다.

'이대로 쓰러지면 안 돼.'

지금은 마음 편하게 기절해 있어도 되는 때가 아니다. 당장에라도 싸울 수 있는 상태를 만들어야 했다.

무일이 당황해서 물었다.

"그, 글쎄요. 무슨 이야기를 합니까?"

"재미있는 이야기."

"……."

"정신이 번쩍 드는 이야기면 더 좋고……."

형운은 힘겹게 숨을 쉬면서 진기를 다스리기 시작했다. 혼자서 집중하던 때와 비교하면 굼벵이처럼 진도가 느렸다. 하지만 그것조차 못 하고 혼절하는 것보다는 낫다.

"이게 적절한 이야기일지는 모르겠습니다만……."

무일은 잠시 생각하다가 대답했다.

"언젠가 공자님한테는 말해야 된다고 생각했습니다. 어쩌면 지금이 적절한 때일지도 모르겠군요."

"왠지 무서운걸."

"저도 그렇습니다. 공자님, 이미 알고 계시겠지만 저는 어린 시절에 살수 노릇을 했습니다."

"……."

산운방에서 위장 신분을 만들 때, 형운은 자신이 무일이 삭룡단에서 살수로 키워졌던 과거를 알고 있다는 사실을 고백했다. 하지만 그 이후로 형운이 그 일을 끄집어낸 적은 한 번도 없었다.

그때부터 무일은 언젠가는 형운에게 모든 것을 이야기하겠다고 마음먹고 있었다. 타인이 조사한 보고서가 아니라, 자신의 입으로 직접 과거를 털어놓고 싶었다.

그것은 반드시 거쳐야만 하는 통과의례였다. 떠올리기도 싫은 과거를 직시하고 형운에게 이야기해야만 용기가 생길 것 같았다.

자신이 죽 마교의 도구로 일하며 형운을 배신하고 있었다는 끔찍한 진실을 고백할 용기가.

수도 없이 이 순간을 상상해 왔다. 잠을 자다가 악몽을 꾸고 깨어나기도 했다.

어쩌면 진실을 들은 형운이 격노하며 자신을 내칠지도 모른다. 아니, 그것이 당연하리라.

그렇게 되는 것이 무서워서 무일은 도저히 고백할 엄두를 내지 못했다.

하지만 이제는 더 이상 미뤄서는 안 된다는 생각이 든다. 설령 자신이 용서받지 못하고 내쳐지더라도, 형운에게는 진실을 말해야만 한다는 의무감을 느꼈다.

"부모님에 대해서는 기억나는 게 거의 없습니다. 두 분 다 돌아가셨다는 것, 그리고 아마도 두 분이 희생해서 제가 살 수 있었다는 것밖에는……."

무일은 최대한 감정을 억누르고 담담한 기색으로 과거를 이야기했다.

어린 무일을 데리고 추적자들을 피해 도망 다니던 부모가 강주성 뒷골목에서 살해당한 일.

추위와 굶주림을 일상처럼 견디며 부랑아로 살았던 일.

삭룡단에게 붙잡혀 살수로 훈련받아서 사람을 죽였던 일까지…….

"그건……."

명령받아 일면식도 없는 사람을 죽였던 이야기를 들은 형운이 입을 열었다.

"…네 잘못이 아니야."

순간 무일은 왈칵 눈물을 쏟을 뻔했다.

전에도 형운은 그렇게 이야기해 주었다. 하지만 그때는 마교의 도구 노릇을 했다는 사실이 밝혀지지 않았다는 사실에 안도했을 뿐이었다.

이번에는 달랐다. 그 말 한마디가 마음속 깊은 곳까지 와 닿았다.

무일은 자신이 죽 누군가에게 그 말을 듣고 싶어 했다는 사실을 깨달았다.

그의 진실을 알고서도 혐오하거나 경멸하지 않고 괜찮다고,

넌 살아가도 된다고 말해주는 사람을 만나고 싶었다. 늘 마음속에 냉소를 품고 모두를 속이면서도 진실한 자신을 알아줄 사람을 갈망하고 있었던 것이다.

"공자님."

스스로도 모르던 꿈을 이루어준 사람에게 더 이상 거짓을 말하고 싶지 않았다. 무일은 평생의 용기를 쥐어짜 내어 거짓으로 꾸며낸 가면을 벗었다.

"저는……."

"잠깐."

그때 형운이 그의 말을 막았다. 그리고 깜짝 놀라는 무일 앞에서 천천히 몸을 일으켰다.

"이런, 들켰군."

형운이 노려보는 곳, 아무것도 없는 허공에서 사람의 목소리가 울려 퍼졌다.

4

예지에 의존해서 계획을 세우는 것은, 의외로 예지 없이 계획을 세우는 것과 별로 다르지 않다.

다만 정보를 수집하는 방식과 계획의 변수를 상정하는 과정이 전혀 달라질 뿐이다. 남들은 할 수 없는 방식으로 정보를 얻고, 그것을 토대로 계획을 세워가면서 예지로 포착한 불안 요소들을 피해 간다.

물론 그것은 다른 조직에서 보면 질투심으로 미쳐 버릴 것 같은 압도적인 이점이다. 때로는 사람의 마음마저 들여다보고, 특정한 선택을 했을 때 어떤 결과가 나올지까지 알 수 있다니.

하지만 아무리 대단한 예지 능력자라도 확신하지 못하는 변수는 늘 존재하게 마련이다. 의지를 지닌 존재들은 모두 앞날을 결정할 자격을 갖고 있으니, 미래는 언제나 흔들리는 신기루와도 같다.

그리고 지금, 형운은 흑영신교에 있어 최악의 변수였다.

인간의 몸으로 신안(神眼)을 가져서 신녀의 예지로도 들여다볼 수 없으며, 몇 번이나 흑영신교가 공을 들인 일들을 수포로 만들었다

그것만으로도 무조건 척살해야 할 대상이 될 수밖에 없다. 그런데 그것으로도 모자라서 허용빈 사건이 더해졌다.

현 흑영신교주는 존재 자체가 거대한 계획의 일부였다. 흑영신교주가 위험을 감수하고 직접 나서서 동세대 성운의 기재들을 살해, 그들이 품었던 별의 조각을 강탈한 것은 모두 목적을 이루기 위해 반드시 필요한 과정이었다.

그러나 허용빈이 품었던 별의 조각을 형운에게 강탈당한 시점에서 이 계획은 파탄 나고 말았다.

아직 성운의 기재는 많이 남아 있으니 그대로 계획을 강행하고, 부족한 부분을 채울 수단을 찾을 수도 있었다. 하지만 신녀는 실패 가능성이 더없이 높아졌다고 예지했다.

결국 흑영신교는 계획을 포기하고, 만약을 대비해서 준비하고 있던 대안을 진행하기 시작했다.

대안은 흑영신교에 큰 희생을 요구했다. 원래 계획이 파탄 나

지 않았다면 다른 일에 쓸 수 있었던 막대한 자원이 투입되었고, 흑영신교주 역시 잔혹한 운명을 강요받게 되었다.

이렇게 되자 흑영신교는 큰 피해를 감수하더라도 형운을 최대한 빨리 없애야 한다고 결단을 내렸다.

기륭을 새로운 청해용왕으로 만들고, 해루족과 요마군도를 협력자로 끌어들이는 일은 흑영신교가 완전히 재건되기 전부터 공들여 진행해 온 일이다.

이 일에 형운을 제거하는 계획을 끼워 넣는 것은 꽤 큰 부담이었다. 형운에 대해서는 흑영신교 측에서도 예지가 아닌 수단으로 행보를 살피고, 행동을 예측하여 함정에 빠뜨리는 부담을 감수해야 했으니까.

하지만 그렇게 해서라도 형운을 없애야만 했다. 시간이 지나서 귀혁처럼 손쓸 도리가 없는 괴물로 자라나기 전에······.

"최대한 조심했는데도 들켜 버리다니. 역시 신안의 소유자답구나, 흉왕의 제자."

"날 그렇게 부르는 걸 보니 흑영신교 놈인가?"

"그렇다. 이십사흑영수의 일원, 혈귀수."

혈귀수는 스스로의 신분을 밝혔다. 형운이 입술을 깨물었다.

'거물이 왔군.'

팔대호법보다 한 계급 아래라고 해도 결코 경시할 수 없는 존재다. 설원에서 한서우에게 쓰러졌던 흑혈마검의 경우는 무력만 따지면 팔대호법과 비교해도 손색이 없지 않았던가?

"후우······."

형운은 머리를 둔하게 만드는 열기, 그리고 전신을 괴롭히는 고통을 다스리기 위해 심호흡을 했다. 동시에 냉정하게 자신의 상태를 관조한다.

'경공은 무리야.'

일단 기심도 여덟 개 모두 쓸 수는 있는 상태였다. 하지만 기맥의 상태가 영 좋지 않아서 무리해서 힘을 썼다가는 뒷감당이 안 될 것 같다.

진짜 문제는 몸이 도저히 격렬한 움직임을 버틸 만한 상태가 아니라는 것이다. 일어나는 것만으로도 전신이 비명을 지르고 통증으로 의식이 날아가 버릴 것 같았다.

'긴 싸움은 무리다. 하지만 인형술이라면 한 번쯤은……'

물론 싸우는 것 자체가 미친 짓이다. 하지만 싸움을 피할 수 없다면, 뒷감당 따위는 생각하지 말고 싸울 준비를 해둬야만 한다.

'이놈은 바로 코앞에 있는 게 아니야.'

목소리는 바로 앞에서 들려오지만 실체는 없다. 아마도 기환술로 심령만을 보내서 형운을 살핀 것이리라.

그것을 증명하듯, 목소리가 울려 퍼진 곳에서 핏빛 안개가 뭉게뭉게 피어올랐다. 그것이 점차 사람을 닮은 윤곽으로 변해간다.

'도망치는 건 불가능하겠지.'

추적자들의 전력이 얼마나 되는지는 모르겠지만, 이 몸으로는 도망칠 수 없다.

—무일, 기공파로 놈을 쳐. 뭔지 모르겠지만 술법이 완성되길 기다리는 건 현명한 일이 아니야.

―…….

―무일?

형운이 의아해하며 무일을 바라보았다. 그리고 흠칫 놀랐다.

무일은 새파랗게 질려 있었다. 귀신이라도 본 것처럼 얼어붙어 있는 모습을 보니 형운의 전음을 듣지도 못하는 것 같았다.

―무일!

형운이 힘주어서 그를 불렀다. 무일이 흠칫 놀라서 형운을 돌아볼 때였다.

"수고했다, 무일."

혈귀수가 흡족해하며 말했다. 무일의 표정이 경악으로 물들었다.

"뭐라고?"

"너는 네 임무를 다했다. 덕분에 흉왕의 제자를 파멸시킬 기회를 얻을 수 있었느니라."

"무슨 소리를……."

"설마 몰랐다고 말하는 건 아니겠지? 지금까지 네가 누구에게 정보를 주고 있었는지?"

쿵, 하고 가슴에 무거운 것이 떨어지는 착각이 들었다.

올 것이 왔다.

언젠가 찾아올 것을 알고 있었던, 뻔히 결말을 알면서도 그 전에 청산할 용기를 내지 못한 죄의 대가가.

무일의 얼굴이 처참하게 일그러졌다. 얼굴에서 핏기가 빠져나가고 전신이 한기로 덜덜 떨렸다.

'왜?'

어째서 하필이면 지금이란 말인가?

심마와 싸우며 마음을 다지고, 형운에게 모든 것을 털어놓고 용서를 구하려던 이 순간에!

무일은 울고 싶었다. 당장에라도 이 현실을 부정하고 먼 곳으로 달아나 버리고 싶은 충동이 솟구쳤다.

"아, 아니야……."

"물론 우리인지 아니면 광세천의 주구들인지 확신하지 못했겠지. 하지만 너는 알고 있었을 것이다. 세간에서 마교라고 불리는 집단이 너를 양지로 끌어내 주었고, 별의 수호자에 넣어줬으며, 그 대가로 흉왕의 제자의 정보를 요구했다는 것을!"

"……."

그러나 도망칠 곳은 없었다. 철퇴처럼 내리꽂히는 진실 앞에서 무일은 굳어버렸다.

5

무거운 정적이 내려앉았다.

무일은 격하게 숨을 몰아쉬었다. 눈앞에서 피어오르는 핏빛 안개를 보는 순간부터 그의 의식은 거기에 사로잡혀 있었다. 마음속에서 심마가 격렬하게 꿈틀거렸기 때문이다.

'드디어 기회가 왔어.'
'이 기회를 놓치면 죽는 거야.'
'지금까지 죽 첩자 노릇을 해온 건 이 순간을 위해서였어.'

'이걸로 골치 아픈 일이 끝나. 진짜 자유가 될 수 있어.'

머리가 깨질 것처럼 아프고 숨이 턱턱 막힌다. 당장에라도 주저앉아서 죽어버릴 것만 같았다.

하지만 그것보다 더 무서운 것이 있었다.

무일이 덜덜 떨면서 고개를 옆으로 돌렸다. 마치 누군가가 붙잡고 반대 방향이라도 밀기라도 하는 것처럼, 힘겨운 움직임이었다.

그곳에는 형운이 있었다.

그를 보는 게 세상 그 무엇보다도 두려웠다. 그가 무슨 표정을 짓고 있을지, 어떤 눈으로 자신을 바라보고 있을지 상상하는 것만으로도 지옥에 떨어진 기분이었다.

그래도 봐야만 한다. 도망칠 곳은 어디에도 없다.

'무슨 상관이야?'
'내가 해온 일의 결실을 맺는 거야.'
'죽고 싶은 거야, 설마?'

무일은 자신을 붙잡는 심마를 필사적으로 뿌리치며 고개를 돌렸다. 마침내 형운과 그의 시선이 마주쳤다.

형운의 얼굴에 경악과 불신이 떠올라 있었다.

'아아.'

무일이 두려워했던 그 표정이었다.

그 표정을 확인하는 순간, 무일은 비틀거리며 뒤로 물러났다.

동시에 상상력이 꿈틀거렸다.

저 표정을 짓기 전의 그는 어떤 표정이었을까? 처음부터 혈귀수의 말을 믿었을까? 아니면 가당치 않은 소리라고 생각했다가 그의 반응을 보고서야 사실이라는 사실을 알았을까?

혈귀수가 킬킬거렸다.

"재미있지 않나, 흉왕의 제자? 그대가 믿던 수하가 우리의 첩자였다는 것이? 우리도 그를 별의 수호자에 심었을 때는 이렇게 쓰게 될 줄은 몰랐지."

"이 자식들……."

형운의 표정이 날카로워졌다. 혈귀수가 미친 듯이 웃었다.

"하이고, 너무 무서워서 도망치고 싶군! 하지만 걱정 말게. 도망치지 않을 테니. 이제 내 귀여운 도구들이 자네와 놀아주기 위해 거기로 갈 거야."

"큭……."

"무일, 모든 게 네 덕분이다. 네가 위험을 감수하고 흉왕의 제자 곁에 있어준 덕분에 그의 신안에 들키지 않고 위치를 파악할 수 있……."

"아아아아아악!"

조롱기 가득한 혈귀수의 말을 끊으면서 무일의 비명이 울려 퍼졌다. 무일은 머리를 붙잡고 주저앉았다.

"아악, 아아아아아……!"

심마가 그의 정신을 물어뜯고 있었다. 자신의 생각인지 아니면 타인의 것인지도 모를 목소리들이 내면에서 끊임없이 울려 퍼진다.

평소라면 그것이 심마임을 인지하고 저항했을 것이다. 하지만 지금은 그럴 수가 없었다. 충격과 죄의식으로 엉망진창이 된 그의 정신은 심마에 저항해야 한다는 생각조차 떠올리지 못하고 처참하게 유린당했다.

"이런. 망가져 버렸나? 심마가 생각했던 것보다 커져 있었나 보군."

혈귀수가 키득거렸다. 그의 목소리가 흘러나오는 핏빛 안개가 스멀거리면서 무일에게 흘러가고 있었다. 비명을 지르며 땅을 뒹구는 무일을 집어삼키려는 것처럼.

"큭!"

그 앞을 형운이 가로막았다. 그가 주먹을 뻗자 폭음이 울려 퍼지면서 핏빛 안개가 흩어졌다.

혈귀수가 놀랐다.

"호오, 역시 아직 싸울 힘이 남아 있었나?"

"……."

형운이 천천히 심호흡을 했다.

물론 지금의 그는 절대 싸울 수 있는 상태가 아니다. 최후의 수단인 감극도 인형술을 동원했을 뿐.

'길게는 못 싸워. 그동안 방법을 찾아야 해.'

온몸이 불덩이 같았다. 뼈도, 내장도, 근육도, 기맥도 무엇 하나 정상인 곳이 없다. 이런 상태로 싸울 생각을 하다니 죽고 싶어서 환장한 짓이다.

하지만 그렇다고 손 놓고 죽어줄 수는 없는 노릇 아닌가?

"이해할 수가 없군. 흉왕의 제자, 어째서 그놈을 지키려고 하지? 그놈은 우리 첩자인데?"

"마치 내가 무일을 죽여 없애줬으면 하는 투로군. 뒤가 구린 모양이지?"

"아, 그렇군. 살려둔 채로 정보를 캐내려는 건가? 역시 흉왕의 제자답군. 철두철미해."

형운의 비아냥거림에 혈귀수는 여유롭게 응수했다. 형운은 감각을 점검하며 생각했다.

'이놈은 내 상태를 정확히 알고 있는 게 아니야. 그냥 중상이라는 것 정도만 아는 것 같군.'

의기양양해서 떠든 내용을 되짚어보면 이놈은 형운에 대해서 알고 있는 게 분명하다. 어떤 수단으로든 형운을 보았다가는 역으로 자신이 보일 수 있다는 것을.

특별히 관측당하는 기색이 없었는데도 위치를 파악당한 것은 무일 때문이리라. 아마 술법으로 무일의 위치를 탐지할 수 있도록 조치해 두지 않았을까?

"무일!"

형운은 사고를 진행하는 한편, 진기를 실어서 무일의 이름을 외쳤다.

"일어나! 저놈은 너도 죽일 거다. 손 놓고 죽을 생각이야?"

"혹시나 해서 묻는 건데, 흉왕의 제자여, 그대는 제정신인가? 부상 때문에 미쳐 버린 건 아니겠지?"

형운은 혈귀수의 말을 무시한 채 말을 이었다.

"네가 어떤 일을 해왔든 상관없어. 조금 전에 네가 나를 지키기 위해 목숨을 걸었다는 사실을 안다. 그러니까……."

형운은 수풀을 헤치고 열두 명의 괴물이 다가오는 것을 보았다. 인간을 닮은 형상이었지만 생기가 느껴지지 않는다. 뼈와 방부 처리된 거죽 속에 사악한 힘을 채워 넣은 시귀(尸鬼), 아니, 강시(僵尸)였다.

강시는 시체를 이용해서 만들었다는 점은 시귀와 같다. 하지만 시귀보다 훨씬 강력하고, 유지 보수가 가능하며, 완성도가 높을 경우에는 인간처럼 사고하며 기술을 구사하는 것까지도 가능한 무시무시한 괴물이었다.

"무일, 칼을 들어라. 흉왕의 제자를 공격해라."

열둘의 강시 뒤에서 조금 전까지 핏빛 안개 속에서 울려 퍼지는 것과 동일한 목소리가 들려왔다.

마인이라는 것을 믿을 수 없을 정도로 사람 좋은 인상의 중년 남자였다. 부드러운 미소를 짓고 있는 그를 사람 목숨을 파리 목숨처럼 여기는 마인이라고 생각하기는 쉽지 않을 것이다.

'기환술사다. 동시에 무인이기도 하군.'

형운은 그를 보는 순간 그 사실을 알아차렸다. 그가 무인으로서는 별 볼 일 없지만 기환술사로서는 상당히 뛰어나다는 것까지도.

하긴 애당초 역량이 뛰어나지 않는다면 강시를 제조하기는커녕 부릴 수도 없다. 강시는 강력한 만큼 부리기가 까다로운 괴물이기 때문이다.

"으으으으윽……!"

무일이 덜덜 떨면서 몸을 일으켰다. 하지만 혈귀수의 지시에 따르지는 않았다.

"고, 공자님… 도망… 치십시, 오…….."

머리가 깨질 것 같은 고통을 참아내며 무일이 한 걸음, 또 한 걸음 내디뎠다.

혈귀수가 눈을 크게 떴다.

"놀랍군. 내가 직접 보면서 명령하는데도 저항할 수 있나? 의지로 이겨낼 수 있는 심마가 아닌데?"

의아해하는 혈귀수에게로 핏빛 안개가 빨려 들어갔다. 그가 사특한 울림이 섞인 목소리로 재차 명령했다.

"무일, 흉왕의 제자를……."

"닥쳐!"

형운이 노성을 지르며 유성혼을 쏘아냈다. 하지만 그 앞을 강시가 막아섰다.

쾅!

폭음이 울렸지만 강시는 굳건하게 그 자리를 지켰다. 그 뒤에서 혈귀수가 쿡쿡 웃었다.

"설마 고작 이 정도밖에 힘이 안 남은 건가? 혹시나 해서 강시를 다 끌고 왔거늘, 쓸데없이 기물을 낭비했군."

동시에 강시들이 벼락처럼 움직였다. 형운이 미처 대응할 틈을 주지 않고 부채가 펼쳐지듯이 좌우로 퍼져서 넓은 포위망을 만들었다.

'이놈, 모든 경우를 염두에 두고 있군.'

형운이 이를 악물었다.

어차피 이 몸 상태로 추격을 뿌리치고 도망치는 것은 불가능한 일이었다. 하지만 최후의 도박을 걸 수 있는 퇴로는 있었다.

바로 폭포로 이어지는 강이었다.

물론 중상을 입은 몸으로 거기에 몸을 던지는 것은 죽고 싶어 환장한 짓이다. 하지만 이 세상에는 만에 하나의 일이라는 게 있는 법 아니던가?

혈귀수는 재빨리 포위망을 펼쳐서 그 길마저 막아버렸다. 뿐만이 아니다.

우우우우우……!

혈귀수의 몸에서 일어난 핏빛 안개가 강시들에게로 옮겨 갔다. 사방팔방으로 핏빛 안개가 피어오르면서 일종의 결계를 형성했다.

"중요한 일을 앞뒀을 때는 돌다리도 두드려 보고 건너야 하는 법이지."

형운의 등골이 서늘해졌다. 혈귀수가 굳이 이런 술법을 펼친 의도는 자명했다.

'운화로 빠져나가는 것도 차단하겠다 이건가.'

지금까지 흑영신교도들에게는 운화를 감추려고 노력했다. 하지만 무일이 첩자였다면 운화의 정보가 알려진 것은 당연한 일이다.

'퇴로가 완전히 막혔어.'

지금 몸 상태로는 운화를 제대로 쓸 수 없다. 쓸 수 있다고 판단했다면 진즉에 이 자리를 벗어났을 것이다.

하지만 만약의 경우에는 무리해서라도 시도해 볼 생각이었다. 그런데 혈귀수가 술법을 펼쳐서 그것을 막아버렸다. 확인해 볼 것도 없이 저 핏빛 안개의 장막은 운화로 통과할 수 없을 것이다.

혈귀수가 기분 나쁘게 웃었다.

"자, 무일. 흉왕의 제자를 공격해라."

"아아악……!"

그 말에 무일이 비틀거렸다. 마음속에서 들불처럼 일어난 심마가 그의 사고를 마비시키고 육체의 제어권을 장악하려고 하고 있었다.

'괴로워. 죽을 것 같아.'

'왜 이래? 저 명령에 따르면 되는데.'

'그러면 편해질 수 있어. 애당초 그게 순리야. 이제까지 이 순간을 위해 일해왔는데 쓸데없는 짓을 하니까 괴로운 거야.'

'형운이 나를 현혹했어. 속은 거야.'

빠드득, 소리가 났다. 너무 힘을 줘서 이빨이 부러져 나가는 소리였다.

"웃기지 마……."

무일이 덜덜 떨면서 외쳤다.

"공자님은… 살아야 하는 사람이다……!"

"무일!"

형운은 그가 사악한 술법에 저항하고 있음을 알았다.

무일이 흑영신교의 주구임을 알았을 때는 그 역시 충격을 받았다. 하지만 자신을 바라보는 무일의 눈을 보는 순간, 신기할 정도로 마음이 차분해졌다.

그 시선에 묻어난 감정이 알려주었다. 무일이 한때 적의 주구였을지는 몰라도 지금은 자신의 동료라는 것을.

'믿자.'

어떤 과거가 있든 간에, 지금 이 순간 무일이 자신을 위하는 진심을 믿는다.

형운은 그 어느 때보다도 일월성신의 능력에 감사했다. 그런 형운에게 무일이 형형한 눈빛을 보였다. 그는 자신을 향한 형운의 눈빛을 보면서 무슨 생각을 하고 있을까?

'공자님을 이놈들에게 죽게 할 수 없다.'

무일의 마음은 만신창이였다. 그러나 단 한 가지 감정이 그를 일으켜 세워주고 있었다.

사명감이다. 무슨 일이 있어도 형운을 살려야만 한다는 의지.

형운의 무일의 손을 잡았다. 그리고 무리해서 그에게 진기를 불어넣었다.

"저놈의 술책에 지지 마! 내가 도와줄 테니까!"

형운은 무리해서 그에게 진기를 불어넣었다.

퍼억!

그 직후, 생각지도 못한 소리가 울렸다.

"…어?"

형운이 눈을 크게 떴다.

무일이 그를 기습했다. 손이 상처 부위를 강타하며 둔탁한 소리가 울려 퍼졌다.

'어째서?'

믿을 수 없다는 표정을 지은 형운을 보며 혈귀수가 몸을 들썩였다.

"하하하하하! 걸작이군, 걸작이야. 설마 이렇게까지 멍청했을 줄이야! 우리 교의 대적이 이토록 돌대가리였다니, 이런 자를 두려워해야만 한다는 사실에 자괴감이 느껴질 정도군! 하하하하하!"

그는 참을 수 없다는 듯 얼굴을 감싸 쥐고 웃었다.

혈귀수의 수작이다. 그는 처음부터 무일의 심령을 완전히 제압하려고 하지 않았다. 무일이 심마에 저항하더라도 육체를 조종할 방법을 갖고 있었던 것이다.

"아아아아악!"

비명을 지르는 무일 앞에서 형운이 털썩 주저앉았다. 중상을 입은 그에게 방금 전의 공격은 더없이 치명적인 공격이었다.

혈귀수가 실실 웃으며 말했다.

"이런. 망가져 버리면 곤란한데. 무일 너는 귀중한 연구 대상이다. 예상보다 심마의 영향력이 너무 적은 걸 보니 무슨 변수가 끼어들었는지 알아야겠거든."

혈귀수는 무일의 의지력이 심마를 초월했다는 가능성 따위는 아예 고려하지도 않았다. 무일에게 건 술법이 그렇게 허술했으면 애당초 이 계획은 성립되지 못했을 테니까.

"자아, 흉왕의 제자. 교로 가서 지옥을 맛보여 주지."

혈귀수는 즐거워서 어쩔 줄 몰라 했다.

설마 이렇게까지 좋은 결과가 나올 줄이야. 형운을 죽이기 위해서 자신의 목숨까지 내던질 각오를 하고 있었다. 그런데 죽이는 것은 너무 쉽고 생포하는 것도 가능한 상황 아닌가?

'흑영신께서 굽어살피셨다.'

혈귀수는 고민하지 않았다. 형운의 존재가 위험하다고 하나 일월성신의 가치는 막대하다. 형운을 포획해 가서 실험체로 쓸 수 있다면 지금까지 흑영신교가 입은 손해를 다 벌충할 수도 있을 터.

"잡아라."

주변을 포위하고 있던 강시들이 성큼성큼 움직였다.

형운은 그 모습을 빤히 보면서도 움직이지 못했다. 자신의 앞에서 괴로워하는 무일을 망연한 표정으로 바라볼 뿐.

그런 형운을 강시들이 붙잡았다.

"그럼 이제……."

혈귀수가 콧노래를 부르는 순간이었다.

콰직!

울려 퍼진 소리에 그의 정신이 번쩍 들었다.

"뭐야?"

칼날이 형운을 붙잡은 강시의 등을 뚫고 나왔다. 이어서 폭음이 울려 퍼졌다.

쾅!

강시의 머리통이 날아갔다. 그리고 머리를 잃은 몸이 뒤로 내던져졌다.

"하아!"

형운의 기합성과 함께 푸른 섬광이 폭발했다.

콰콰콰콰콰!

가까이 접근했던 강시들이 모조리 튕겨 나갔다. 혈귀수가 경악했다.

"어떻게?"

그가 경악한 이유는 것은 빈사 상태로 보였던 형운이 공격을 가했다는 사실 때문이 아니었다. 형운이 마지막 한 수를 감추고 있다면 그건 오히려 당연하게 여겨야 할 일이었으니까.

하지만 무일이 검으로 강시를 기습하고, 형운을 지키면서 싸우는 것에는 놀랄 수밖에 없었다.

"어떻게 이런……."

예상치 못한 변수로 인해서 무일이 심마에 저항한 것까지는 이해할 수 있는 범위다. 하지만 조금 전까지만 해도 꼭두각시처럼 농락당한 놈이 완벽하게 제정신을 되찾고 허를 찔러온다고?

그런 일이 가능할 리가 없지 않은가?

'설마 처음부터 모든 게 다 연기였다? 아니다. 그건 절대 아니야.'

무일의 심마는 분명 그가 펼치는 술법에 반응했다. 그리고 정신이 심마에 맞서는 동안 몸을 조종하는 술법도 정상적으로 기능했다.

그럼 도대체 이 짧은 시간 동안 무슨 일이 벌어졌단 말인가?

6

무일이 심마로부터 벗어난 것은 형운을 기습하기 직전이었다. 형운이 무리해서 불어넣어 준 진기가 심마를 일거에 물리치고 정신을 맑게 씻어주었다.

동시에 그는 자신의 몸속에서 작동하는 사악한 술법을 알아차렸다.

그것은 몸 깊숙한 곳에 숨겨져 있던, 하지만 일단 드러나면 쉽게 알아차리고 저항할 수 있는 술법이었다. 그렇기에 혈귀수는 무일의 정신이 심마에 유린당하는 순간을 노려서 작동시킨 것이다.

무일은 그 술법의 작동을 한 박자 억누르면서 재빨리 형운에게 전음을 날렸다.

―제가 놈에게 등을 보이면서 공자님을 기습할 겁니다. 당한 척해 주세요.

그것은 그야말로 찰나였다. 형운이 알아차리고 반응해 준다는 보장도 없었다.

하지만 무일은 형운을 믿었고, 형운도 무일을 믿었다.

무일은 형운의 몸을 때리기 직전에 손을 멈추면서, 반대쪽 손으로 허벅지를 때려서 둔탁한 소리를 냈다. 그리고 형운은 그의 기습에 당한 것처럼 몸을 진동시키면서 충격적인 표정을 연기했다.

목숨을 건 속임수에 혈귀수는 감쪽같이 속아 넘어갔다. 형운과 무일은 모든 힘을 끌어내서 그의 방심을 찔렀다.

"움직이세요!"

하지만 한차례 기공파를 쏟아낸 시점에서 형운의 힘이 다했다. 반동으로 기맥이 미쳐 날뛰어서 인형술로도 움직일 수가 없었다. 형운은 기심이 터질 것 같은 압력을 억누르느라 필사적이었다.

"공자님!"

처음부터 퇴로는 한 곳밖에 없었다. 배후의 포위를 뚫고 폭포로 몸을 던진다. 그런 이판사판의 도박뿐이다.

하지만 형운은 그것조차도 할 수 없었다. 형운이 쏟아낸 기공파로 날아갔던 강시들이 재차 다가오자 무일의 손발이 어지러워졌다.

콰직!

강시의 손이 무일의 어깨에 꽂혔다. 움찔했던 무일이 악귀처럼 표정을 일그러뜨리며 반격했다.

쾅!

강시의 머리통이 뒤로 확 꺾이면서 밀려났다. 하지만 부서지지는 않는다.

그들의 표적은 형운이었다. 아무리 부상당했다고는 하나 혹영신교가 자신들의 대적을 잡기 위해 동원된 병기가 약할 리 없었다.

"공자님."

고개 숙이고 있던 형운은 무슨 일이 일어났는지 볼 수 없었다. 귓가로 파고든 것이 무일이 자신을 부르는 소리라는 것을 깨닫는 순간, 몸이 허공으로 거세게 내던져졌다.

"부디 강녕하시길."

뒤로 나가떨어지기까지의 짧은 순간 동안 형운은 볼 수 있었다.

자신을 던지느라 허점을 보인 무일이 강시의 공격에 당하는 것을.

그렇게 중상을 입었으면서도 몸을 던져서 자신을 붙잡기 위해 도약하는 강시들을 붙잡는 것을.

　무일이 번 시간은 아주 짧았다. 하지만 그는 최후의 순간에 웃으며 형운과 시선을 마주할 수 있었다.

　'무일!'

　형운이 마음속으로 비명을 질렀다,

　풍덩!

　그리고 격렬한 물소리가 형운의 몸과 의식을 삼켜 버렸다.

제67장
반격의 봉화

성운을
먹는자

1

가려는 불현듯 고개를 들었다.

그늘을 찾아서 움직이고 있던 그녀의 등줄기를 타고 한기가 달려갔다. 그녀는 곧바로 주변을 살폈지만 경계할 만한 것은 아무것도 보이지 않았다.

'뭐지?'

가려는 초조한 마음을 억누르며 탐색을 마쳤다. 일행에게 돌아간 그녀가 말했다.

"적은 없습니다."

"형운은?"

서하령이 물었다. 그녀의 무표정한 얼굴이 감정을 억누르느라 애쓰고 있다는 사실을 알려주었다.

가려가 고개를 저었다.

"아직 안 보입니다."

감정을 억누르느라 애쓰고 있는 것은 가려도 마찬가지였다.

무일이 중상을 입은 형운을 데리고 한발 앞서서 전장을 이탈
했다. 그리고 일행도 결판을 내지 못하고 물러나야 했다. 시간
이 지나면서 전세가 확연히 아군에게 기울었지만, 곧 적이 쏘아
올린 신호를 보고는 근처에 있던 지원군이 접근해 온다는 사실
을 알게 되었기 때문이다.

일행은 전장을 크게 우회, 무일이 이탈하기 전에 알려둔 합류
지점으로 향했다. 하지만 이곳에 와서 보니 아직 형운과 무일의
모습은 보이지 않았다.

'공자님, 제발……'

가려는 부디 형운이 무사하기를 기원했다. 자신의 손이 닿지
않는 곳에서 형운이 죽는다면 미쳐 버릴 것만 같았다.

문득 양진아가 말했다.

"혹시 그 둘만 알아볼 수 있는 표식을 남길 수 있어?"

"무슨 뜻이야?"

고개를 홱 돌려서 그녀를 쏘아보는 서하령의 시선은 칼날처
럼 날카로웠다. 양진아는 영수의 힘을 개방한 반동으로 지친 모
습이었지만 지지 않고 그 시선을 받아냈다.

"이곳에 오래 있을 수는 없어. 움직여야 해."

"형운과 무일의 합류를 기다릴 수 없다 이 뜻이야?"

"그래."

순간 살기가 부풀어 올랐다.

서하령만이 아니다. 마곡정과 가려도 죽일 듯한 시선을 보내 왔다.

청해용왕대의 일원들이 표정을 굳히며 일어났다. 하지만 양 진아는 손을 들어서 그들을 제지했다.

"나를 얼마든지 욕해도 좋아. 하지만 현실을 봐. 다 같이 죽 자는 뜻은 아니겠지?"

"……."

"곧바로 떠나자는 뜻은 아니야. 한 식경(30분) 동안은 기다리 자. 하지만 그 후에는 표식을 남기고 떠나야 해."

상황은 여전히 절대적으로 그들에게 불리했다.

조금 전의 전투에서 별의 수호자 측이 두 명, 청해용왕대 측 이 네 명 죽었다. 중상자도 두 명 있었다. 가뜩이나 적은 아군이 더 줄어든 것이다.

서하령이 살기를 거두었다. 그녀가 차가운 눈으로 양진아를 보며 물었다.

"뭘 기다리고 있는 건지 말해."

"뭐?"

"아무리 봐도 넌 우리에게 아직 말하지 않은 게 있어. 아니면 정말 피신처들을 돌면서 잔존 세력을 모으는 것만으로 이 상황 을 뒤집을 수 있다고 확신하는 거야?"

"…정말 눈치 하나는 귀신같네."

양진아가 혀를 내둘렀다. 그녀가 말했다.

"그건 최소한의 준비 작업이야. 청해궁에서 신호가 오길 기다려야 해."

"청해궁은 암해의 신이라는 것 때문에 지상을 도와줄 여유가 없는 것 아니었어?"

"전투 능력이 있는 인원들은 그래. 하지만 그게 아무런 도움도 기대할 수 없다는 의미는 아니야."

양진아는 형운 일행의 눈을 피해서 청해귀령과 비밀리에 대화를 나누었다. 그럴 만한 시간은 충분히 있었다.

청해귀령은 양진아의 생사, 그리고 양진아의 입장에서 파악한 지상의 상황을 청해궁에 전해주었다. 양진아는 이 난국을 극복하기 위해서는 청해궁의 도움이 필요하다는 사실을 분명히 해두었다.

"청해궁에서 도움이 되는 물건들을 보내올 거야."

"물자 지원이라니, 그것뿐?"

"무시하지 마. 자그마치 현계의 용궁이라 불리는 청해궁에서 만약의 사태를 대비해서 준비해 놓은 기보들이니까. 그 물자가 지상에 도달하면 나만 볼 수 있는 신호를 쏴달라고 했어."

청해용왕대의 일원들이 볼 수 있는 신호라면 사옹이나 다른 배신자들도 감지할 수 있을 것이다. 그렇기에 양진아는 자신만이 가진 특성, 인어왕의 혈통에 공명하는 신호를 요구했다.

서하령이 납득했다.

"과연. 그 정도라면 비장의 무기가 될 수 있겠네."

"그리 오래 걸리진 않을 거야. 그동안 최대한 많은 인원을 모아야 해."

"납득했어. 그리고 요구할 게 있어."

"뭔데?"

"도박이야. 시간에 맞출 수 있을지, 아니, 이곳에서 의미가 있을지 모르겠지만… 너도 함께 판돈을 걸어줘야겠어."

서하령은 자신이 생각한 것을 말했다.

2

사웅은 운기조식을 마치고 일어났다.

형운과의 일전, 그리고 이어서 양진아까지 상대하면서 그도 내상을 입었다. 하지만 반란을 일으키면서 강탈한 청해용왕대의 영약 덕분에 그럭저럭 괜찮은 상태까지 회복할 수 있었다.

청해궁에서 받는 기물과 영약은 청해용왕대가 다른 세력보다 압도적인 무력을 자랑할 수 있었던 근간이다.

해루족도, 요마군도도 약학과 연단술에는 별 조예가 없었다. 해루족의 주술사들이 만들어내는 약들은 병마와 상처를 치료하는 데 괜찮은 효과를 발휘하지만, 그뿐이다. 주술을 이용해서 만들어내기 때문에 주술사의 힘을 소모하는 데다가 워낙 생산량이 적었다.

그에 비해 청해용왕대가 받는 영약의 수혜는 막대했다. 인간의 발길이 닿지 않는 심해에서만 자라는 영약들을, 영수들의 능력으로 가공한 결과물들은 별의 수호자의 연단술사들이 만들어낸 비약과 비견할 만했다. 그중에서도 극소량만 생산되는 몇몇 약은 대체재를 찾을 수 없는 굉장한 효능이 있었다.

사웅이 물었다.

"괜찮은가?"

"안 괜찮아 보이나?"

삐딱한 어조로 대답한 것은 화군이었다. 그는 허리에 붕대를 감고 있었다. 형운 일행과 싸우면서 입은 상처였다.

"젠장. 마곡정이라고 했나? 그 애송이……."

혼란 속에서 급습해 온 마곡정의 도기가 그의 몸통을 둘로 자를 뻔했다. 지금 생각해도 간담이 서늘해진다.

마곡정은 수단 방법을 가리지 않았다. 화군과 자신의 전력 차이를 냉정하게 파악하고 승리할 수 있는 수단을 강구했다.

'다음에 만나면 확실하게 죽인다.'

화군은 마곡정의 얼굴을 똑똑히 기억했다. 한 수 아래의 애송이라는 인식은 날아간 지 오래였다.

화군이 사웅을 보며 말했다.

"공주는 잡지 못했지만 그래도 풍혼권이라는 놈을 작살내서 다행이군. 정말 무서운 놈이었으니……."

"확실하게 죽이지 못한 게 마음에 걸린다."

"흠. 그 심정은 이해하겠지만, 어차피 우리의 싸움은 길지 않아. 그런 중상을 입은 이상 싸움이 끝날 때까지는 위협이 될 수 없겠지."

"그렇기야 하겠지만……."

사웅이 자기도 모르게 먼 곳으로 시선을 던졌다. 진본해가 붙잡혀 있는 삼라허상진이 펼쳐져 있는 방향이었다.

그 뒷모습을 바라보던 화군은 경계심에 사로잡혔다.

'이놈과 적으로 마주하게 된다면…….'

지금은 해루족과 요마군도, 그리고 흑영신교를 데리고 온 기룡이 손잡고 청해용왕대를 몰아치고 있다.

하지만 이 연합은 길지 않을 것이다. 해루족과 요마군도는 서로 적대하던 자들이다. 그들이 손을 잡은 것은 흑영신교가 둘이 연합할 만한 목표, 청해용왕대의 파멸을 제시하고 교섭해 왔기 때문이다.

즉 청해용왕대를 말살하고, 청해용왕 진본해를 처리한 시점에서 연합이 유지될 이유는 사라진다.

기룡이 새로운 청해용왕이 되어 독자적인 세력을 일으키는 것을 바라는 것은 흑영신교뿐이다.

요마군도는 해루족이 암해의 신의 가호를 되찾는 것을 바라지 않는다.

해루족은 요마군도가 청해용왕대의 공백을 차지하고 세력을 늘리는 것을 바라지 않는다.

이런 사정을 고려하면 청해용왕대가 파멸하는 순간이 곧 셋이 적으로 돌아서는 순간이리라.

'이놈도 싸움 중에 죽어줘야 하는데……'

사웅의 힘은 너무 위협적이었다. 화군 자신을 포함해서 해루족에는 그와 일대일로 대적할 수 있는 자가 없다. 해루족에게도 비장의 수단이 있기는 하지만 그것은 큰 출혈을 강요한다.

'사부만 해도 위험한데 이놈까지 사부 곁에 붙어 있으면 정말 골치 아파져.'

화군은 기룡에게 청해용왕대의 무공을 전수받았다. 즉 기룡의 제자라고 할 수 있는 관계다.

당연히 어느 정도는 기룡에게 의리를 갖고 있다. 그러나 그보다는 해루족에 대한 애정과 의무감이 훨씬 강했다. 둘 중 하나를 고르라면, 화군은 다소 죄책감을 느끼면서도 망설임 없이 해루족을 고를 것이다.

'정 안 죽으면 때를 봐서 내가 뒤를 치는 수밖에. 대주술사, 그 음흉한 늙은이도 그걸 노리고 나를 이놈한테 붙여둔 것일 테니.'

사웅의 등을 보는 화군의 눈에 흉흉한 빛이 스쳐 지나갔다.

그리고 그 순간 사웅은 공허하게 웃고 있었다.

화군의 꿍꿍이속이 뻔히 들여다보였다. 화군은 해루족의 전사치고는 꽤 속내를 잘 감추는 편이지만, 애당초 서로의 입장을 생각하면 그가 내비치는 희미한 살기만으로도 쉽게 행동을 예측할 수 있다.

'사방에 온통 적뿐이군.'

아군은 아무도 없다. 공동의 적에 맞서서 함께 힘을 합치는 자들마저도 당장 적대하지 않을 뿐, 언제 등을 찌를지 모르는 잠재적인 적이다.

목 안이 바짝 마르는 기분이었다. 매 순간순간마다 죄책감과 고독감이 마음을 황폐하게 깎아내고 있었다.

'하지만 어차피 돌아갈 곳도 없지.'

후회할 거라면 좀 더 일찌감치 했어야 했다. 기룡을 위해 청해용왕대를 배신하는 순간 그 무엇도 돌이킬 수 없게 되었다.

'리연.'

사웅은 자신의 손으로 죽인 사제, 박리연의 마지막 얼굴을 떠올리며 눈을 감았다.

3

천유하는 격렬한 후회에 사로잡혀 있었다.

'내가 조금만 더 무리했더라면, 몸을 던져서라도 형운에게 갔더라면…….'

형운이 사웅에게 당했을 때, 그가 적들을 뚫고 달려갔다면 일이 이렇게 꼬이지 않았을 것이다.

그에게는 운룡족이 준 기사회생의 묘약이 있었으니까.

하지만 그때의 그는 눈앞의 적들을 상대하는 게 고작이었다. 그가 칠요군이라 불리는 대요괴가 이끌고 온 고위 요괴들을 상대하지 않았다면 일행의 상황이 더 위험해졌을 수도 있었으니까.

'형운, 죽지 마라.'

천유하는 형운의 무사를 빌었다. 형운에게는 많은 빚을 졌다. 그 빚을 갚기도 전에 그가 죽어버린다면 천유하는 평생 동안 괴로워하게 될 것이다.

"음?"

문득 그는 가려가 의아해하는 소리를 들었다.

그와 가려, 호위단원 한 명이 한 조가 되어서 주변을 정찰하고 있었다. 그런데 마치 존재하지도 않는 것처럼 기척을 죽이고 따라오던 가려가 놀라서 소리를 낸 것이다.

천유하가 그녀를 돌아보는 순간이었다.

촤악!

수풀을 가르며 벼락처럼 날아드는 공격이 있었다.

천유하가 기겁했다. 이만큼 지척까지 다가왔는데 직전까지 눈치채지 못하다니!

하지만 경악하면서도 반응은 빨랐다. 검이 섬광처럼 적을 쳤다.

투학!

길게 뻗어오던 적의 팔과 천유하가 뿌린 검이 충돌, 두 사람이 한 걸음씩 물러났다.

'놀라운 침투경!'

천유하는 곧바로 움직일 수가 없었다. 격돌의 충격 때문이 아니다. 격돌 순간에 이질적인 침투경이 검을 타고 파고들어서였다.

침투경이라면 천유하도 이골이 났다. 하지만 상대의 솜씨가 워낙 뛰어나서 잠시 동안 움직임이 멈춰 버렸다.

쉬익!

그 틈을 찌르고 가려가 움직였다.

그녀는 천유하보다 한발 앞서서 적의 존재를 포착하고 있었다. 둘이 격돌하고 경직되는 절묘한 순간에 적을 노렸다.

투학!

공기가 폭발했다.

가려의 표정이 굳었다. 절대 피할 수 없는 완벽한 순간을 포착하고 기습했는데…….

'유도당했다.'

그것조차도 상대방이 의도한 바였다.

놀랍도록 정교한 의기상인이다. 심리적 동요, 그리고 빠른 판단으로 인해 생기는 심리적인 공백을 절묘하게 찌르고 들어왔다. 가려는 공격에 들어가는 순간, 상대가 먹음직스러운 허점을 연기했다는 사실을 깨달았다.

그 깨달음이 아주 약간만 늦었더라면 죽었을 것이다. 가려의 간담이 서늘해졌다.

"크윽……."

소름 끼치는 기량을 보여준 상대가 신음했다. 천유하가 중얼거렸다.

"…요괴?"

상대의 몰골은 말이 아니었다. 전신이 상처투성이인데 그 위에 흙을 잔뜩 뒤집어썼다.

사람이라면 죽고 싶어서 환장한 짓이다. 하지만 그는 사람이 아니었다. 아니, 정확히는 사람의 모습과 괴물의 모습이 섞여 있었다.

동공이 세로로 갈라진 붉은 눈동자가 천유하를 노려보고 있었다. 그것도 한쪽만.

얼굴 반쪽은 인간이었다. 하지만 다른 반쪽은 비늘로 뒤덮인 푸른 파충류의 그것이었다.

아니, 얼굴만이 아니라 전신이 그랬다. 근육질의 몸 이곳저곳에 푸른 파충류의 그것이 섞여 있었다.

가려가 생각했다.

'피 냄새를 지우려고 흙 속에 있었던 거야.'

저토록 상처를 많이 입었는데도 피 냄새가 나지 않은 것은 그래서다.

은신 능력도 놀랍도록 뛰어났다. 실제로 주변을 충분히 경계하던 천유하가 지척을 지나가면서도 눈치채지 못했지 않은가?

가려니까 눈치챌 수 있었던 것이다. 그리고 어쩌면 그가 공격해 온 것도 가려가 자신을 알아차렸기 때문이리라.

"잠깐."

천유하가 한 걸음 물러나며 손을 들었다. 그리고 살기를 억누르려고 노력하면서 조심스럽게 물었다.

"혹시 청해용왕의 제자 가돈 아닙니까?"

"…너는? 어떻게 나를 알지?"

반인반요의 괴물, 가돈이 의아함을 드러냈다.

가려가 추측한 대로 그는 원래는 은신한 채로 두 사람을 보낼 생각이었다. 하지만 가려가 눈치채는 바람에 기습한 것뿐이다. 앞뒤를 가릴 만한 여유가 없었으니까.

하지만 한차례 공방을 나누고 보니 만만한 상대가 아니었다. 그의 몸이 온전할 때라면 모를까, 중상을 입은 지금은 이길 자신이 없었다.

게다가 의문도 있었다. 둘 다 청해군도의 주민으로는 보이지 않는다. 쫓기기 시작한 며칠 동안 가돈이 본 외부인은 흑영신교의 마인들뿐이었는데 이 둘은 마인이 아니지 않은가?

천유하가 말했다.

"나는 하운국의 조검문에서 온 천유하라고 합니다. 이쪽은 별의 수호자의 무사 가 소저입니다."

그가 상대가 가돈이라고 추측한 이유는 양진아에게 들은 정보가 있기 때문이다. 가돈이 사웅과 비견되는 고수이며, 반인반요의 몸이라는 것을.

그리고 기습을 받아쳤을 때 그가 쓴 침투경이 결정적 단서가 되었다. 완성도는 훨씬 뛰어났지만 기술 자체는 양진아가 쓰는 것과 동일했으니까.

"당신의 사제인 양 소저, 그리고 굼린 장로와 기단 장로와 함께 행동하고 있습니다."

4

가돈의 몸 상태는 만신창이였다. 순수한 인간이었다면 벌써 움직이지도 못하고 죽음을 기다리는 신세였을 것이다.

"모두가 죽었다. 모두가……."

그는 양진아에게 치료받으면서 자괴감을 토로했다.

청해용왕대의 본거지가 불타오른 그날 밤, 가돈은 사웅에게 기습당했다.

요괴의 피로 인한 야성의 감이 아니었다면 그 자리에서 죽었을지도 모른다. 하지만 중상을 입은 채로 사웅과 싸우는 동안 달려와 준 이들의 희생으로 탈출할 수 있었다.

그를 따라 도망친 인원은 스물두 명.

첫 번째 추격대를 몰살시키는 과정에서 일곱 명이 죽었다. 그리고…….

"해루족의 대용사와 요마군도의 흑요군, 그리고 흑영신교 놈들을 상대하다가 모두가……."

가돈이 이를 갈았다.

적의 수가 너무 많았다. 그리고 상처 입은 가돈 말고는 도저히 맞설 수 없는 적이 수두룩했다.

가돈은 죽을 각오로 그들을 상대하며 길을 열었다. 하지만 결국 그를 제외한 모두가 몰살당했다.

"형제들이 영육(靈肉)을 내주지 않았다면 나 역시 죽었겠지. 그들 덕분에 살아남았다."

"…그랬구나."

그의 곁에는 양진아 혼자만 남아서 치료를 하고 있었다.

가돈은 요괴의 힘을 드러내지 않으면 생존할 수 없을 정도로 상태가 위급했다. 그리고 그는 자신의 혈통을 증오하는지라 누군가에게 요괴의 모습을 보이는 것을 대단히 수치스럽게 여겼다.

양진아는 그 사실을 알기에 다른 사람을 물리는 배려를 보였다. 어차피 지금 가돈이 고백하는 이야기는 다른 사람이 들어도 좋은 내용이 아니다.

'형제들이 영육을 내주었다.'

그것은 즉 가돈이 그들의 인육을 취했다는 의미니까.

요괴의 피를 진하게 이어받은 그는 인간의 영육을 취함으로써 힘을 얻을 수 있었다. 그가 지금까지 살아남은 것은 식인이라는 과정을 거쳤기 때문인 것이다.

"진아야."

가돈도 그 사실을 잘 알고 있었다. 그러면서도 양진아에게 정

196 성운을 먹는 자

직하게 말했다.

"나를 용서하지 말거라. 이번 일이 끝날 때까지만 이 목숨을
유지하도록 하마. 그다음에는 모든 것을 밝히고 나를 처단해
라."

요괴의 피를 증오하는 가돈으로서는 차라리 죽을지언정 선택
하기 싫었던 길이리라.

그러나 자신을 위해 희생한 자들에 대한 책임감과 적에 대한
증오가 그에게 금기를 범하게 만들었다. 복수를 위해서라면 기
꺼이 죄를 저지르고 지옥에 가리라.

"웃기지 마."

양진아가 날카로운 눈으로 그를 노려보았다.

"사형, 지금 사웅 그 개자식한테 뒤통수 맞고 나한테 화풀이
하는 거야?"

"무슨……."

"지금 벌어지는 일들이 다 자기 책임인 양 잘난 척하지 말라
는 거야. 이건 우리 모두의 싸움이야. 죽은 사람들도 그걸 알았
으니까 사형한테 자기 몸을 먹여서라도 뒷일을 부탁한 거고. 그
뜻을 죄다 진흙탕에다 처박는 짓은 하지 마."

"……."

"죽고 싶다는 생각으로 싸우지 마. 그럼 나 진짜 사형을 경멸
할 거야."

"…미안하다."

"알면 됐어. 살아남아 줘서 고마워. 그리고 미안하지만 급한
이야기부터 해야겠어."

"해루족 대용사는 죽었다. 흑요군은 당분간은 운신을 못 할 거고. 흑영신교 놈들 중에 비상하게 강한 놈 하나를 처리했다."

"세상에……."

양진아가 혀를 내둘렀다.

역시 가돈이다. 사웅에게 기습당해서 중상을 입고 쫓기는 와중에도 적에게 그만한 피해를 입혔단 말인가?

양진아가 말했다.

"그래도 천운이야. 살아서 우리와 만났으니."

"운에 맡긴 것만은 아니다. 진아 네가 가진 그걸 목표로 움직였으니."

"아, 이거……."

양진아의 시선이 자신의 허리춤에 찬 단검으로 향했다.

그것은 가돈이 양진아의 열 살 생일 선물로 준 물건이었다. 자신의 피를 묻혀놨으니, 만약 무슨 일이 생기면 그 검에 양진아가 피를 묻히면 찾아갈 수 있을 거라고 했다.

어린 여자아이에게 주기에는 참 섬뜩한 선물이었지만, 양진아는 좋아라 하고 받아 들었다. 그리고 이 일이 시작된 후, 혹시나 하는 마음으로 단검에 자신의 피를 묻혀놓았는데 안 그랬으면 후회할 뻔했다.

"…그랬구나."

양진아는 자기도 모르게 웃었다.

가만히 그녀를 바라보던 가돈이 물었다.

"우리의 전력은?"

"함께 움직이는 건 사형까지 42명."

은신처들을 탐색하는 과정에서 기단 장로가 이끄는 열다섯 명의 생존자와 합류했다. 그리고 청해용왕대에 협력하는 영수들도 요괴와 마수들의 눈을 피해서 와주었다.

"그리고 바다 쪽에도 연락책으로 움직여 줄 영수들이 와줬어."

바다영수들이 알려준 바에 따르면 심해의 상황은 난장판이었다.

청해궁의 전투 요원들이 암해의 신의 봉인에 매달려 있는 것은 물론, 봉인이 깨진 여파로 자연 발생하듯이 나타나는 흉포한 괴물들을 상대하느라 바쁘다고 했다. 청해귀령 역시 양진아를 위해 은신처를 옮겨준 후에는 심해의 전투에 참가하고 있었다.

이런 상황이라 바다영수들 중에 지상까지 와줄 수 있는 것은 비전투 요원에 속하는 자들뿐이었다.

"지금 치료받으면서 느끼겠지만 그들이 청해궁의 기보를 가져와 주었지."

그사이 양진아가 기다리던 신호가 하늘로 날아올랐다.

양진아는 정해진 장소로 이동해서 청해궁에서 보내온 보물을 챙겼다. 오랜 시간 동안 심해에서 형성되는 영적인 힘을 담은 그것은 현계의 상식을 뛰어넘는 보물들이었다.

그중 하나가 지금 가돈을 치료하고 있는 약이다.

'인어의 영육을 먹으면 불로불사의 힘을 손에 넣을 수 있다.'

바다에는 그런 전승이 존재하고 있었다.

그리고 그것은 어느 정도 사실이었다. 불로불사까지는 아니지만 인어의 피는 마시는 자에게 놀라운 생명력을 준다.

지금 가돈이 먹고, 상처에 바르고 있는 약은 바닷속 영약에 인어의 피를 섞어 만든 치료약이었다. 그 효능은 별의 수호자의 연단술사들이 봐도 경악할 수준이다.

기적 같은 효과를 보이는 약이니만큼 청해궁에서도 극히 소량만 생산되는, 비축분이 별로 없는 약이기도 했다. 하지만 지상의 위기를 감지하고는 아낌없이 보내온 것이다.

양진아가 웃었다.

"이 정도면 해볼 만해. 이제부터는 놈들을 흔들어봐야지."

아무리 그래도 정면승부는 불가능하다. 양진아는 냉정하게 판단했다.

일단은 상황을 파악할 필요가 있다. 넷으로 나뉘었던 무리가 하나로 모였는데도 전체적인 상황을 모르고 있는 것은 심각한 일이다.

"추격대를 역으로 사냥하면서 정보를 모으자."

적들이 무엇을 꾸미고 있는지, 어떤 약점이 있는지 알려면 정보가 필요했다.

양진아의 판단은 옳았다. 이 상황에서 할 수 있는 최적의 판단이라고 할 수 있을 것이다.

그러나 상황은 그녀의 판단을 넘어선 영역에서 격변하기 시작했다.

5

해루족과 요마군도, 그리고 연합의 핵심이라고 할 수 있는 흑영신교는 서로가 잠재적인 적임을 안다.

흑영신교는 진본해를 없애고, 청해용왕대를 말살시킨 뒤 기
룡을 중심으로 한 새로운 청해용왕대가 만들어지길 바란다.

대륙의 시선으로부터 자유로운 청해군도에 거점을 만든다면
그 유용성은 어마어마하다. 그렇기에 오랜 시간 동안 공들여서
일을 준비했다.

해루족은 자신들을 누르던 청해용왕대를 박살 내고, 암해의
신을 부자유한 상황으로 깨워서 가호를 얻고 싶어 한다.

즉 그들은 흑영신교의 의도를 환영하지 않는다. 일이 끝난 다
음에는 기룡과 흑영신교 모두를 치울 방법을 준비하고 있다.

요마군도는 좀 더 단순한 의도로 움직였다. 일단 진본해를 죽
이고 청해용왕대를 치우자. 그다음에 나머지랑 싸워서 처리하
면 그만이라고 생각했다.

'좋지 않군.'

혈귀수는 초조해하고 있었다.

상황이 생각한 것보다 나쁘게 돌아가고 있었다.

삼라허상진을 유지하는 데는 막대한 인력이 동원된다. 사람
의 목숨을 지속적으로 제물로 쓰면서 흑영신교의 인력, 해루족
의 주술사들, 요마군도에서 술법에 조예가 있는 요괴들까지 힘
을 합치고 있다.

이 진이 펼쳐진 지 고작 사흘째다.

그런데 그동안 치른 희생이 엄청났다. 청해용왕대의 거점과
배를 손에 넣고 막대한 타격을 입힌 것까지는 좋았지만 그 이후
의 상황이 영 만족스럽지 못하다.

'아직까지 진본해를 잡지 못한 거야 그렇다 치고…….'

삼라허상진은 유지하는 것만으로도 막대한 부담을 주는 물건이다. 일단 연합의 최정예들이 그 안에 묶여 있고, 밖에서도 유능한 인력들이 묶여 있지 않은가?

그렇다 보니 청해용왕대의 잔존 세력을 말살하기 위해 동원할 수 있는 전력도 그만큼 제한된다. 그리고 연합을 이룬 셋이 서로를 견제하느라 많은 병력을 내놓길 꺼려하는 것도 문제다.

'해루족 놈들이 두 번째 기둥을 발견해 버려도 곤란하지.'

아직 암해의 신을 봉인하는 다섯 기둥 중 하나만이 발견되었다.

흑영신교는 일이 끝나기 전에 두 번째 기둥이 발견되지 않기를 바랐다. 해루족이 힘을 얻는 것도 탐탁지 않은 일이고, 무엇보다 암해의 신은 위험했다.

'이 연옥에 그분 말고 다른 신은 필요 없다.'

가뜩이나 방해 요소가 많은데 지상에 강력한 영향력을 미치는 신이 또 하나 늘어난다?

그런 일을 반길 리가 없지 않은가?

하지만 해루족과 연합하기 위해서는 그들이 납득할 수 있는 대가, 즉 기둥을 찾을 수 있는 진짜 단서를 줄 필요가 있었다. 그리고 연합이 유지되는 동안에는 해루족이 그 단서를 바탕으로 기둥을 탐색하는 것을 방해할 수 없다.

흑영신교 측이 시간이 흐를수록 초조해하는 것은 당연했다.

'무엇보다…….'

형운을 확실히 죽이지 못한 게 걸린다.

오랜 시간 동안 공들인 청해군도 일을 망칠지도 모른다는 부담을 감수하고 벌인 일이었다. 그런데 천재일우의 기회를 잡고도 일을 망쳐 버렸다.

계획은 완벽했다. 무일에게 얻은 정보를 활용해서 퇴로를 막았고, 조금만 기다렸으면 곳곳에 흩어져 있는 흑영신교의 무인들도 합류했을 것이다.

형운을 산 채로 잡을 수도 있었는데, 그랬다면 어마어마한 공로였을 텐데…….

"젠장."

혈귀수가 신경질적으로 자기 밑에 엎드려 있던 무언가를 걷어찼다. 둔탁한 소리가 울리며 그것의 머리가 홱 돌아갔다.

"빌어먹을. 잡것 하나 때문에 일이 이렇게까지 꼬이다니……."

혈귀수가 그것의 머리를 밟았다.

엉망진창으로 망가진 시체를 이용해서 만든 시귀가 그에게 밟혀서 기괴한 소리를 내고 있었다.

"키킥, 키기기긱……."

제68장
암흑인

성운을
먹는자

1

대륙 각지에 퍼져 있는 흑영신교도들도 청해군도에는 익숙지
않았다. 그렇기에 그들은 해루족과 요마군도가 붙여준 길잡이
들을 따라서 움직였다.

그들의 목적은 한 사람을 찾는 것이다.

아니, 정확히는 한 시체를 찾는다고 하는 것이 옳으리라.

혈귀수는 무슨 일이 있더라도 그 인물의 시체를 확인해야 한
다고 엄포를 놓았다. 그래서 흑영신교 측에서는 날 수 있는 요
괴와 바다요괴들의 힘까지 빌려가면서 주변을 샅샅이 수색하고
있었다.

"이미 바다 저편으로 떠내려가지 않았을까?"

"차라리 배에 탄 놈들이 발견할 가능성이 높을 듯한데……."

해루족과 요괴들은 불만을 토로했다.

하루 내내 쉬지도 못하고 주변을 수색했으니 당연한 일이다. 명령을 받았으니 하긴 했지만, 청해용왕대의 잔당들이 남아 있는 상황에서 이미 죽은 놈의 시체를 찾겠다고 고생시키는 것을 좋게 받아들일 리가 없었다.

흑영신교도들은 속으로 혀를 찼다.

'멍청한 야만인들이 불만이 많군.'

하지만 지금은 이들의 힘이 필요하니 그런 심정을 내색할 수 없었다.

해루족 주술사들이 협조해 준다면 좀 더 간단하게 끝날 일이다. 하지만 해루족 주술사들은 이 일에 예지의 힘을 동원하기를 거부했다. 이미 한번 아픈 꼴을 당했으니 당연한 반응이었지만 흑영신교 입장에서는 짜증이 치밀었다.

"잠깐."

문득 해루족 인원을 이끄는 중년의 투사가 주변을 제지했다. 흑영신교도가 물었다.

"왜 그러시오?"

"바다 밑을 뒤지고 있는 놈들이 너무 오래 안 떠오르고 있소."

"깊숙한 곳까지 뒤지느라 그런 것 아니겠소? 인간과는 달리 호흡할 수 없다고 떠오를 이유가 없는 이들이니."

"그럴 수도 있겠지만, 조심해 두는 게 좋을 것 같소."

"음……."

혹영신교도는 불만을 품으면서도 해루족 투사의 뜻을 따르기로 했다. 청해용왕대의 잔당이 위협적인 것은 사실이었으니까.

흩어져 있던 수색대는 해루족 투사의 신호에 따라서 해변의 한 지점으로 모였다. 그리고 깨달았다.

'다섯 명이 실종됐다.'

바다 밑을 수색하던 요괴가 둘, 그리고 해루족 전사가 둘, 혹영신교도 하나가 사라졌다.

─백고! 광허! 적의 모습이 보이지 않나?

해루족 투사가 하늘에다 대고 전음으로 물었다. 날개를 가진 두 요괴가 하늘을 날고 있었다.

─보이는 게 없는데? 대체 무슨 일이 일어난 거지?

하지만 그들도 적을 발견하지 못했다. 해루족 투사는 등골이 오싹해졌다.

'바다 밑에서 일어난 일이면 몰라도 지상에서도 셋이나 사라졌는데 아무도 몰랐다고?'

어떻게 그럴 수가 있단 말인가? 귀신같은 은신술의 소유자라고 하더라도 흔적을 남기지 않을 수 없을 텐데?

"혁?"

문득 혹영신교도가 헛숨을 삼켰다. 해루족 투사의 시선이 자신에게 향하는 순간, 그가 비명을 질렀다.

"발밑이다! 모두 피하… 커컥!"

그의 말은 끝까지 이어지지 못했다.

쉬이이익!

검은 어둠으로 이루어진 촉수가 그의 벌려진 입속으로 파고

들었기 때문이다.

쉬쉬쉬쉭!

그리고 한자리에 모인 수색대의 발밑에서 어둠의 촉수들이 일어나 채찍처럼 질주했다. 다들 경악했다.

"이건 뭐야?"

다들 단련된 무인들이고 맹수보다 월등히 강력한 요괴들이었다. 상식에서 벗어난 존재가 기습해 왔어도 멍청하니 있다 당하지는 않았다.

재빨리 몸을 옮기면서 권을 내지르고, 무기를 휘두르고, 술법을 발현시켜서 어둠의 촉수를 막아냈다. 사방에서 폭음이 울려 퍼졌다.

하지만 직후 그들의 측면에서 급습해 오는 그림자들이 있었다.

"크악!"

"너, 너희는……?"

해루족이 경악했다. 공격해 온 것은 실종된 해루족 전사 두 명이었기 때문이다.

그들은 척 봐도 정상이 아니었다. 눈은 흰자위도 없이 새카맣게 물들었고 입과 코, 귓구멍으로 어둠이 분말처럼 흘러나오고 있었다.

난리 통에 기습해 오는 바람에 당하기는 했지만 그래봤자 둘이고 뛰어난 고수도 아니다. 수색대는 금세 둘을 처치했다.

"신께서 오셨다!"

"신의 뜻에 따라!"

그러나 그들은 죽음에 대한 두려움을 모르는 것 같았다. 몸통이 꿰뚫리고 팔이 날아가는데도 조금도 주춤거리지 않고 달려드는 모습은 악귀 그 자체였다.

그리고…….

"크악! 무, 무슨 짓이냐?"

어둠의 촉수에 사로잡힌 해루족 전사들이 하나둘씩 미쳐가기 시작했다. 그들은 죽어간 자들과 똑같은 몰골로 흑영신교도와 요괴들을 공격해 갔다.

"이게 대체 무슨……."

하늘을 날며 그 상황을 지켜본 요괴들은 공포를 느꼈다. 도대체 무슨 일이 벌어지고 있는 것인가? 지금 이 순간만큼 자신들이 높은 고도를 날고 있다는 사실에 안도감을 느낀 적이 없었다.

―안이하구나.

그런 그들에게 키득거리는 목소리가 들려왔다. 그들이 흠칫해서 주변을 둘러봤을 때였다.

쾅!

폭음이 울리며 어둠이 한 명을 관통했다.

"백고!"

인간의 상반신에 팔 대신 날개가, 하반신은 뭍짐승의 다리가 달린 요괴 광허가 경악했다. 화살보다도 무서운 기세로 날아든 어둠이 동료를 꿰뚫어 버린 것이다.

그들이 날고 있는 고도는 100장(약 300미터)에 가까웠는데도 미처 피할 새도 없었다. 그 정도로 빠른 공격이었다.

'도망쳐야 해!'

요괴인 그에게 추락하는 동료를 구해야 한다는 의리 따위는 없었다. 광허는 곧바로 그 자리를 벗어나고자 했다.

파아아아!

그런 그의 옆을 한 줄기 어둠이 관통했다. 결단이 조금만 늦었어도 백고와 같은 꼴이 될 뻔했다.

—절경이군.

"헉?"

그러나 광허는 곧 자신의 몸 위에 얹어지는 중량을 느끼고 혼비백산했다. 누군가 자신의 어깨 위에 올라선 게 아닌가?

반사적으로 위를 올려다보는 그의 시야를 어둠이 가득 채웠다. 그 속에서 떠오르는 새카만 청년의 얼굴을 보는 순간, 격통이 광허의 의식을 가득 채웠다.

"크아, 아아아아악!"

화창한 하늘에 끔찍한 비명이 울려 퍼졌다.

2

'이대로 죽을 수는 없어.'

죽음을 앞두는 자가 삶에 대한 집착을 드러내며 기적을 바라는 것은 지극히 정상적인 반응일 것이다.

하지만 기적이 일어나는 경우는 얼마나 되던가? 그저 강한 집착이 기적을 부른다면 세상은 기적으로 도배되었으리라.

'살아야 해. 살아서 그놈들을……'

부글…….

기포가 끓어오르는 소리가 귓가를 울리고 있었다.

의식이 깊은 어둠 속으로 가라앉아 간다. 숨 쉴 수 없이 답답한, 차갑고 답답한 바다가 그를 끝없이 끌어당기고 있었다.

키득거리는 소리가 들려왔다.

아이의 목소리처럼 들리는, 그러나 뱀이 혀를 날름거리는 듯 쉿쉿거리는 울림이 섞인 목소리가 말을 걸어온다.

―아직도 생각이 변하지 않았나?

'누구지?'

―오, 설마 벌써 잊힌 건가? 그냥 쌀쌀맞은 정도가 아니었군. 누군가에게 이 정도로 아무런 인상도 남기지 못한 적은 처음인데…….

'너는……?'

기억이 날 듯 말 듯했다. 하지만 기억이 제대로 연결되지 않는다. 마치 누가 그의 정신을 칼로 난도질해서 사방으로 흩어놓기라도 한 것처럼.

춥고, 아프고, 힘들고… 고독하다.

자신이 죽어간다는 사실이 실감된다. 그 앞에서 다른 생각은 힘없이 흩어지고 오로지 한 가지 의지만이 확고하게 자신을 주장했다.

'이대로 죽을 수는 없어.'

살아야 한다.

반드시 살아서 해야만 하는 일이 있다.

―넌 죽어가고 있어.

'······.'

—인간은 이런 상태로는 살 수 없지. 멀쩡하지도 않은 몸으로 격류에 치여 다니다가 폭포로 떨어져서 바다 밑으로 푹 가라앉았으니 살 수 있을 리가.

그런가? 이 아픔, 죽음에 대한 실감은 그런 상태에서 비롯되는 것이었던가?

—기적이 일어나지 않는다면 이 캄캄한 바닷속이 네 무덤이 되겠지.

사방을 뒤덮은 어둠 속에서 누군가의 윤곽이 나타난다. 자세히 알아볼 수는 없지만 마치 사람 같았다. 그것도 자신이 잘 아는 누군가의······.

—네가 바란다면 기적을 일으켜 주지.

'······.'

—의심하고 있군. 내가 거짓말을 하는 것 같은가? 하긴, 인간이 나를 잊기에는 충분한 시간이 흘렀지.

키득거리는 목소리가 멀어져 간다. 그리고 어둠 속에서 압도적인 존재감이 부풀어 오르기 시작했다.

가슴이 두근거린다. 조금 전까지 의식을 지배하던 죽음에 대한 실감, 그리고 그에 대항해 일으킨 살고자 하는 의지조차도 한순간 잊어버렸을 정도로 크나큰 충격이 의식을 강타했다.

여전히 사위는 어둠으로 가득하고, 아무것도 보이지 않는다. 그래도 알 수 있었다. 저 깊숙한 곳에 도사리고 있는, 저것에 비하면 인간은 모래알처럼 작아 보일 정도로 거대한 존재가 자신에게 말을 걸어오고 있다는 것을.

―이제 알겠느냐? 나는 신이다. 인간이 기원하면 기적으로 답하는 존재지.

'신……'

그것은 분명 거룩하고 위대한 존재를 가리키는 명칭일 것이다.

그러나 신이라는 단어를 듣는 순간 그는 깨달았다.

'나는 신을 만난 적이 있어.'

과거에 그는 세상 전부를 집어삼킬 수 있을 것처럼 거대한 신수, 운룡을 보았다.

인간을 닮은 모습으로 현계를 거니는 그 권속들을 보았다.

'그들은 기적을 일으켜 주지 않았어……'

사람의 힘으로는 도저히 이룰 수 없어서, 신의 권속들에게 기적을 구했다. 자신을 위해 희생한 누군가를 되살려 달라고.

하지만 그들은 기적을 주지 않았다. 그는 소중한 사람의 죽음을 받아들여야 했다.

그것은 영원히 사라지지 않는 상처로 가슴에 새겨졌다.

다시는 그런 상처를 입지 않길 바랐는데, 그랬는데…….

―그놈들이 이기적이기 때문이다. 자신들이 바라는 대로 세상을 주물러놓고 인간의 운명조차도 희롱하고 있지. 자신들을 위해서는 아낌없이 기적을 남발하면서도, 인간을 위해 기적을 일으키는 것은 규칙을 어기는 일이라고 핑계를 대가면서.

거대한 존재는 참을 수 없다는 듯 키득거리며 말했다.

―나는 다르다. 그놈들은 할 수 있으면서도 아무것도 해주지 않지. 그러나 나는 바라는 모든 것을 이루어줄 수 있다.

도리에 어긋나는 일을 원해도 좋다.

이기적인 욕망의 성취를 소망해도 좋다.

누군가의 파멸을 빌어도 좋다.

─네가 그것을 바란다면 기꺼이 이루어주마.

'어째서?'

왜 그렇게까지 하는가? 무엇을 바라기에?

─물론 네게는 그만한 가치가 있기 때문이다.

'어떤 가치?'

─너는 나를, 신을 담을 수 있는 그릇이다. 네가 나를 담는다
면 네가 바라는 모든 것을 이루어주마.

어둠이 걷혀 나가며 밝은 세상이 펼쳐졌다. 그의 눈에 누군가
의 모습이 보였다. 희미하게 잿빛을 띤 백발을 늘어뜨린, 불그
스름한 갈색 눈동자를 빛내던 소녀가 웃고 있었다.

─네가 잃은 소중한 자가 되살아나 너와 함께할 것이다.

그 옆에는 여우 같은 인상의 청년이 겸연쩍은 듯 웃고 있었
다.

─너를 위해 죽은 자 또한 삶을 되돌려 받을 것이다.

비춰지는 광경이 변한다. 검은 윤곽으로 존재하는 신은 지상
을 거닐고 있었다.

사람들이 보였다. 황백색 눈동자를 지닌 눈부시게 아름다운
여성과 그림으로 그린 듯 수려한 용모와 푸른 눈동자를 지닌 청
년, 그리고 복면으로 얼굴을 가린 아름다운 여성을 중심으로 모
여 있는 사람들.

그들은 죽어가고 있었다. 어둠을 두른 사악한 자들과 그들이

이끄는 해루족과 요괴 무리들에게 둘러싸여서 절망했다.

그 앞에 신이 나타났다.

—보아라. 인간의 운명은 살얼음처럼 불안하니, 네게 소중한 자들은 언제 어디서든 가혹하게 죽어갈 수 있다. 바란다면 내가 그 운명을 바꿔주마.

신이 거대한 어둠의 폭풍이 되어 그 자리를 휩쓸었다.

흑영신교의 마인들이 속수무책으로 죽어나갔다. 해루족은 자신들이 대적하는 존재가 신임을 알아보고 무릎 꿇었다. 요괴들은 어둠의 태풍에 휩쓸려 소멸해 갔다.

그리고 놀란 눈으로 신을 바라보는 자들의 상처가 시간을 되돌리듯이 치유되었다.

—이 모든 일이 망상에 불과한 것 같으냐?

신의 물음에 그는 곧바로 대답을 떠올렸다.

그렇지 않다.

예전부터 알고 있었다.

그의 몸에는 그런 힘이 잠재되어 있다. 인간인 그는 그 무한한 잠재력을 쓰지 못해 부질없이 죽어가지만, 신이 기적을 일으킨다면…….

—약속하마. 나는 네가 바라는 것을 이루어줄 것이다.

신은 그리 말하며 손을 내밀었다. 그리고 물었다.

—그릇이여, 그대의 이름은?

'형운.'

그는 비로소 자신의 이름을 떠올렸다.

마음 한편에서 안 된다고 말리는 목소리가 있었다.

'이래서는 안 돼. 가서는 안 되는 길이야.'

동시에 그에 반박하는 목소리가 있었다.

'하지만 달리 어떤 방법이 있지? 이 길을 택하지 않으면 나는 죽고, 모든 것이 끝날 텐데?'

형운은 아득한 절망 속에서 신의 손을 맞잡았다.

우웅······.

거대한 어둠을 받아들이는 그의 품속에서, 차가운 무언가가 순백의 빛을 발했다.

3

흑영신교와 해루족, 요마군도 연합은 혼란에 빠졌다.

몇몇 불안 요소는 있었지만 전체적으로 그들의 계획은 수월하게 흘러가고 있었다.

청해궁의 움직임을 묶었고, 진본해는 삼라허상진에 사로잡았으며, 청해용왕대의 잔당을 착실하게 줄여 나가고 있었다. 일반 주민에 속하는 청해궁의 추종자들도 완벽하게 제압해 두었다.

그런데 단 하루 만에 상황이 급변했다.

그들의 통제를 벗어난 사건들이 곳곳에서 터졌다. 정신없이 전해지는 소식에 수뇌부는 다들 아연해하고 있었다.

'해안수색대, 정체불명의 적에게 전멸 확인.'

'제9추적대, 청해용왕대의 잔당과 교전하여 패배. 생존자는

세 명.'

'제5추적대, 청해용왕대 잔당의 기습을 받아 병력 절반이 전
사.'

'제6추적대, 정체불명의 적에게 전멸. 칠요군의 일원 목요군
과 해루족 용사 간루 전사.'

"…도대체 무슨 일이 벌어지고 있는 거지?"
보고를 들은 혈귀수는 경악을 금치 못했다.

아군의 피해 상황이 속속 보고되고 있었다. 앞선 사흘간에도
꽤 많은 피해를 입었지만, 이 하루간의 피해는 더욱 아프게 다
가왔다.

일단 형운을 찾아서 해안을 뒤지던 수색대 50여 명이 몰살당
했다. 그리고 거기에 더해서 요마군도의 칠요군 중 최초의 사망
자가 발생했는데 누구에게 당했는지조차 모른다.

"그에 비하면 제9추적대와 5추적대의 일은 차라리 낫군."
혈귀수가 이를 갈았다. 그나마 누구에게 당했는지라도 아니
낫다. 그 교전으로 인해서 양진아가 이끄는 청해용왕대 잔당의
수와 행적이 파악되었으니까.

'흉왕의 제자는 없었다. 역시 죽었나? 아니면 혹시 그놈들이
구해서 어디에다 숨겨놨을 가능성도……'

상황이 안 좋게 돌아가는데도 그의 머릿속은 형운의 행방으
로 가득했다.

냉정하게 생각해 보면 설령 형운을 죽이지 못한다고 해도 이번 계획을 성공시키는 쪽을 우선해야 한다. 이 계획에는 그만큼 많은 공을 들였으니까.

하지만 혈귀수는 형운에 대한 집착에서 벗어나지 못했다. 그가 흉왕 귀혁의 제자라는 것, 그리고 흑영신교주를 중심으로 한 대계를 파탄 낸 대적이라는 사실이 그를 압박하고 있었다.

문득 그에게 위협적인 목소리가 들려왔다.

"아무것도 안 할 셈인가?"

혈귀수가 흠칫했다.

막사 안에서 한 사람이 그를 노려보고 있었다. 칼처럼 날카로운 기파를 흩뿌리는 남자였다.

"한음도귀."

혈귀수와 마찬가지로 이십사흑영수의 일각을 차지하고 있는 도객, 한음도귀가 물었다.

"그대의 능력이라면 사태를 파악할 수 있을 텐데?"

"…그렇잖아도 시귀들을 보내서 적의 흔적을 쫓게 했다."

"시귀만으로 충분하겠나?"

"설령 돌아오지 못하더라도, 보고 들은 것만은 내게 전한다. 그게 가능한 시귀다."

"흠, 그렇군."

혈귀수는 흑영신교 내에서도 손꼽히는 시귀와 강시 전문가다. 그저 과거로부터 전해오는 사술을 재현하는 것에 그치지 않고 자신의 필요와 욕망에 따라서 새로운 경지를 개척한, 이 분야에 있어서는 달인이라 불리기에 충분한 실력자였다.

한음도귀가 말했다.

"판단력이 흐려지진 않은 모양이군."

청해군도는 광활하면서도 수많은 섬으로 쪼개져 있어서 이동에 걸림돌이 많은 지형이다. 그런 곳에서 소수의 적을 찾는 것도 힘든 일이고, 발견한다 한들 보고가 전달되기까지 시간 차가 존재한다.

그 점을 보완하기 위해 각 병력 집단마다 원거리 통신이 가능한 기물을 들려 보냈지만, 유감스럽게도 그것은 사용하기까지 시간이 걸리는 물건이었다. 즉 전멸한 병력 집단은 기물을 사용할 여유도 없이 전멸했다는 의미다.

문득 혈귀수가 중얼거렸다.

"음?"

"왜 그러지?"

"내 시귀가 당했다."

"문제의 적인가?"

"뭔가 이상하군. 말이 안 돼."

동문서답에 한음도귀가 불쾌감을 드러냈다. 하지만 혈귀수는 그런 그의 기색을 눈치채지도 못할 정도로 동요하고 있었다.

"…어째서 해루족이 내 시귀를 공격한 거지?"

적을 추적하기 위해 내보낸 시귀를 처치한 것은 해루족 전사들이었던 것이다.

4

흑영신교와 해루족, 요마군도 연합이 청해용왕대의 잔당을 쫓기 위해 운용하는 추적대는 총 37개였다.

각각 70명에서 120명 정도로 이루어진 추적대들은 어느 순간을 기점으로 한 지점을 향해 모여들기 시작했다.

청해용왕대의 잔당을 처리하기 위해서였다. 두 번의 교전으로 양진아가 이끄는 일행의 존재가 확인되었고, 그들의 이동 경로가 파악되었다.

추적 수단은 다양하다. 짐승 요괴의 후각, 날짐승 요괴의 시각, 사냥에 이골이 난 해루족 전사들의 추적술, 그리고 술법까지.

절대 달아날 수 없다. 그리고 양진아 일행이 아무리 강하더라도 절대적인 수적 우위 앞에서는 대책이 없으리라.

"흠."

요마군도 칠요군의 하나, 수요군(獸妖君)은 고위 요괴들이 흔히 그렇듯이 인간의 모습으로 둔갑하고 있었다. 겉모습만 보면 그는 수려한 용모의 해루족 청년처럼 보였다.

인간을 먹잇감으로 여기면서도 인간을 동경하는 모순된 욕망은 요괴들에게는 보편적인 것이다. 수요군도 그 욕망에 충실하여 평소에는 인간의 모습을 연기하고 있었다.

"역시 내가 제일 먼저 찾아낸 모양이군."

수요군은 짐승의, 그리고 짐승 요괴들의 심령을 지배하는 데 탁월한 능력을 갖고 있었다. 그가 능력을 최대한 발휘한다면 반경 10리(약 4킬로미터) 안의 짐승들은 숨 쉬는 것마저도 그의 허락을 구하게 되어 있었다.

그 능력은 청해용왕대 잔당들을 추적하는 데 지극히 유용했다.

날 수 있는 요괴들을 이용해서 추적했다가는 득보다 실이 많을 것이다. 청해용왕대의 신묘한 궁술 앞에서는 하늘조차도 안전권이 아니니 소식을 전해오기도 전에 격추당하는 수가 있었다.

그러나 수요군은 평범한 새들을 지배해서 그들의 위치를 추적했다. 완만한 언덕을 사이에 두고 6리(약 2.4킬로미터) 저편에 있는 청해용왕대 잔당들은 아직 그들의 존재를 알지 못했다.

"우리만으로 건드려 보기는 좀 그렇고, 가까운 놈들을 불러들이지."

그는 사방으로 새를 날렸다.

공을 독식하고 싶은, 아니, 정확히는 저들의 영육을 독식하고 싶은 마음이 없는 것은 아니다. 하지만 그러기에는 위험성이 너무 컸다.

제9추적대의 생존자들이 보고한 바에 따르면, 적들은 단 한 명의 피해도 내지 않고 그들을 몰살시켰다고 한다. 아무리 수요군이 다른 요괴들보다 집단전에 능하다고 해도 위험을 감수할 필요는 없었다.

"둘만 더 모이면 충분히 해볼 만하겠지."

수요군이 이끄는 제11추적대의 수가 82명. 그리고 가까운 곳에 있는 제2추적대와 제8추적대가 합류하면 200명을 넘는 대인원이고, 원거리에서 선제 타격을 가할 수 있는 인원도 충분하다. 다른 아군까지 기다릴 필요 없이 사냥에 나서도 되리라.

"음?"

문득 수요군은 의아함을 느꼈다.

두 추적대가 합공을 시작하기 위한 위치까지 도달하는 데는 일각이면 충분하리라 여겼다. 하지만 왠지 제2추적대가 도착한 지 일각이 추가로 지나도록 제8추적대는 도착하지 않는 게 아닌가?

'뭐지?'

수요군이 의아해할 때였다.

갑자기 청해용왕대의 잔당들을 습격하는 그림자가 있었다. 새를 통해 상황을 보고 있던 수요군이 깜짝 놀랐다.

"무슨 짓이야?"

혈혈단신의 해루족 전사 하나가 앞뒤 가리지 않고 그들을 공격했던 것이다.

물론 어리석기 짝이 없는 짓이었다. 그가 기습을 가하고 나서 죽어 나자빠지기까지는 얼마 걸리지도 않았다.

"저 미친놈은 어디 소속이야?"

문제는 그 습격으로 인해서 청해용왕대의 잔당이 전투태세로 들어갔다는 점이다.

아직 이쪽의 존재를 눈치채지는 못했다. 하지만 본격적으로 주변을 경계하면서 탐색에 나선 이상 시간문제였다.

'어쩐다?'

분노로 인해 요괴의 흉흉한 얼굴을 드러낸 수요군이 고민했다.

일단 물러나서 다른 추적대들을 기다릴 것인가, 아니면 제2

추적대와 함께 공격에 나설 것인가?

'무슨 일이 벌어졌는지도 모르는 상황에서 위험을 감수할 필요는 없지.'

수요군은 제2추적대에게 자신의 뜻을 전하고는 일단 그 자리에서 물러났다. 그런 한편 제8추적대의 상황을 파악하기 위해서 새를 날렸다.

'저건 뭐야?'

그리고 그는 놀라운 광경을 확인하게 되었다.

5

제8추적대는 해루족 용사 다모각이 이끌고 있었다.

그는 7척(약 2미터 10센티)에 달하는 거구의 장년인이었다. 해루족과 동맹 관계에 있는 영수를 조부로 둔 그는 영수의 피로부터 비롯되는 거력을 자랑했다.

거기에 이번 전투를 앞두고 부락의 주술사가 그를 축복했다. 그 효과로 신체 능력과 감각이 극도로 활성화된 지금은 두려울 것이 없었다.

'청해용왕대 놈들, 해루족의 힘을 보여주마.'

기세등등해서 수요군과 상의한 지점으로 향하던 그는 문득 오싹함을 느끼며 멈춰 섰다.

그를 따르던 흑영신교의 무인이 물었다.

"왜 그러시오?"

"뭔가가 있다."

"아무것도 없는 것 같은데?"

흑영신교 무인이 의아해했다. 그의 감각에는 아무것도 걸려들지 않았기 때문이다.

하지만 그때 숲의 그늘진 부분에서 키득거리는 웃음소리가 들려왔다.

─감이 좋은 녀석이로구나. 제법 쓸 만하다.

정신파가 마치 눈앞에서 울려 퍼지는 목소리처럼 또렷하게 모두의 정신을 울렸다. 그리고 나무 그늘에서 한 사람이 걸어 나왔다.

아니, 그것을 과연 사람이라고 할 수 있을까?

"저건 뭐지?"

흑영신교 무인이 당황했다.

어둠이 육 척 장신의 청년의 윤곽을 띠고, 너덜너덜해진 푸른 옷을 걸치고 있었다.

복식을 보면 대륙의 옷이 분명했다. 하지만 어떤 옷을 입고 있든 간에 저것을 사람이라고 할 수 있을지 의문이다.

온통 어둠으로 이루어진 존재였다. 하지만 그 안에 비교적 엷은 부분과 칠흑처럼 짙은 부분이 있어서 그 모습에 입체감을 부여했다.

우-우-우-웅…….

그리고 그가 모습을 드러내는 것과 동시에 왼쪽 손목에 차고 있는 은색 팔찌가 가늘게 떨며 소리를 내기 시작했다.

─흑영신에게 머리를 맡긴 비루한 것들아.

암흑인이 키득거렸다.

─그대들은 모조리 이 땅의 거름이 될 것이다.

순간 다모각이 움직였다. 곰 같은 거구가 질풍처럼 빠르게 어둠을 덮쳤다. 그 거구에 어울리는 커다란 칼날이 달린 언월도가 암흑인을 노렸다.

쾅!

폭음이 울리며 어둠이 먼지처럼 사방으로 흩어졌다.

하지만 그 중심에 선 암흑인의 모습은 흐트러짐이 없었다. 달려들었던 다모각이 튕겨 날아가다가 나무에 두 발을 디뎠다.

우지끈!

아름드리나무가 그 무게를 이기지 못하고 부러졌다. 그리고 다모각이 미처 태세를 바로잡기 전에 암흑인이 움직였다.

"크악!"

흑영신교 무인이 비명을 질렀다. 암흑인은 마치 꺼지듯이 사라지더니 다음 순간 그의 앞에 나타나 공격을 가했다. 관수가 일격에 가슴을 관통하고 등 뒤로 빠져나왔다.

"쿠, 쿨럭……!"

피를 토하는 그의 등 뒤로 빠져나온 암흑인의 손에는 몸에서 뜯어낸 심장이 잡혀 있었다.

그것을 쥐어 터뜨린 암흑인이 흑영신교 무인을 통과했다. 문자 그대로의 광경이었다. 암흑인이 검은 연기로 화하더니 흑영신교 무인을 통과해서 지나가 버리고, 심장을 잃은 흑영신교 무인은 갈가리 찢겨서 사방으로 흩어졌다.

"이노오오오옴!"

다모각이 포효했다. 영수의 힘을 일깨운 그의 눈동자가 붉게 물들고 신체 능력이 폭발적으로 증가했다.

노도와 같은 기공파가 암흑인을 노렸다. 하지만 암흑인은 키득거리며 웃었다.

―반항하지 말거라. 자꾸 그러면…….

암흑인의 모습이 다시 연기처럼 사라졌다. 쏟아지는 기공파를 통과하듯이 나타난 그의 일권이 다모각에게 꽂혔다.

―죽여 버릴지도 모르니까.

쾅!

별로 힘을 준 것처럼 보이지 않는, 장난처럼 날린 일격이었는데 다모각이 주저앉았다. 암흑인은 그런 다모각을 걷어차 쓰러뜨리고는 재차 연기로 화했다.

펑! 펑! 퍼퍼퍼펑!

암흑인이 연속적으로 공격을 뛰어넘었다. 그리고 사라졌던 그의 모습이 다시 나타날 때마다 흑영신교도 혹은 요괴가 하나씩 죽어나갔다.

"크악!"

흑영신교도가 비명을 질렀다.

아무것도 할 수 없었다. 심지어 도망치는 것마저도 불가능하다. 그저 무력하게 암흑인에게 학살당할 뿐이다.

"어, 어째서 우리는 공격당하지 않는 거지?"

해루족 전사들은 당황했다. 선공을 가한 다모각만이 예외일 뿐, 암흑인은 해루족은 공격하지 않았다. 흑영신교도와 요괴의 비명만이 울려 퍼지고 있었다.

―그야…….

순식간에 30여 명을 죽여 버린 암흑인의 시선이 의문을 입에 담은 해루족 전사에게 향했다. 옅은 어둠이 윤곽을 그려내는 그 눈과 마주한 해루족 전사는 오금이 저려서 주저앉을 것만 같았다.

　─너희는 나를 섬기는 민족이 아니더냐?

　숲 속에서 바스락거리는 소리가 울렸다. 그리고 사방을 포위하듯이 열 명 정도의 해루족 전사들이 나타났다.

　하지만 동족을 발견한 해루족 전사들은 반가움이 아니라 공포를 느꼈다. 그들 모두 눈은 흰자위여야 할 부분까지 새카맣게 물들었고, 코와 귀와 입으로부터 삐져나온 어둠이 연기처럼 사방으로 흩어져 가고 있었기 때문이다.

　─더 이상 두려워하지 않아도 된다.

　암흑인을 중심으로 퍼져 나간 기운으로부터 심해의 괴물을 연상시키는 어둠의 촉수들이 일어나기 시작했다.

　문득 암흑인이 나무들 사이를 바라보았다. 그곳에 있던 새와 눈을 마주친 그가 웃었다.

　─오호라, 내 이목을 속인 관객이 있었구나. 칭찬해 주마.

　해루족 전사들의 비명이 울려 퍼지는 가운데, 수요군에게 조종되던 새가 갈가리 찢어졌다.

6

　청해용왕대는 무서운 기세로 적들을 해치워 갔다.

　청해궁에서 올려 보낸 기보들은 아득한 세월 동안 심해에서 힘을 축적한 것들이다. 그것은 자격 있는 자가 쥐면 경이로운 전투 능력을 부여했다.

'잡았어.'

양진아가 청해궁의 기보, 해랑청기궁(海浪靑氣弓)을 쏘았다. 300장(약 900미터) 거리에서 발사된 푸른빛의 화살이 소리가 퍼져 나가는 것보다 네 배는 더 빠른 속도로 적을 타격했다.

콰과광!

폭음이 울려 퍼졌다.

표적으로 삼은 적의 우두머리, 해루족 용사를 일격에 격살한 것은 물론이고 그 주변에 있던 인원 다섯 명을 죽이거나 최소한 중상에 빠뜨렸다.

놀라운 것은 이런 위력의 공격을 다시 날리기까지 열 호흡이면 충분하다는 것이다.

우왕좌왕하는 적들이 이쪽을 눈치채기도 전에 제2격을 발사, 또다시 막대한 타격을 입혔다.

그사이 미리 150장 지점에서 대기하던 다른 인원들이 뛰어들어가고 있었다.

'폭살시(爆殺矢)는 아껴두고.'

양진아도 전진하기 시작했다.

전해지는 바에 따르면 해랑청기궁은 해룡시의 원형이 되는 기물이다. 먼 옛날의 청해용왕이 해랑청기궁의 기능을 모방해서 해룡시라는 무공을 만들었다는 것이다.

양진아가 실제로 써보니 그 말이 사실임을 알 수 있었다. 설령 해룡시를 연마하지 않은 자라도 해룡시를 이루는 기법들을 이 활을 통해 체현할 수 있었으며, 그 위력은 놀라 자빠질 정도였다.

이 활을 다른 사람도 아닌 양진아가 들고 있는 시점에서, 청해군도에 자리 잡은 전투의 상식이 바뀐다. 300장 너머에서 정밀 타격이 가능한, 그것도 해루족 용사조차도 일격에 숨통을 끊어버릴 수 있는 위력을 발휘하는 병기라니 누가 상상이나 했겠는가?

그리고 다른 이들에게 쥐여진 기보들도 해랑청기궁만은 못해도 놀라운 위력을 발휘했다.

개개인의 역량도 탁월한데 거기에 기병까지 쥐여졌다. 상상할 수 있는 거리 너머에서 날아오는 양진아의 저격으로 혼비백산한 적들은 추풍낙엽처럼 몰살당했다.

'물론 만만한 것들만 있어서 그렇지만.'

아무리 그들이 강력하더라도 사웅과 화군이 있는 추적대라면 이렇게 쉽게 상대하진 못했을 것이다. 그리고 아군을 찾아 돌아다니고 있는 적들 중에 그만한 강자들이 또 없을 리가 없었다. 그런데도 지금까지는 정말 만만한 적들만 만나다니 뭔가 이상하지 않은가?

그런 의문을 품은 것은 양진아만이 아니었다.

7

후우우우우…….

전투를 끝낸 별의 수호자와 청해용왕대 일행은 곧바로 자리를 옮긴 다음 교대로 운기조식을 했다.

아무리 수월하게 풀렸다고 해도 전투에 참가한 인원은 격심한 정신적, 육체적 부담을 지게 된다. 절대적인 수적 열세에 놓여 있는 그들은 언제나 가능한 최상의 상태를 유지할 필요가 있었다.

그렇기에 청해궁에서 보내온 비약과 기보를 아낌없이 썼다. 비약을 먹고, 기보의 힘을 빌려서 운기함으로써 효과를 극대화한다.

'확실히……'

서하령은 운기조식을 마치고 눈을 떴다.

그녀의 황백색 눈동자가 영롱한 빛을 발했다. 조금 전에 전투를 치렀는데도 푹 쉬고 일어난 것처럼 활력이 넘친다.

'놀라워. 청해용왕대가 자랑할 만하네.'

청해궁에서 전해준 물자는 전투용 기보들도 대단하지만 비약이나 치료약의 효능이 경이롭다. 별의 수호자 연단술사들의 최정점에 섰다고 하는 이정운 장로의 손녀인 서하령이 보기에도 그렇다는 이야기다.

무엇보다 놀라운 것은 기의 운행 상태를 최고조로 활성화시켜 주는, 일종의 환경 구축 기능을 지닌 기보였다. 고도의 기술과 막대한 자원을 필요로 하는 일을 휴대가 가능한 작은 기보로 할 수 있다니 실로 경이로웠다.

막강한 내공 상승 효과를 지닌 청해궁 비장의 비약 해심단(海心丹), 그리고 회복용 비약과 기보의 힘으로 서하령의 내공은 6심에 도달했다.

물론 복용하고 얼마 지나지도 않아서 새로운 기심을 형성한 것은 이미 서하령이 그럴 기반을 갖추고 있었기 때문이다. 마찬가지로 마곡정도 내공 수위가 한 단계 상승했다. 그에 비해 가려는 기심을 하나 더 생성하는 데는 이르지 못했다.

'여러모로 백야문과 비슷해.'

청해궁의 지원을 통해서 청해용왕대는 청해군도의 다른 세력에 비해 높은 전투 능력을 획득한다. 별의 수호자처럼 대규모 병력을 거느릴 수는 없지만, 지원이 허락하는 규모 안에서는 놀랍도록 뛰어난 병력을 갖출 수 있는 것이다.

그것은 빙령과 맹약을 나누고 특수한 영약과 환경을 지원받는 백야문과도 비슷하다. 단순히 인력이나 자본만으로 계산할 수 없는 힘이 이들을 떠받쳐 주고 있었다.

'지원의 규모가 극히 한정되기 때문에 압도적인 소수를 만들어내는 게 한계이긴 하지만……'

그것이 이들과 별의 수호자와의 차이다.

성존이라는 초월적인 존재에 기반을 둔다는 점에서는 별의 수호자도 이들과 같다. 하지만 별의 수호자는 인간 문명 속에 뿌리내리고 연단술이라는 지식을 집대성한 집단, 그렇기에 인력과 자본이 곧 그들의 힘이 되어 계속해서 성장해 왔다.

'무공의 특성까지 생각하면 이들은 확실히 청해군도의 패자가 될 만해. 하지만 외부 세계를 위협할 수는 없어.'

생각을 정리하며 몸을 일으키는 서하령에게 양진아가 다가오며 물었다.

"슬슬 해심단의 효과는 체화한 것 같네."

"덕분에. 이 정도면 해룡단이 일월성단과 필적한다는 말도 허세는 아니겠는걸."

해룡단(海龍丹)은 청해궁에서도 극소량만 생산되는 궁극의 비약이다. 양진아의 내공이 벌써 7심을 돌파한 것도 그녀가 인어공주의 딸이라는 출신 덕분에 해룡단을 취할 수 있었던 덕분이었다.

양진아가 코웃음을 쳤다.

"당연히 해룡단이 더 뛰어나지."

"공인되지 않은 사실을 우겨봤자 비루해 보일 뿐이야."

서하령이 비아냥거렸다. 두 사람 사이의 분위기는 여전히 싸늘했다.

하지만 날카로운 분위기는 오래가지 않았다. 서하령이 화제를 바꿨다.

"그나저나 이상해."

"뭐가?"

"너도 느끼고 있지? 이상할 정도로 싸움이 쉬워."

그들은 고작 하루 동안 세 개의 추격대를 박살 내고, 두 개의 추격대는 원거리 공격만으로 반쯤 괴멸시켜서 쫓아 보냈다.

하지만 이 과정은 이상할 정도로 수월했다.

굼린 장로와 가돈이라는 최강의 패, 그리고 청해궁의 기보들까지 더해졌다는 점을 감안해도 그렇다. 이상할 정도로 적이 무력했다.

양진아가 고개를 끄덕였다.

"그래, 마치 우리에게 잡아먹어 달라고 사정하는 것 같은 느낌이지."

지금 아군에게는 심각한 문제가 하나 있었다.

바로 정찰 능력이다.

적들에게는 주술사와 흑영신교의 기환술사, 그리고 하늘을 나는 요괴, 후각이 뛰어난 요괴라는 전력이 있다. 아무리 아군 개개인의 능력이 뛰어나다고 해도 집단전에서 상대를 알아차리는 능력은 저쪽이 위였다.

청해군도의 지형은 거칠다. 그리고 적들도 청해용왕대만은 못할지언정 상당한 원거리 타격 능력을 가졌다.

당연히 청해용왕대가 불리한 싸움이다. 행적이 추적당하는 것을 피할 수 없고, 접근하면 먼저 발견될 테니까. 압도적인 인원 차이를 제외하더라도 전술적으로 큰 불리함을 안고 있는 것이다.

그런데 지금까지는 늘 먼저 발견하고, 먼저 공격했다. 이렇게 잘 풀릴 수가 있나?

양진아가 말했다.

"우리 말고도 누군가 놈들을 공격하고 있어."

그 점은 확실했다. 일행이 몰살시킨 집단 중에서는 이미 누군가와 싸워서 타격을 입은 놈들도 있었으니까.

서하령이 말했다.

"그것만으로는 이 상황이 설명이 안 돼."

"동감이야. 마치 누가 우리를 지켜보면서 유리한 상황을 만들어주는 듯한 느낌이지?"

"그래."

그렇지 않고서야 이렇게까지 쉬운 싸움만 이어지는 상황을 설명할 수 없다. 한두 번이야 운이 좋았다고 치부하겠지만, 이미 그럴 수 있는 선을 넘어갔다.

그리고 일행은 자신들의 추측을 확신하는 근거를 만나게 되었다.

"시간이 많이 지나지는 않았습니다. 고작해야 반 시진(1시간)."

가려가 시체들을 살펴보며 말했다.

그들이 아닌 다른 누군가에게 몰살당한 적들이었다.

일행은 죽은 시체들로부터 많은 정보를 얻어낼 수 있었다. 적들 중에 강력한 요괴가 있었다는 것, 제대로 된 저항조차 못 해보고 학살당했다는 것, 그리고…….

"…아무리 봐도 해루족끼리 싸웠어."

추적대에 속한 해루족 전사가, 그들을 덮친 해루족 전사를 상대로 싸웠다. 그렇게밖에 볼 수 없는 시체들이 남아 있었다.

양진아가 굳린 장로에게 물었다.

"해루족 사이의 내분일까?"

"흑영신교, 요마군도와 협력하는 것에 반대하는 일파가 있다? 그럴싸하긴 하지만, 불가능합니다."

"그래, 설령 반대한다고 해도 이 상황에서 해루족끼리 상잔할 정도는 아닐 거야."

하지만 그들의 눈앞에 보이는 현실이 상식적인 추측을 부정한다. 대체 무슨 일이 일어나고 있단 말인가?

별의 수호자 측의 혼란은 한층 심했다.

'이건 설마⋯⋯.'

서하령과 가려는 시체들을 살펴보며 동요를 금치 못했다.

일부 손상이 심한 시체들이 그들의 눈을 사로잡았다. 끔찍함 때문이 아니다. 워낙 손상이 커서 무슨 수법으로 죽었는지 알아볼 수 없을 지경이지만, 이 두 사람만큼은 거기에서 자신이 아는 흔적을 보고 있었다.

두 사람이 서로에게 눈짓했다. 그리고 서로가 같은 것을 감지했음을 알아보았다.

'형운.'

서하령은 마르고 닳도록 형운의 훈련 상대가 되었던 사람이다.

가려는 그 누구보다도 오랫동안 형운을 곁에서 지켜본 사람이다.

그렇기에 두 사람만이 이 끝나 버린 전투의 현장에서 형운의 흔적을 느낄 수 있었다.

'말도 안 돼.'

있을 수 없는 일이다. 형운이 살아 있다고 한들 이런 일을 벌인다고?

상식적으로는 불가능하지만, 기연을 얻어서 극적으로 몸을 회복하는 기적이 일어났다고 치자. 다른 사람이라면 몰라도 형운은 이미 과거에 몇 번이나 그랬던 전적이 있지 않은가?

하지만 그러면 더 큰 의문들이 발생한다.

형운은 왜 일행과 합류하지 않는가?

어떻게 해루족 일부를 한편으로 삼았는가?

'무엇보다 전투 양상을 모르겠어.'

서하령은 전장에 남은 흔적만으로도 전투 과정을 머릿속에서 생생하게 복원해 볼 수 있는 능력의 소유자다. 이 점은 천유하나 양진아도 마찬가지이리라.

그리고 지금 전투 장면을 가장 정확하게 그려볼 수 있는 것은 서하령일 것이다. 셋 중에서는 그녀만이 이 전투에서 형운의 흔적을 읽어냈으니까.

'광풍혼이나 중압진은 전혀 쓰지 않았어. 유성혼도 거의 단발로만 쓴 것 같고, 냉기는 전혀 안 일으켰어. 이동은… 이게 문제야. 거의 다 운화로 했다고 보지 않으면 도저히 동선이 안 나와.'

형운은 운화를 이렇게까지 즐겨 쓰지 않았다. 운화를 쓸 때 육체적으로는 별 부담이 없어도 고도의 집중력이 필요하다. 그래서 자연스럽게 상대의 허를 찌르기 위한 비장의 수단으로 아껴두고는 했다.

그런데 여기 남아 있는 흔적은, 한 발 내딛는 것조차 귀찮아서 운화를 써댔다고 가정하지 않으면 성립하지 않는다.

'그것까지 감안하더라도 도저히 채울 수 없는 공백이 존재해.'

형운과 해루족 전사가 아닌 무언가가 이 전장에 있었다. 그것의 존재가 서하령이 전투 상황을 완전히 복원하지 못하게 막는다.

'도대체 무슨 일이 일어나고 있는 거지?'

상황이 더없이 수월하게 풀려 나가는데도 불길함과 답답함이 가시지 않았다.

8

사웅이 이끄는 제1추적대는 요마군도 칠요군의 일원, 수요군이 이끄는 제11추적대와 흑영신교 이십사흑영수의 일원, 한음도귀가 이끄는 17추적대와 합류했다. 거기에 두 개의 추적대가 추가로 합류하면서 총원이 500명을 넘었다.

터무니없이 위험한 적의 존재가 확인되었기 때문이다. 그 적과 청해용왕대 잔당에 의해서 추적대 총 전력의 3할이 날아가 버렸다.

연합의 총 전력은 6천 명이 넘는다. 이 중 4천 명 가까운 인원이 추적대로 편성되어 있었다. 나머지 중 절반은 바다를 장악, 절반은 삼라허상진을 유지하고 지키는 역할이었다.

"대주술사가 신경질적이더군. 전에 쓰러진 후유증 때문인지 별로 기운은 없지만."

화군이 어깨를 으쓱했다.

대주술사 모람은 아직 형운을 예지로 들여다보려다 실패한 후유증에 시달리고 있었다. 하지만 그는 그런 몸으로도 수도 없이 쏟아지는 항의와 비난에 시달려야만 했다.

해루족은 여러 부락의 연합체다. 추적대로 편성된 인원들은 각 부락의 소중한 일원이며 병력이었다. 많은 전사를 잃은 부락이 격노하는 건 지극히 당연한 반응이다.

사웅이 말했다.

"길게 끌면 끌수록 상황은 나빠지지."

"암혹인이라는 놈만 없었어도 벌써 끝났거나 아니면 끝내기 단계였을 텐데……."

화군이 혀를 끌끌 찼다.

빠르면 사흘, 길어도 일주일 안에 결판을 내는 것을 목표로 시작한 계획이었다.

그 이상은 삼라허상진을 유지할 수 없다. 흑영신교도, 해루족도, 요마군도도 모두 이번 계획에 내놓기로 한 영적 자원을 탈탈 털린 상태가 되리라.

문제는 그다음이다.

그때까지도 진본해가 팔팔하게 살아 있다면? 그리고 청해용왕대의 잔당이 건재하다면?

둘의 결합은 최악의 결과를 불러올 것이다.

화군이 중얼거렸다.

"지금까지는 놈들이 선을 넘지 않았지."

청해용왕대 잔당은 궁지에 몰릴 만큼 몰렸으면서도 마지막 선을 넘지는 않았다.

해루족 부락을 습격해서 일반인을 죽이고 물자를 약탈한다는 선택지를 고르지 않은 것이다.

이미 서로 한마디도 나누지 않고 죽고 죽이는 관계에 놓였다. 그런데도 그들 사이에는 암묵적인 동의가 성립되어 있었다.

청해용왕대 잔당은 해루족 부락을 치지 않고 연합의 전투 병력만을 상대한다.

해루족은 청해궁의 추종자들의 신병을 구속할 뿐, 그 이상 가혹한 조치를 취하거나 인질로 삼지 않는다.

혹영신교나 요마군도가 그들에게 손대지 못하도록 관리하는 것 역시 해루족이 책임져야 할 문제였다. 어느 한쪽이 암묵적인 동의를 위반하는 순간 청해군도는 피로 물들 것이다. 지금까지 와는 비교도 안 되는 어마어마한 양의 피로.

심지어 정체불명의 적, 암흑인조차도 이 암묵적 동의에 가담하고 있었다.

화군이 이해할 수 없다는 듯 중얼거렸다.

"암흑인의 정체는 대체 뭐지? 진짜 청해궁의 비밀 병기라도 되나?"

청해궁은 청해군도의 주민들에게도 신비로운 장소로 여겨진다. 청해용왕대와 밀접한 관계를 맺고 있다고는 하지만 그 실체를 접해본 자는 극소수에 불과하니 당연했다.

문득 사웅이 말했다.

"잘됐군."

"뭐?"

"더 이상 궁금해할 필요가 없을 것 같으니까."

"무슨 뜻이지?"

"나타났다."

사웅은 한 곳을 노려보며 말했다. 그의 시선을 따라서 고개를 돌린 화군이 흠칫했다.

500여 명의 병력이 모여 있는 숲 속에 어둠의 안개가 밀려오기 시작했다.

제69장
육체의 기억

성운을 먹는 자

1

청해군도에는 좀처럼 사람의 발길이 닿지 않는 곳이 많았다.

해루족은 이제까지는 굳이 그럴 필요가 없어서, 혹은 위험성이 커서 가보지 않았던 영역들을 탐색하고 있었다. 청해용왕대를 무너뜨리고 요마군도와 손을 잡았기에 가능한 행동이었다.

목적은 고대에 그들이 섬기던 존재, 암해의 신을 봉인한 술법의 핵심이라고 할 수 있는 기둥을 찾는 것이다.

신들까지 관여한 봉인이다. 천 년도 넘는 세월이 지나는 동안 아무도 그 위치를 찾아내지 못했다.

그런 견고한 상황을 무너뜨린 것은 흑영신교의 개입이었다.

흑영신교에서 해루족에게 첫 번째 봉인의 기둥을 찾아주는 조건으로 협력을 요청해 왔다. 대주술사 모람은 그들의 제안을 받아들였고, 흑영신교는 자신들의 말을 지켰다.

하지만 두 번째 봉인의 위치는 아직 누구도 몰랐다.

"흑영신교 놈들……."

모람은 초췌한 기색으로 중얼거렸다.

인간이면서도 신안을 지닌 존재, 형운을 예지로 들여다보려고 시도했다가 받은 타격은 컸다. 육체적으로도, 영적으로도 한동안 정양해야만 회복할 수 있으리라.

즉 이번 일이 진행되는 동안에는 그는 주술사로서 제 몫을 할 수 없다. 대주술사이며 연합에서 해루족의 대표 노릇을 하는 그가.

'그리고 우리에게는 그 이상의 시간이 없지.'

청해용왕대를 처리하고 연합이 와해되면 해루족은 더 이상 청해군도 전역을 탐색할 수 없게 된다. 요마군도가 그런 행동을 가만히 두고 보지 않을 테니까.

'감쪽같군. 증거도 남기지 않았고.'

모람은 확신했다. 자신이 당한 일은 흑영신교의 함정이라고.

물론 흑영신교 측에서는 그에게 예지의 힘으로 형운을 들여다봐서는 안 된다고 경고했다. 하지만 그와 함께 있는 양진아를 들여다봤을 때 그런 사태가 벌어질 위험성을 모르고 있었을까?

아닐 것이다. 오히려 그 일로 모람도 다른 주술사들처럼 혼수 상태에 빠지길 기대했을 가능성이 높다.

'네놈들 뜻대로 두진 않는다.'

원래부터 모람은 흑영신교를 전적으로 신뢰하지 않았다. 첫

째 기둥을 찾아준 것, 요마군도와 연합해서 청해용왕대를 처리할 수 있도록 작업해 준 것은 고맙지만 해루족에 해가 될 꿍꿍이속을 경계하고 있었다.

하지만 이제는 아예 한 점의 믿음도 남지 않았다.

'분명 시간은 촉박하다. 하지만 우리에게 마냥 불리하기만 한 것은 아니야.'

모람은 원래부터 기둥 탐색을 흑영신교 측에만 맡겨두지 않고 소수의 해루족 탐색대를 운용하고 있었다. 하지만 지금은 그 수를 몇 배로 늘렸다.

그 결과 중요한 정보를 손에 넣을 수 있었다. 연합을 위기로 몰아넣고 있는 정체불명의 적, 암흑인에 대한 정보였다.

연합이 가진 그에 대한 정보는 많지 않았다. 수요군의 목격담이 전부라고 해도 과언이 아니다.

그러나 모람은 별도로 정보를 손에 넣었다. 해루족 탐색대와 암흑인의 사특한 힘에 지배당하는 해루족들이 맞닥뜨렸기 때문이다.

그들과 조우한 해루족 탐색대 절반이 죽었다. 하지만 살아남은 절반이 귀중한 정보를 전해주었다.

'아무래도 그분은 이미 그릇을 손에 넣으신 것 같군.'

주술을 제대로 쓸 수 없는 몸이라고 해도 모람은 대주술사다. 범인과는 비교도 할 수 없는 영감을 가졌기에 그에 기반한 독특한 시각으로 상황을 본다.

암흑인은 현계에서 활동할 수 있는 그릇을 손에 넣은 암해의 신이다. 모람은 자신이 모은 정보를 바탕으로 그렇게 추측했다.

'좋지 않다.'

구전되는 바에 따르면 암해의 신은 잔혹한 신이다. 해루족을 가호하는 동안 온갖 폭거를 저질렀다.

그 위험성 때문에 모람은 그를 완전히 해방시킬 생각이 없었다. 봉인을 적당히 약화하여 해루족 주술사들이 그와 교신할 수 있다면, 대가를 바치고 신통력을 구할 수 있다면 그걸로 족하다고 생각했다.

하지만 어찌 된 일인지 암해의 신은 자신을 담을 그릇을 얻었다.

그뿐만 아니라 고대의 맹약에 따라서 해루족의 심령을 잠식, 수족으로 쓸 정도로 막강한 신통력을 발휘하고 있었다. 아마도 그들을 통해서 나머지 기둥을 찾는 중이리라.

'도대체 무슨 일이 있었던 것인가?'

모람은 이 상황을 이해할 수 없었다. 아직 해루족 주술사들과도 교신할 수 없는 암해의 신이 무슨 수로 해루족도 아닌 인간을 접하고, 그를 그릇으로 삼았단 말인가? 게다가 막강한 신통력까지 발휘하다니?

신을 담는 그릇이 될 수 있는 인간은 극히 드물다. 그리고 설령 그릇이 된다고 해도 얼마나 능력을 발휘할 수 있는지, 그리고 어느 정도 기간 동안 그릇이 망가지지 않고 유지되는지가 문제 된다.

암흑인은 모람의 지식으로는 도저히 가늠할 수 없는 존재였다. 앞으로 사태가 어떻게 흘러갈지도 짐작되지 않는다.

'어쩌면 그분이 얻은 그릇은 흑영신교의 대적이라는 대륙의 애송이일지도 모르겠군. 저놈들이 신경 쓸 정도로 위험성이 크고, 예지로 들여다보는 것조차 허용되지 않는 존재라면… 내 지식으로 판단할 수 없는 일이 가능할지도 모르지.'

흑영신교는 처음부터 형운이 암해의 신의 그릇이 될 수 있음을 경고했었다. 그렇기 때문에 흑영신교뿐만 아니라 해루족 역시 필연적으로 그를 없애야만 할 것이라고.

모람은 그 정보 때문에 형운이 그릇이 되었을 가능성을 점치고 있었다. 그리고 그것은 정답이었다.

일월성신인 형운이 아니었다면 고작 하나의 기둥만이 파괴된 상황에서 암해의 신이 현계의 존재와 교신하는 것 자체가 불가능했다. 그리고 두 개의 기둥이 파괴되고 나서 그릇을 얻었다 한들 암해의 신이 발휘할 수 있는 힘은 훨씬 작고, 그릇의 수명도 길지 않았으리라.

하지만 모람은 이러한 진실을 알 수 없었다. 그저 의문을 품을 뿐이었다.

'그분이라면 어째서 무공을 쓰는 것인가?

무공은 어디까지나 인간이 인간을 위해 만들어낸 기술이다. 영수도, 신의 일족들도 무공을 쓰지 않는다.

그러나 수요군의 정보에 따르면 암흑인은 분명 무공과 신통력 양쪽을 모두 쓰고 있었다. 이해할 수 없는 일이다.

'단순히 과거의 기록이 틀린 것일까? 하긴 그 기록들은 너무 희미하지. 완전히 신뢰하기도 어렵고.'

애당초 암해의 신에 대해서 아는 것보다 모르는 것이 더 많은 상태에서 일을 벌인 것이 이런 사태를 불렀는지도 모른다. 모람은 한숨을 쉬었다.

'어차피 돌이키기에는 늦었다. 그렇다면 흑영신교 놈들에게 희롱당하느니 차라리……'

모람은 그런 의도로 연합에 정보를 숨겼다. 그리고 그 선택은 최악의 사태를 불러왔다.

2

"암흑인이다!"

해루족 주술사, 흑영신교의 기환술사, 그리고 술법을 쓸 수 있는 요괴들이 즉시 대응에 들어갔다. 수요군의 정보로 그들은 이 어둠으로부터 촉수가 뻗어 나온다는 것을 알고 있었던 것이다.

병력에 둘러싸이듯 최중심부에 있는 그들을 감싸며 결계가 발생, 바깥쪽으로 확장해 가기 시작했다. 안개의 어둠이 거기에 부딪치자 둑을 만난 물살처럼 밀려났다.

―호오.

밀려오는 어둠 저편에서 탄성이 흘러나왔다.

암흑인이 당당하게 모습을 드러낸 채로 걸어오고 있었다. 혈혈단신이었다.

―제법이구나.

암흑인이 웃었다. 그를 이루는 어둠이 일그러지면서 웃는 윤곽을 그려내는 광경은 섬뜩하고 기괴했다.

그를 보던 화군이 사웅에게 말했다.

"사웅. 한 가지 물어보고 싶은데⋯⋯."

"뭐지?"

"왠지 저놈이 입고 있는 옷이 상당히 익숙해 보인다만?"

"내 눈에도 그렇다. 불길한 예감이 들어맞은 것 같군."

그들과 조금 떨어진 곳에서 한음도귀가 잔뜩 굳은 표정으로 중얼거렸다.

"혈귀수, 도대체 무슨 짓을 한 거냐?"

암흑인의 정체는 형운이었다.

직접 형운을 상대해 본 사웅과 화군, 그리고 형운의 정보에 신경을 곤두세우고 있던 흑영신교 쪽에서는 그 사실을 알아본 것이다.

─그릇의 소망을 위해, 너희는 죽어줘야겠다.

기괴하게 웃던 암흑인의 모습이 검은 안개가 되어 연합군을 덮쳤다.

3

형운은 무수한 환영의 파도에 쓸려 다니고 있었다.

과거가, 현재가, 미래가 혼재되어 의식을 스쳐 지나간다. 아득한 과거에 있었던 신화 속의 일들이, 지금 자신이 맞닥뜨린 현실이, 그리고 미래에 일어난 일에 대한 구체적인 상상이 도저히 분간할 수 없는 현실감으로 덮쳐 왔다.

당장 미쳐 버리지 않는 것이 이상한 상황이었다.

'인간의 운명은 인간의 것이다! 바다 밑으로 돌아가라, 잔혹한 신이여!'

머나먼 과거의 누군가가 분노에 차 외친다.

'이 괴물 같으니! 하지만 이 자리에서 살아서 빠져나갈 수 있을 거라고 생각하지 마라!'

멀지 않은 과거, 혹은 현재에 그와 싸우는 있는 적들이 으르렁거린다.

'잘 도망쳤지만, 여기까지다.'

미래, 아직 일어나지 않은 일에 대한 상상 속에서 사옹이 그의 동료들을 죽이며 공허하게 말한다.
―그릇이여, 불안을 버려라.
환영에 치여서 허우적거리는 형운을 안심시키려는 듯 다정한 목소리가 들려왔다.
그러나 그 목소리에 섞여 있는 근본적인 꺼림칙함은 사라지지 않았다. 항상 세상 모든 것을 비웃는 듯 키득거리는 웃음, 그리고 본능에 내재된 공포를 자극하는 불길한 울림.
그래, 그것은 심해의 어둠을 닮았다.
인간이 닿을 수 없기에 상상하고 두려워하는, 인간의 노력을 비웃고 희롱하는 저 깊숙한 바다 밑의 어둠을.

—네가 바라는 대로 이루어질 것이다.

목소리의 주인은 형운의 바람대로 움직였다.

그가 원한을 품은 자들을 처리한다. 또한 그가 소중히 여기는 자들에게 이롭도록 움직인다.

—안심하고 지켜보아라. 그대에게 허락된 운명의 끝까지.

4

암흑인은 혈혈단신으로 연합군을 공격했다.

아무리 스스로의 힘에 자신이 있다고 해도 무모하기 짝이 없는 짓이다. 이곳에 모인 병력은 500명도 넘는다. 그 속에는 그가 무찔러 온 자들과는 격이 다른 강자들이 있다. 그리고 수요군 덕분에 그에 대한 정보를 입수하고 대책도 갖췄다.

그런데도 싸움이 시작되고 나자 잇달아 비명이 울려 퍼졌다.

"크아아악!"

"아아악!"

암흑인의 모습이 정신없이 공간을 뛰어넘었다. 최초에 다가와서 일격을 가한 순간부터 여기 나타났다 싶으면 저기로 가 있고 그곳으로 시선을 돌려보면 배후를 치고 있었다.

운화였다. 한 번 사용할 때마다 이동할 위치를 확정하고, 몸을 기화했다가 육화하기 위해 고도의 집중력을 소모해야 하는 기술이지만 암흑인은 숨을 쉬듯이 자연스럽게 사용했다.

한곳에 모여 있어 봤자 소용없다. 배후를 칠 수 없도록 앞을 가로막아도, 주변을 포위해도 개의치 않는다. 공간의 개념을 초월한 존재 앞에 당연한 전술적 상식이 무참히 짓밟혔다.

콰!

폭음이 울려 퍼졌다. 해루족 투사 하나가 일격에 머리통이 날아가 버렸다.

퍼엉!

충격파가 터졌다. 인간보다 두 배는 큰 요괴의 상반신이 산산이 흩어졌다.

"이런 말도 안 되는……."

한음도귀가 경악했다.

공간을 자유자재로 뛰어넘는다는 것은 분명 무서운 능력이다. 하지만 그것뿐이었다면 속수무책으로 당하진 않았을 것이다.

진짜 문제는 그것이 아니다.

투콰콰콰콰!

폭음이 연달아 울리더니 한데 뭉쳐 있던 흑영신교도 다섯이 순식간에 박살 난 시체가 되었다.

그리고 암흑인은 마치 휴식이라도 취하듯 운화를 그만두고 느긋하게 걷기 시작한다. 주술사들과 기환술사들이 있는 방향이었다.

'세상에. 저 속도는 대체…….'

한음도귀가 신음했다.

빠르다. 너무나도 빠르다.

무력으로 이십사흑영수의 자리에 오른 한음도귀는 무예가 절정에 달한 것은 물론이고 기공도 의기상인과 허공섭물을 자연스럽게 구사하는 경지에 올라 있었다. 이런 경지에 오른 무인들이 그렇듯 그의 움직임은 전광석화처럼 빨랐다.

그런데도 암흑인의 움직임에 반응할 자신이 없다. 멀찍이 떨어져서 보면서도 보고 반응하는 게 늦었을 정도였다.

공격 속도가 일정한 수준을 초월하면 그때부터는 눈으로 보고 반응하는 것이 불가능해진다. 사전 조짐을 읽고 통찰하는 식으로 반응할 수밖에 없는데, 암흑인은 모든 움직임이 너무 빨랐다.

그 속도, 그리고 공격의 위력이 문제다.

쾅!

일단 타격이 이루어지면 반드시 사망자가 나올 정도로 강력하다.

하나만으로도 성가신 강점이 세 가지나 모여 있었다.

공간을 자유자재로 초월한다.

반응은커녕 움직임을 인식할 수도 없을 정도로 빠르다.

강철 같은 육체를 자랑하는 자도 버틸 수 없을 정도로 강하다.

이 모두를 갖춘 암흑인은, 그야말로 괴물이었다.

'터무니없다. 흥왕의 제자의 신체 능력이 말도 안 되게 높기는 했지만 이건……'

일월성신을 이룬 뒤로 형운의 신체 능력은 계속해서 상승해 왔다. 하지만 지금 암흑인이 보여주는 움직임은 그 수준조차도 아득하게 뛰어넘었다. 기술적인 상성이나 우위를 무의미하게 만드는 압도적인 힘과 속도다.

"이놈! 우워어어어어!"

키가 거의 2장에 육박하는 곰 요괴가 노성을 지르며 달려들었다. 암흑인은 그것을 멀뚱하니 바라보고 있었다. 다가오기도 전에 빠져나갈 수 있으면서도 전혀 그럴 생각이 없어 보였다.

"죽어라!"

곰 요괴가 몸을 날리며 양손을 내려쳤다. 산 같은 거구로 덮쳐들면서 내지르는 일격에는 들끓는 요기가 가득 담겨 있었다. 그 위력은 실로 끔찍할 정도이리라.

암흑인은 그것을 뻔히 보면서도 피하지 않았다.

콰아아아앙!

폭발이 지축을 뒤흔들었다.

지면이 뒤집어지면서 근처에 있던 자들이 비명을 지르며 날아가 버렸다. 하지만 흙먼지의 중심부에 서 있는 암흑인은 아무렇지도 않게 한 팔로 곰 요괴의 일격을 막고 있었다.

─고작 이 정도더냐?

쾅!

곰 요괴의 몸이 산산조각 났다. 그 순간이었다.

화군이 섬전처럼 뛰어들어서 창을 찔렀다. 암흑인이 곰 요괴를 박살 내는 바로 그 순간을 노리는 기습이었다.

'잡았다!'

화군이 지금까지 기다리고 있었던 이유는 두 가지다. 하나는 완벽한 기회를 기다렸기 때문이고, 또 하나는 주술사들에게 축복을 받기 위해서였다. 암흑인이 아군을 덮치자 주술사들이 정신없이 그를 축복해서 신체 능력과 감각이 평소와는 비할 수 없을 정도로 폭증했다.

그런 상태에서 내지른 창격은 스스로 생각해도 섬뜩할 정도였다. 암흑인이 아무리 무서운 존재라도 이건 피할 수 없다.

'어?'

하지만 다음 순간 화군은 놀라운 광경을 보았다.

창끝이 닿았다고 여긴 순간, 암흑인이 완전히 창격과 같은 속도로 뒤로 물러나는 게 아닌가?

'말도 안 돼!'

화군이 눈을 부릅떴다.

차라리 운화해서 사라졌다면 납득할 수 있었을 것이다. 하지만 소리조차 뒤에 두는 빠르기로 내지른 창격과 똑같은 속도로 물러난다니?

투학!

한 박자 늦게 충격파가 터졌다. 화군이 뒤로 팅겨 나갔다.

—깜찍하구나. 해루족이라고는 하나 나의 그릇을 해하려고 한 죄는 무겁다.

암흑인이 키득키득 웃었다. 흙먼지를 뚫고 빨랫줄 같은 어둠의 궤적이 날아들었다.

'이까짓 기공파로 날 잡겠다고?'

화군이 이를 악물었다. 놀라서 허를 찔리기는 했지만 이 정도 기공파는 쉽게 비껴낼 수 있다.

—화군! 피해라!

그때 벼락처럼 사웅의 전음이 날아들었다. 평소의 그라면 상상도 할 수 없는 다급함에 화군이 반사적으로 반응했다. 앞뒤

가리지 않고 몸을 날린 것이다.

꽈과과광!

폭음이 울리며 검은 궤적이 앞을 가로막는 모든 것을 관통했다.

화군의 뒤에 있던 해루족에게 흑색의 기공파가 작렬, 수십 장을 날려 버리는 대폭발을 일으켰다. 기공파의 크기로는 도저히 상상도 할 수 없는 어마어마한 위력이었다.

"마, 맙소사."

화군 자신이 전력을 다한다면 이 정도 위력을 낼 수 있을까?

그것은 형운의 기술이었다. 유성혼을 난사할 때 같은 크기와 기세를 지니면서도 훨씬 큰 위력을 발휘하는 기술을 암흑인이 쓴 것이다.

─죄를 지은 주제에 심판에서 달아나다니 괘씸하군, 애꿎은 것들만 죽지 않느냐?

암흑인이 혀를 차며 걸어 나왔다. 그 일격으로 수십의 병력이 증발했다. 주변에 있던 자들도 폭발의 여파로 중상을 입었다.

순식간에 100명 가까이 학살한 암흑인이 만족스럽게 웃었다.

'역시 최고의 그릇이다.'

암해의 신은 봉인되기 전에도 수십 번이나 인간의 몸을 그릇으로 삼은 경험이 있었다. 신인 그는 현계 존재들의 운명을 바꾸는 데 제약을 받았고, 그 제약으로부터 자유로워지기 위해서는 인간의 몸을 그릇으로 삼아야 했다.

신을 담을 수 있는 그릇은 희귀하다. 그리고 그 희귀한 그릇들조차도 연약하기 짝이 없었다. 신을 담는 순간부터 급속도로 부서져 가는 것은 물론이고 미약한 힘밖에 발휘할 수 없었던 것이다.

그러나 형운의 육체는 격이 달랐다.

봉인의 기둥이 단 하나만 파괴된 지금, 그의 목소리는 현계의 존재들에게 닿지 않는다. 그와 가장 영적으로 가까운 해루족 주술사들조차도 그의 목소리를 들을 수 없었다.

그런데 형운은 그와 교신하는 것은 물론, 그릇이 되기까지 했다. 일월성신이기에 가능한 일이었다.

그라는 그릇을 얻은 지금, 본체가 봉인된 상태라고는 믿을 수 없을 정도로 막대한 힘을 발휘할 수 있었다. 게다가 힘을 펑펑 써대고 있는데도 그릇이 부서질 기미가 안 보인다. 처음부터 신을 위해 만들어졌다고 해도 믿을 것 같은 육체였다.

다만 한 가지 신경 쓰이는 점이 있다면 신인 그의 의식이 이 육체의 경험으로부터 자유롭지 못하다는 것이다.

그것은 그가 한 번도 경험해 보지 못한 일이었다. 그는 자연스럽게 이 육체에 새겨진 버릇대로 움직였고, 형운이 연마해 온 기술을 자신의 취향대로 선택해서 사용했다.

결과적으로 그것은 그에게 이로웠다. 육체를 신통력을 휘두르기 위한 매개체로만 쓰는 게 아니라 그 잠재력을 극한까지 활용할 수 있었으니까.

'그렇다고는 하나, 고작 인간이 육체에 새긴 기억이 내게 영향을 끼치다니……'

그 점이 묘하게 신경에 거슬렸다.

그때 날카로운 기운이 암흑인을 급습했다.

쉬이익!

직전에야 그것을 눈치챈 암흑인이 운화해서 그것을 피했다. 지척까지 날아들기 전까지는 기파를 눈치채지 못할 정도로 은밀한 공격이었다.

그리고 바로 뒤로 운화한 그에게 허와 실을 구분할 수 없는 어지러운 기파가 쏟아졌다. 교묘하고 빠른 의기상인이었다. 그리고 그 속에는 닿는 순간 뼛속까지 차갑게 파고드는 음기(陰氣)가 담겨 있었다.

―재미있는 짓을 하는구나.

평범한 인간이라면 기혈이 뒤틀려서 죽었을 공격이었지만 암흑인은 아무렇지도 않게 받아냈다.

물리적인 현상을 일으키는 허공섭물과 달리 의기상인의 기본은 상대의 감각과 기맥을 공격해서 내부적인 파괴를 유도하는 것이다. 그런데 암흑인은 의기상인을 방어조차 하지 않고 맞으면서도 멀쩡했다.

의기상인으로 공격을 가한 장본인, 한음도귀는 당혹스러웠다.

'뭐지? 분명히 정통으로 들어갔는데 전혀 타격이 없다니?'

생명체의 몸은 아무리 강해 보여도 놀라울 정도로 취약한 면모를 지니게 마련이다. 인간을 예로 들면 호흡이 꼬이는 것만으로도 내상을 입고, 힘을 줘서 움직일 때 감각이 어긋나기만 해도 근육을 다치지 않는가?

의기상인은 기본적으로는 이런 취약점을 이용한다. 한음도귀는 거기에 자신의 무공 특성, 음유한 기운을 상대방의 몸에 침투시키는 것까지 더했다.

그런데 암흑인은 그 효과를 싹 무시했다.

—의지만으로는 신을 해할 수 없느니라.

암흑인이 한음도귀를 비웃으며 흑색의 기공파를 쏘았다.

"큭!"

한음도귀가 그것을 비껴내면서 뛰어들었다. 뒤에서 폭음이 울려 퍼지는 것과 동시에 음유한 도기가 암흑인을 베어갔다.

암흑인은 피하지 않았다. 맨손으로 한음도귀의 도기를 받아내고는 발차기를 날린다.

그 동작이 너무 빨라서 한음도귀에게 보이지 않았다. 한음도귀는 암흑인의 무게중심이 이동한다고 여긴 순간 전력으로 몸을 날렸다.

그것이 그의 목숨을 구한 선택이 되었다. 공격이 스치지도 않았건만 한음도귀의 허벅지가 길게 찢어지면서 피가 튀었다.

'제길. 빨라도 너무 빠르군. 이대로는 당한다.'

신체 능력의 차이가 너무 커서 기술로 맞서는 게 불가능했다. 하지만 곧바로 한음도귀를 추격하려던 암흑인이 흠칫 멈춰 섰다.

파아아앙!

그가 달려 나간 자리에서 투명한 도기가 출현했기 때문이었다. 암흑인의 상의 앞섶이 찢겨 나가면서 어둠으로 이루어진 몸에 눌린 듯한 자국이 생겼다.

의기상인과 허공섭물을 결합한 묘기였다. 한음도귀는 몸을 뺌과 동시에 자신이 있던 자리에서 시간 차로 활성화되는 도기를 덫으로 깔아둔 것이다.

위력은 낮지만 암흑인의 돌진을 저지하기에는 충분했다. 한음도귀는 다치지 않은 다리로 땅을 디디면서 도를 뿌렸다.

"하아!"

주춤한 암흑인을 묵직한 도기가 강타했다.

─하찮은 것이 감히……!

암흑인이 분노를 터뜨리는 순간이었다.

일직선으로 뻗어 나간 섬광이 그를 집어삼켰다.

5

비상식적인 속도를 자랑하는 암흑인도 미처 반응하지 못했다. 그 공격이 그야말로 빛보다도 빠르게 목표 지점을 관통했기 때문이다.

심상경의 절예였다. 화군과 한음도귀가 암흑인의 시선을 끄는 동안 사웅이 신창합일(身槍合一)의 일격을 날린 것이다.

그 광경을 본 화군이 쾌재를 불렀다.

"들어갔다!"

아무리 무서운 적이라도 무방비 상태로 심상경의 절예를 맞았으니 끝이다.

본래 인식 바깥에서 날아든 불시의 기습만큼 무서운 게 없는 법. 하물며 그것이 심상경의 절예라면…….

─크, 으윽……!

그러나 빛이 잦아들고 나서 드러난 광경은 모두를 경악케 했다.

암흑인은 여전히 그 자리에 서 있었다. 일순간 그 몸을 이루는 어둠이 안개처럼 흩어지는가 싶었지만 곧바로 제 모습을 되찾았다. 대신 그 어둠의 윤곽이 들끓기 시작했다.

사웅은 곧바로 상황을 깨달았다.

'기화를 막는 능력을 가졌군.'

마치 고위 요괴 같은 능력이었다. 그것은 암해의 신의 신통력이 발휘된 결과였지만, 이 자리에서 그 사실까지 알아본 자는 아무도 없었다.

'지금 끝을 내야 한다.'

기화를 막느라 경직된 지금이 기회다. 암흑인이 움직임을 회복하고 운화로 공간을 넘기 시작하면 도저히 잡을 수 없다.

그렇게 판단한 것은 사웅만이 아니었다.

크어어어엉!

요괴의 모습을 드러낸 수요군이 울부짖었다. 두 개의 늑대 머리, 호랑이의 몸, 독수리의 날개, 푸른 불꽃으로 이루어진 꼬리를 지닌 집채만 한 괴물의 모습이었다. 푸른 불꽃의 꼬리가 죽 늘어나더니 거대한 채찍처럼 암흑인을 쳤다.

꽈아앙!

암흑인이 뒤로 날아갔다.

화군이 그를 추격했다. 해룡창법을 구사하자 광풍이 휘몰아치면서 무수한 창 그림자가 공간을 관통했다.

투다다다!

암흑인이 양손을 전광석화처럼 놀려서 그 공격을 막아냈다. 자연스럽게 감극도로 반응한 것이다.

하지만 그의 움직임이 명백히 둔해져 있었다. 아직 심상경의 절예에 맞은 여파를 완전히 상쇄하지 못한 게 분명했다.

한음도귀는 그 틈을 놓치지 않았다.

퍼엉!

밀려나던 암흑인의 등 뒤에서 도기가 폭발했다. 아까 전처럼 시간 차로 활성화되는 덫을 깔아둔 것이다.

암흑인이 주춤한 순간, 화군의 창격이 그의 방어를 뚫고 작렬했다.

꽝!

파육음 대신 굉음이 울리자 화군이 눈을 크게 떴다.

'뭐가 이렇게 단단해?'

그의 창격은 강철을 종잇장처럼 꿰뚫는다. 그런데 암흑인의 몸을 뚫지 못하고 타격을 가하는 데 그쳤다.

경기공으로 강화한 수준이 아니다. 전설의 금강불괴(金剛不壞)가 아닌가 의심스러울 지경이었다.

하지만 타격이 없는 것은 아니다. 화군은 주춤거리며 물러나는 암흑인을 향해 연격을 퍼부었다. 한번 정타가 들어가자 타격으로 인한 틈이 발생, 방어가 무너지기 시작했다.

─크아아악!

어느 순간, 암흑인의 몸에서 검은 피가 튀자 그가 괴성을 질렀다. 그리고 화군의 창이 몸을 찌르든 말든 상관하지 않고 주먹을 날렸다.

'이런 무식한 놈!'

화군이 경악했다. 내질러지는 주먹에서 강맹한 어둠이 쏟아져 나오는 것을 본 화군은 급히 공격을 회수하며 옆으로 날았다.

콰콰콰콰쾅!

해방된 기운이 폭발하면서 전방 수십 장이 부채꼴로 초토화되었다. 하지만 그 순간, 교묘하게 폭발을 우회하며 날아든 수요군의 꼬리가 암흑인을 강타했다.

꽈아앙!

―이, 노오오오옴!

푸른 불꽃의 꼬리에 맞은 암흑인이 격노했다. 그러나 날아가던 몸을 가까스로 멈춘 그의 뒤쪽에는 한음도귀가 기다리고 있었다. 한음도귀는 기다렸다는 듯 혼신의 도격을 날렸다.

쾅!

암흑인이 검은 피를 뿜으며 앞으로 밀려났다. 한음도귀가 회심의 미소를 지으며 훤히 드러난 암흑인의 목을 노렸다. 아무리 단단하다고 해도 충격으로 경직된 지금 목을 치면 버틸 수 있을까?

'끝이다, 흉왕의 제자!'

한음도귀가 승리를 확신한 순간이었다.

후우우우우!

격렬한 어둠의 궤적이 질주하며 한음도귀의 도격을 막아냈다.

'뭐지?'

자신의 도가 튕겨 나오는 것을 본 한음도귀가 경악했다.

'설마, 이건……'

그는 순간적으로 자신이 맞닥뜨린 현상의 원인을 떠올렸다.

'…광풍혼?'

그리고 그것이 그가 마지막으로 떠올린 생각이었다.

흑색의 광풍혼을 휘감은 암흑인의 눈이 그와 마주치는 순간, 보이지 않는 무언가가 그의 머리를 쳐서 부숴 버렸기 때문이다.

퍼억!

머리를 잃은 한음도귀의 몸이 기괴한 모양새로 무너져 내렸다. 그 광경을 본 화군이 경악했다.

'격공의 기?'

공격이 이루어지기 전에도, 후에도 전혀 기파의 궤적이 드러나지 않았다. 그렇기에 한음도귀가 완전히 허를 찔려서 죽은 것이다.

형운이 할 수 있는 것은 암흑인도 할 수 있다. 광풍혼과 격공의 기를 지금까지 쓰지 않은 것은 단순히 기호에 맞지 않아서, 그리고 써야만 할 필요성을 느끼지 않아서일 뿐이다.

—크아아아악!

암흑인이 울부짖었다. 그러자 흑색의 광풍혼이 광포한 기세로 풀려나와서 주변을 휩쓸었다. 지면이 원형으로 터져 나가면서 흙먼지가 피어올랐다.

바로 그 순간 섬광이 암흑인을 관통했다.

—이, 이놈 감히……!

사웅이 또다시 신창합일로 그를 친 것이다.

그것은 저격이었다.

숨죽인 채 기회를 기다리고 있다가 허점이 보이는 바로 그 순간 필살의 일격을 날린다. 준비부터 공격을 격중시키기까지, 사웅은 철저하게 표적을 저격하는 궁사의 사고방식으로 움직이고 있었다.

암흑인의 몸 윤곽이 불꽃처럼 격하게 일렁였다. 그것을 본 화군은 망설임 없이 움직였다.

쾅!

창끝으로부터 쏘아진 날카로운 기공파가 암흑인을 강타했다. 눈 깜짝할 새에 수십 발이 연타되면서 폭음이 연거푸 울려 퍼졌다.

"멍청하니 보고만 있을 생각이냐? 살고 싶으면 쳐라! 이것들아!"

수요군이 외치면서 요기로 빚어낸 기공파를 난사했다.

그 말에 다른 이들도 정신을 차렸다. 내공이 일정 수준을 넘은 자들은 다들 둘을 따라서 기공파를 퍼붓기 시작했다.

콰콰쾅! 콰콰콰콰콰!

수십 명이 퍼붓는 기공파의 융단폭격이 순식간에 지형을 바꿔놓았다. 멀리서도 화상을 입을 것 같은 열기가 끓어오르고 열풍이 휘몰아쳤다.

구우웅……!

그 폭발을 뚫고 둔중한 소리가 울려 퍼졌다. 다들 눈을 크게 떴다.

'뭐지?'

마치 물에 빠진 듯한 무게감이 전신을 짓눌렀다. 동시에 믿을 수 없는 일이 벌어졌다. 그들이 쏘아낸 기공파의 진행 속도가 일제히 느려지는 게 아닌가?

쿠우우웅……!

다음 순간, 조금 전과는 비교도 할 수 없는 무게감이 그들을 짓눌렀다. 버티지 못하고 주저앉을 정도로 압도적인 무게감이었다.

답을 떠올린 것은 오직 흑영신교도들뿐이었다.

'설마 흉왕의 중압진인가?'

다음 순간 방금 전까지의 이상이 거짓말이었던 것처럼 모든 것이 정상으로 돌아왔다. 무게감이 사라지면서 느려졌던 기공파들이 재차 가속해서 목표 지점에 격중, 요란한 폭발을 일으켰다.

하지만 미친 듯이 이어지던 기공파 세례는 멈췄다. 다들 이해할 수 없는 현상 때문에 공격의 맥이 끊겨 버린 것이다.

"…도망쳤군."

사웅이 기파를 거두면서 중얼거렸다.

궁지에 몰린 암흑인은 중압진을 펼쳐서 틈을 만들고는 전장을 이탈했다.

화군이 물었다.

"추격하지 않을 건가?"

"안 한다."

"지금 처리해 두지 않으면 더 골치 아파질 텐데?"

"조금 전에는 운이 좋았다. 만약 물러나는 동안 그 공간을 넘어 다니는 기술을 쓸 수 있는 상태를 회복한다면 어쩔 건가? 잡을 수 있을 것 같은가?"

"으음……!"

화군이 침음했다.

분하지만 사웅의 말이 옳았다. 암흑인을 몰아붙였던 것은 어디까지나 그가 방심하고 있었기 때문에, 무방비 상태로 심상경의 절예를 맞아서 허점을 드러냈기 때문이다. 처음부터 사웅을 견제하면서 쉬지 않고 운화로 공간을 넘어 다닌다면 도저히 잡을 수 없다.

사웅이 말했다.

"최소한 술사들이 공간을 넘어 다니는 기술을 봉쇄할 대책을 마련해 줘야 한다. 그렇지 않으면 만날 때마다 학살당할 뿐이겠지."

하지만 그런다 한들 저 괴물을 막을 수 있을까? 사웅의 표정은 어두웠다.

6

암흑인은 상처에서 검은 연기를 피워 올리면서 숲 속을 질주했다. 그 연기에 닿은 곳마다 나무들이 시커멓게 죽어가고 땅이 썩어 들어갔다.

─하찮은 것들 따위에게 내가……!

적들로부터 충분히 멀어진 그가 분통을 터뜨렸다. 화를 이기지 못하고 옆에 있던 나무를 후려치자 폭음이 울려 퍼졌다.

꽈아앙!

그가 후려친 한 그루만이 아니라 수십 그루의 나무가 우르르 쓰러지면서 땅이 뒤흔들렸다.

그러는 사이 어둠으로 이루어진 몸이 급속도로 회복된다. 심상경의 절예에 맞아서 기화하던 몸이 안정되고 상처들이 지워져 갔다.

—으음. 인간의 육신이라고는 믿을 수 없을 정도로군.

암흑인은 새삼 자신이 얻은 그릇의 뛰어남에 감탄했다.

과거에 귀중한 그릇이 상처를 입으면 신통력으로 치료해야 했다. 하지만 그것은 그릇의 수명을 단축시키는 행위였다. 육신의 상처는 치료할 수 있어도 신을 담아둔 영적인 그릇은 부하를 버티지 못하고 망가져 가는 것이다.

그에 비해 이 그릇은 얼마나 훌륭한가? 신통력을 마구 써도 버텨주는 믿기지 않는 튼튼함, 거기에 이 육체의 잠재력과 인간의 기억을 이용하면 신통력에 기대지 않고도 막강한 힘을 발휘할 수 있었다.

그 감탄과 희열 덕분에 분노를 다스릴 수 있었다.

'좋다. 인정하지. 확실히 인간들은 강해졌군.'

암흑인은 자신이 봉인되어 있는 동안 세상이 변했음을 인정했다.

이 시대 인간들의 힘은 고대에는 상상할 수 없을 정도로 강력해졌다. 무인이 신기(神器)의 도움도 없이 혈혈단신으로 대요괴를 잡을 수 있는 힘을 가진다니, 고대에는 상상도 할 수 없었던 일이다.

형운을 그릇으로 삼음으로써 그 사실을 지식으로는 알고 있었다. 지금까지도 그 지식을 기반으로 판단을 내리고 행동해 왔다.

하지만 그런 한편으로 그는 인간이 신의 힘을 등에 업지 않고도 자신을 위협할 수 있다는 사실을 인정하고 싶지 않았다.

─같은 수법에 두 번 당해주지는 않을 것이다. 이 몸에는 이미 답이 있으니……

신통력을 쓸 것까지도 없다. 이 육체에 새겨진 기억에 모든 답이 존재하고 있었으니까.

지금까지는 인간의 기억에 휘둘린다는 점이 거슬려서 자신의 기호에 맞는 것들만 선별해서 썼다. 그러나 이제부터는 다를 것이다.

─음?

문득 그의 표정이 변했다.

그가 못마땅한 듯 중얼거렸다.

─인간들은 어째서 이리도 사지로 기어들어 가길 좋아하는지 모르겠군.

7

암흑인과 충돌한 연합군은 전력의 반을 잃었다. 사웅이 추적을 포기하기로 결정했을 때 반발이 없었던 것도 당연한 일이었다.

그들은 주변에 있는 다른 추적대에게 지원 요청을 보내고는 부상자들을 수습했다. 한창 그 작업을 진행하고 있을 때였다.

인간의 모습으로 돌아와 있던 수요군이 외쳤다.

"적이다! 전투준비!"

"뭐?"

다들 놀라서 그를 바라보았다.

그들은 부상자들을 수습하는 동안에도 주변 경계를 게을리하지 않았다. 하늘에는 요괴들이 날고 있고 주술사들과 기환술사들도 주변에 탐지망을 펼쳐두었다.

그런데 그들 모두가 탐지하지 못한 적을 수요군이 탐지했단 말인가?

수요군이 말했다.

"아직 10리(약 4킬로미터) 정도 떨어져 있다."

"그만큼 떨어진 곳의 일을 알 수 있단 말이오?"

"청해용왕대 잔당이다. 확실해. 근처에 있는 부대들을 모두 불러들이도록."

수요군은 자신의 능력을 설명하지 않았다. 언제 적이 될지 모르는 놈들에게 밑천을 보일 이유가 없으니까.

하지만 그의 정보력이 뛰어나다는 것은 모두가 인정하는 바였다. 암흑인에 대한 정보를 손에 넣은 것도 그였지 않은가?

사웅이 부하들에게 지시를 내렸다.

"놈들이라면 반드시 저격부터 시작한다. 우리 쪽도 사정거리에 들어오는 순간 요격할 준비를 하도록. 술사들, 멀리보기 술법을 부탁하오."

청해용왕대의 원거리 공격력은 청해군도 제일이다. 단단히 대비하지 않으면 공격이 시작되는 순간 엄청난 타격을 입게 되리라.

그러나 세상에는 대비해도 어쩔 수 없는 일이 있었다.

쉬이잇……!

상공에서 공기가 찢어지는 소리가 울렸다. 그리고 하늘을 날며 주변을 경계하던 요괴들이 피를 뿌리며 떨어져 내렸다.

"뭐야?"

다들 경악했다.

아직 적을 육안으로 확인하지도 못했다. 그런데 저격을 당하다니?

"숨어서 미리 접근해 온 것들이 있었나?"

그렇게 의심할 수밖에 없는 상황이었다. 하지만 그들의 예상은 틀렸다.

수요군이 믿을 수 없다는 듯 중얼거렸다.

"500장 밖에서 쏴서 떨어뜨려? 말도 안 돼."

비행형 요괴들을 격추시킨 화살은 500장(약 1.5킬로미터)도 넘는 거리에서 날아왔다. 아무리 청해용왕대의 해룡시가 일반 궁사들과는 격이 다른 위력과 사정거리를 자랑한다고 해도 이건 너무하지 않은가?

그 중얼거림을 들은 사웅이 생각했다.

'이건 가돈이라도 불가능한데?'

가돈은 사웅도 필승을 장담할 수 없는 고수다. 사웅이 창수로서 심상경에 도달한 데 비해 가돈은 궁사로서 심상경에 도달했다.

하지만 가돈은 오로지 쏘아낸 화살만을 기화하는 심궁(心弓)의 형태로만 심상경을 발휘할 수 있었고 한 발을 쏘는 데 긴 집중 시간을 필요로 했다. 그리고 심궁이 아니라면 500장 너머에서 직사로, 비행형 요괴들이 제대로 반응하지도 못하고 명중당하는 위력을 이해할 수 없다.

'설마 청해궁의 기보를 손에 넣었나? 그렇다고 해도 이 위력은……'

사웅도 청해용왕대가 위기에 처하면 청해궁에서 비장하고 있던 기보들을 내준다는 사실을 알고 있었다. 하지만 그 기보들에 대해서는 전설처럼 전해질 뿐이라 위력을 가늠하기가 어려웠다.

'생각해 봤자 소용없군. 궁술에 대해서는 사부님 수준이라고 상정하는 수밖에.'

그런 마음가짐 덕분이었을 것이다. 그가 머리 위로 날아오르는 빛의 화살들을 포착한 것은.

"모두 피해!"

비스듬하게 하늘로 날아올랐던 빛의 화살들이 마치 폭포 같은 낙차로 떨어져 내렸다. 해룡시의 곡사 타격법을 십분 활용한 원거리 공격이었다.

꽈과광! 꽈광!

사웅의 경고에도 불구하고 다섯 명이 절명했다. 빛의 화살이 너무 빠른 데다 강맹한 폭발을 일으켰기 때문이다.

"제기랄! 이건 너무하잖아!"

화군이 신음했다.

그 역시 기룡에게서 해룡시를 높은 수준으로 전수받은 몸이다. 그렇기에 방금 전의 공격이 얼마나 말도 안 되는 것인지 알수 있었다.

서로 간의 거리는 400장(약 1.2킬로미터) 이상, 지형은 나무들이 우거져서 서로를 육안으로 확인할 수 없는 데다가 고저 차역시 어느 한쪽이 확연히 높지 않다. 그런데도 이토록 정확하게 공격을 가해오다니 이런 짓을 할 수 있는 것은 청해용왕 진본해뿐일 것이다.

꽈광! 꽈아앙!

게다가 한 번으로 끝난 것도 아니었다. 연달아 빛의 화살이 떨어지는 가운데 150장(약 450미터) 거리까지 다가온 적의 다른 궁사들이 사격을 시작했다.

사웅이 외쳤다.

"술사들! 멀리보기로 지원하시오! 궁사들은 대응 사격!"

그는 제일 먼저 대응 사격을 시작했다. 다른 사람은 몰라도 그는 술사들의 지원이 없이도 적의 위치를 포착하고 공격할 수 있었다.

하지만 그것도 오래가지 못했다. 그가 세 발째 화살을 날리고 네 발째를 시위에 거는 순간이었다.

"사웅!"

짐승처럼 외치며 달려오는 자가 있었다. 피처럼 붉은 눈동자를 지닌 거구의 남자를 사웅은 너무나도 잘 알았다.

투학!

전속력으로 달려든 가돈의 창격이 사웅을 덮쳤다. 사웅이 급히 활을 휘둘러서 그것을 비껴내며 발차기를 날렸다. 폭음이 울리며 두 사람이 서로 반대 방향으로 물러나서 착지했다.

"가돈! 역시 진아와 합류했나?"

"그때는 뒤통수를 맞았지만⋯⋯."

사웅이 배신한 그날, 가돈은 사정을 모르는 채로 그에게 기습을 당해 중상을 입었다. 하지만 이번에는 다르다.

"이번에는 다를 거다."

"이런 식으로 너와 결판을 내게 될 줄은 몰랐군."

사웅이 차갑게 대꾸하며 활을 던져 버리고 창을 들었다.

두 창수가 광풍을 일으키며 격돌하기 시작했다.

제70장
오만할 의무

성운을 먹는자

1

양진아는 해랑청기궁을 쓰면 쓸수록 그에 익숙해졌다. 이제
는 해랑청기궁이 허용하는 한 스승인 진본해나 가능했던 일들
도 재현할 수 있을 정도였다.

500장 밖에서 적 요괴들을 격추시킨 것이 그런 맥락이다. 하
지만 아무리 해랑청기궁이라고 하더라도 활이라는 병기가 갖는
장단점에서 자유롭지는 못했다.

'장거리 공격은 여기까지.'

해랑청기궁의 화살도 무한하지 않다. 놀라운 위력을 발휘하
는 화살은 종류별로 그 수가 한정되어 있었다. 다만 시간이 지
나면 바다의 기운을 흡수해서 소비된 화살을 보충할 뿐이다.

아군이 적들을 급습, 난전에 돌입하자 그녀도 거리를 좁히기 시작했다.

청해용왕대 잔당과 별의 수호자 일행이 사웅 일당을 치기 위해 온 이유는 암흑인 때문이었다. 암흑인과의 싸움에서 일어난 폭발과 소음이 멀리까지 전달되었고, 이들은 싸움이 끝나기를 기다렸다가 남은 잔당을 치러 온 것이다.

적들은 정체불명의 적과 싸워서 많은 병력을 잃었으며, 지쳤다. 지금이야말로 사웅을 비롯한 강적들을 처리할 천금 같은 기회다.

그녀는 시야가 확보되는 지점에서 재차 저격을 감행, 연속적으로 다섯 명을 쓰러뜨리고 여섯 발째를 사웅에게 겨눴다. 곧바로 답이 나왔다.

'무리야.'

사웅은 이미 그녀의 존재를 눈치채고 있었다. 그리고 가돈과의 공방이 워낙 빠르고 격렬해서 저격이 불가능했다.

양진아는 차선을 택했다. 굼린이 싸우고 있는 강적, 수요군을 노린 것이다.

화아악!

하지만 수요군의 불꽃 같은 꼬리가 날아드는 화살을 튕겨냈다. 양진아는 혀를 차며 해랑청기궁을 등에 메고 대신 흑룡창을 들었다.

적의 수는 200명을 넘는다. 그에 비해 아군은 청해용왕대 잔당과 별의 수호자 일행을 합쳐서 42명뿐.

하지만 전황은 일방적이었다. 초반의 공격이 일으킨 혼란의 효과가 컸다. 그리고 아군은 수는 적을지언정 전투 능력의 평균치가 비정상적으로 높은 데다 강력한 기보까지 지녔다.

또한 아군에게는 적의 위험인물들에 대응할 수 있는 패가 있었다.

사웅은 가돈이 맡았다. 기량 면에서 사웅이 우위라는 평을 듣기는 하지만 지금의 가돈에게는 청해궁의 기보가 있었다.

수요군은 굼린과 기단 장로가 맡았다. 둘이 힘을 합친다면 수요군에게도 우위를 점할 수 있으리라.

화군은 마곡정에게 붙잡혀 있었다. 마곡정은 내공 수위가 한 단계 상승, 양진아를 통해서 해룡창법의 특성을 학습하고 방어 능력을 높이는 기보까지 받았다. 이제는 화군에게도 만만치 않은 상대였다.

"아, 아악!"

이런 상황에서 술사들의 비명이 울려 퍼졌다.

술사들을 지키고 있는 자들이 혼란스러워하는 사이 은신한 가려가 우회, 배후를 쳤다. 호위자들이 뒤늦게 그녀를 발견하고 공격해 들어갔다.

"이년!"

네 명의 호위자가 서로 다른 방향에서 검과 창을 찔러 들어왔다. 언뜻 보면 물러나는 것 말고는 대책이 없어 보이는 상황이었다.

파악!

그러나 다음 순간 피를 뿌린 것은 호위자들 쪽이었다.

'무슨 일이 벌어진 거지?'

호위자들은 일순 정신을 차리지 못했다.

네 명이 합공을 가했다고 해도 정교한 연계와는 거리가 멀었다. 넷의 위치도, 공격이 도달하는 시간도 제각각이었다. 가려는 순식간에 그런 허점을 파악하고 오히려 공세를 취한 것이다.

첫 번째 창수와의 격돌에서 일어난 소리와 기파를 이용, 그들의 시야를 현혹하고 사각으로 빠져나간 가려는 한 호흡에 두 명을 베어버렸다. 그리고 의기상인을 펼쳐 두 명의 움직임을 어긋나게 만들면서 등을 베고 지나갔다.

'누가 나를⋯⋯?'

마지막에 쓰러진 자는 그런 의문을 품었다. 정면에 있던 가려의 모습을 잠깐 놓쳤을 뿐인데 등을 베였다는 것을 도저히 이해할 수 없었기 때문이다.

그렇게 세 명의 해루족 주술사와 흑영신교 기환술사들이 사망하자 술법의 방어가 약해졌다. 청해궁 기보를 든 아군 영수들은 기다렸다는 듯 그 틈을 노리고 술법을 발휘하기 시작했다.

스으으으으⋯⋯!

전장에 옅은 안개가 밀려왔다. 적의 시각과 후각, 청각을 혼란시키는 힘이 있는 안개였다.

안개 속에서 서하령이 질주했다.

"크악!"

"이, 이 계집은 대체 뭐야?"

감각이 혼란된 해루족 전사들이 미처 그 사실을 깨닫기도 전에 그녀의 공격이 날아들었다. 안개 속에서 연속적으로 적들을 격살하던 그녀는 여섯 번째 적에 이르러서야 가로막혔다.

"요망한 년! 미색으로 우리를 홀릴 생각이더냐?"

장년의 해루족 용사가 완만하게 휘어진 두꺼운 도로 그녀의 공격을 막아낸 채로 으르렁거렸다. 서하령이 눈을 껌뻑거렸다.

'이제껏 들어본 것 중에 가장 참신한 헛소리네?'

아주 이해 못 할 바는 아니었다. 옅은 안개 속에서 흑단 같은 머리칼을 뒤로 묶어 올린 서하령의 모습은 적으로 대치하는 자들조차도 넋을 잃을 정도로 아름다웠으니까.

하지만 애당초 거기에 정신이 팔린 시점에서 무인으로서 실격이다. 서하령은 가차 없이 연격을 날렸다.

파바바밧!

해루족 용사가 정신없이 뒤로 밀렸다. 의기상인으로 수세를 뒤집어보려고 하지만 쉽지 않았다. 모든 면에서 서하령이 위였기 때문이다.

'이런 어린 계집이 나보다 내공이 위란 말인가?'

내공은 물론, 신체 능력도 서하령이 위다. 심지어 기공을 다루는 기량조차도 그녀가 앞서 있어서 의기상인의 다툼조차도 조금씩 밀렸다.

어느 순간 서하령이 차갑게 미소 지었다.

"잘 배웠어요."

"뭐라고?"

다음 순간 그는 경악스러운 경험을 하게 되었다. 서하령이 그가 구사하는 것과 똑같은, 하지만 보다 세련된 의기상인 운용법으로 기감을 공격하는 게 아닌가?

"크억……!"

기의 운행이 어긋나면서 팔꿈치가 삐걱했다. 그 순간 서하령이 몸을 돌려서 배후의 적과 맞섰다.

'미쳤나?'

허점을 드러낸 적을 공격하지 않고 등을 보이다니 도대체 무슨 생각이란 말인가?

그 답은 곧바로 알 수 있었다.

서걱!

그의 목이 보이지 않는 칼날에 베여서 피를 흩뿌렸다. 눈을 부릅뜬 채로 무너져 내리는 해루족 용사의 뇌리를 최후의 깨달음이 강타했다.

'격공의 기……!'

서하령 역시 의기상인과 허공섭물을 넘어 격공의 기를 터득한 것이다.

그것을 본 천유하가 깜짝 놀랐다.

'서 소저는 벌써 저 경지에 도달해 있었나?'

아직 그는 격공의 기에 도달하지 못했다. 어렴풋이 감을 잡고 있는 단계였다.

그런데 서하령은 격공의 기를 터득한 것은 물론이고 이미 실전에서 쓸 수 있는 단계까지 갈고닦은 것이다. 놀랄 수밖에 없었다.

하운국을 떠나서 청해군도까지 오는 동안 서하령은 한 번도 격공의 기를 보여준 적이 없었다. 적어도 다른 사람이 보는 앞에서 쓴 것은 이번이 최초다.

우우우웅……!

'음?

문득 천유하는 신경에 거슬리는 소리를 들었다. 의아해하며 소리의 진원지를 보니 팔목에 차고 있는 은색의 팔찌, 진조족이 준 그 기물이 가늘게 떨리고 있었다.

'뭐지?

하지만 그 의문을 길게 붙잡고 있을 수는 없었다. 하늘 저편에서 위협적인 기운이 느껴졌기 때문이다.

"요괴가 온다!"

천유하가 하늘을 보며 외쳤다. 일순간 전장의 시선이 그에게 집중되었다.

그리고 그들은 보았다. 불꽃처럼 타오르는 날개를 펼친 백색과 적색의 새인간 요괴와, 그가 새의 발로 붙잡고 있는 거대한 철구를.

양진아가 신음했다.

"천요군(天妖君)과 금요군(金妖君)!"

요마군도의 칠요군 중에 두 명이 추가로 전장에 합류한 것이다.

2

"호오, 해랑청기궁이라니 정말 오랜만에 보는군. 한 300년 만인 것 같은데. 수도 별로 안 되면서 잘도 설치고 다닌다 싶었더니 청해궁이 아껴두었던 보물을 팍팍 풀었군."

천요군이 전장을 굽어보며 말했다. 새의 얼굴을 하고 있지만 그 목소리는 놀라울 정도로 아름다운 미성이었다.

"할아범, 나이 자랑은 그만하고 내려주기나 하시지."

둥글게 말린 거대한 철 덩어리, 금요군으로부터 쩌렁쩌렁 울리는 목소리가 흘러나왔다. 마치 금속이 충돌할 때 나는 소리를 언어의 형태로 다듬어놓은 것처럼 거슬리는 목소리였다.

천요군이 눈살을 찌푸렸다.

"알겠으니까 닥쳐라. 끔찍한 소리를 듣자니 내 귀가 썩는 것 같군."

동시에 그가 급속도로 낙하했다. 지상까지 10장(약 30미터) 남은 시점에서 금요군을 던지듯이 놔버리고는 그 반동으로 다시 하늘로 솟구친다.

"모두 피해!"

직경이 1장(약 3미터)에 달하는 철 덩어리가 날아오는 것을 본 이들이 비명을 질렀다.

쫘아아앙!

폭발이 치솟으며 대지가 뒤흔들렸다. 다들 급하게 피신하기는 했지만 근처에 있던 몇몇이 폭발에 휩쓸려 버렸다.

"흠."

그리고 폭발의 한가운데서 금요군이 성큼성큼 걸어 나왔다. 그는 전신이 울퉁불퉁한 금속으로 이루어진, 키가 2장(약 6미터)을 넘는 거인이었다.

"맙소사. 저러고도 멀쩡한가?"

천유하가 신음했다. 저런 기세로 대지에 충돌하고도 아무렇지도 않다니 저럴 수가 있나?

금요군이 전장을 휘둘러보더니 말했다.

"골칫거리들이 여기 다 모여 있었군. 적절한 때 잘 불러줬다, 수요군."

"흥."

수요군이 못마땅한 기색을 내비쳤다. 연합 체제로 요마군도를 다스리고 있기는 하지만 칠요군의 사이는 그리 좋은 편이 아니었다.

하지만 지금은 그의 합류가 반가웠다. 하늘에서 천요군의 아름다운 목소리가 울려 퍼졌다.

"자, 그럼 성가신 안개부터 걷어내 볼까?"

그가 크게 날갯짓을 하자 돌풍이 휘몰아쳤다.

후우우우우!

그러자 영수들이 불러낸 술법의 안개가 흩어지기 시작했다. 금요군이 웃었다.

"크하하하! 술법 쪽은 영감에게 맡겨두고 난 힘쓰는 일이나 하지."

그가 성큼 앞으로 나섰다. 그야말로 집채만 한 몸이라 움직임이 느려 보이지만 실상은 그렇지 않았다. 보폭이 워낙 넓어서 한 걸음 내딛는 것만으로도 거리가 확 줄어들었다.

"헉!"

표적이 된 것은 형운의 호위단원이었다. 젊은 무사는 금요군이 뻗어오는 손을 피하면서 검을 휘둘렀다.

타앙!

하지만 전신이 금속으로 이루어진 금요군의 몸에는 칼날조차 들어가지 않았다. 진기를 실어서 능히 사람 몸을 뼈째로 동강낼 수 있는 공격이었거늘 홈집조차 내지 못하고 튕겨 나온다.

금요군은 아예 공격을 받지도 않았다는 듯 팔을 휘둘러 무사를 후려쳤다.

퍼억!

호쾌한 소리가 울리면서 상반신이 으스러진 무사가 장난감처럼 날아가서 땅에 처박혔다.

일순간 전장에 정적이 내려앉았다.

"이 자식……!"

별의 수호자 일행이 분노했다. 그때였다.

아아아아아!

하늘에서 아름다운 노랫소리가 울려 퍼졌다. 천요군의 노랫소리였다.

그 소리를 듣는 순간 정신이 아찔해진다. 노래를 매개로 울려 퍼지는 요기가 정신을 미혹하는 것이다.

"이런… 크억!"

잠시 빈틈을 드러낸 청해용왕대의 일원 한 명이 적의 공격에 격중당했다. 노랫소리에 현혹된 것은 청해용왕대와 별의 수호자뿐이었다.

천요군의 노랫소리는 요기를 이용한 술법의 일종이다. 적아를 구분하는 것 정도는 간단했다.

"뭐야?"

하지만 공격한 쪽이 당황했다. 청해용왕대원의 어깨에 칼날이 정통으로 내리꽂혔는데도 그 자리에 주저앉았을 뿐, 피가 흩뿌려지지 않았기 때문이다.

그가 입고 있는 푸른 미늘갑옷 때문이었다. 해룡갑이라 불리는 이 갑옷은 무인의 검격조차도 막아내는 방어력을 갖고 있었다.

하지만 그것만으로는 부족했다. 주변에 있던 다른 적들이 달려들어서 갑옷이 감싸지 않은 곳을 공격하자 순식간에 목숨이 날아가고 말았다.

천요군이 노래를 계속하며 생각했다.

'효과가 적군.'

호룡을 비롯한 청해용왕대 영수들의 술법이 천요군의 노랫소리가 지닌 효과를 감쇄시키고 있었다. 그들의 전투 능력은 별 볼 일 없지만 술법을 쓰는 솜씨는 천요군에게도 성가셨다.

천요군이 노래를 거두고 다음 수를 쓰려는 순간이었다.

라아아아아!

지상에서 울려 퍼진 노랫소리가 그의 귓전을 파고들었다.

'으음?'

천요군이 일순 혹했을 정도로 아름다운 노래였다. 하지만 그 소리에 담긴 기운은 흉흉하기 짝이 없었다.

"크억!"

일순 천요군의 요기 흐름이 비틀리며 준비하던 술법이 깨졌다.

'설마 이건 음공? 이런 능력을 가진 인간이 있었나!'

그가 노래를 그치는 순간, 지상에서 서하령이 음공으로 반격한 것이다.

그녀의 음공으로는 천요군처럼 효과를 적용할 상대를 마음대로 고를 수는 없지만 특정 범위에만 음파를 집중시킬 수는 있었다. 혼자 하늘을 날고 있는 천요군에게만 효과를 집중시키는 것은 쉬운 일이었다.

고위 요괴인 천요군은 항시 강력한 요기로 외부의 기운이 자신에게 간섭하는 것을 방어하고 있다. 하지만 서하령의 음공은 절묘하게 그 방어를 피해서 청각으로 침투, 그의 균형 감각을 흔들어놓았다.

라아아아아!

그러나 그것도 잠시, 천요군이 서하령을 노려보며 노래를 부르기 시작했다. 서로 다른 성향을 지닌 노랫소리가 충돌, 귀에 거슬리는 불협화음을 이루면서 효과가 상쇄된다.

다음 순간 천요군이 노래하는 음이 변했다. 서하령이 놀라서 눈을 크게 떴다.

'내 노랫소리와 조화를 이루다니?'

불협화음이 울린 것은 잠시뿐이었다. 천요군이 서하령이 부르는 노래와 어우러지도록 음을 변화시키면서 요기를 침투시키는 게 아닌가?

'내 음공의 기운까지 삼켜지고 있어. 음을 주도하는 쪽이 다른 쪽을 삼켜 버리는구나!'

서하령은 경악하면서도 즉시 대응했다. 그녀의 노랫소리가 겹겹이 파도치듯이 풍부한 음을 발하면서 화음을 다른 국면으로 이끌기 시작했다.

'호오? 이것 봐라?'

천요군이 감탄했다.

인간에게 있어서 음공은 대단히 희귀한 기술이다. 하지만 영수나 요괴들을 기준으로 보면 그렇지 않다. 소리에 기운을 실어서 심령에 영향을 끼치는 능력을 지닌 존재는 의외로 흔하다.

이곳 청해군도만 봐도 새 요괴들 중에 천요군처럼 노래를 무기로 삼는 자들이 있다. 그리고 인어들 또한 노래로 심령에 영향을 끼치는 것으로 유명했다.

이것은 천요군과 서하령 사이에 치명적인 격차가 존재한다는 사실을 말해준다.

'필시 아름다운 영수의 피를 이어받았겠지. 그러나 결국은 인간으로 살아온 존재, 노래로 싸워본 경험이 있을까?'

천요군은 장구한 세월을 살아오면서 수도 없이 노래로 싸워본 경험이 있는 데 비해 서하령에게는 그런 경험이 없다.

'순식간에 이 싸움의 규칙을 이해한 것은 칭찬해 주지. 하지만 오래 버틸 수는 없을 것이다.'

요괴는 그 기원에 따라서 목숨보다도 중요시하는 집착을 갖는 경우가 있다. 도구가 요괴가 된 경우에는 본래의 쓰임새, 짐승이 요괴가 된 경우라면 그 본성이다.

천요군은 아름다운 소리를 탐닉하는 자였다. 먼 옛날, 요괴가 되기 전 그는 아름다운 깃털과 노래로 암컷의 마음을 사로잡고

자 싸운 투사였다. 그 본성은 요괴가 된 지 수백 년이 지난 지금까지도 고스란히 집착으로 남아 있었다.

그렇기에 지금 이 순간, 서하령과 노래를 겨루는 것이 그에게는 더없는 기쁨이었다.

라아아아아……!

서하령과 천요군의 노래가 파도처럼 전장에 퍼져 나갔다. 서로 피 흘리며 싸우는 장소에는 어울리지 않는, 넋을 잃을 정도로 아름다운 노랫소리였다.

하지만 노래를 부르는 서하령의 낯빛은 굳어 있었다.

'이대로는 질 거야.'

서하령은 자신이 치명적인 실수를 저질렀다는 사실을 깨달았다.

애당초 천요군을 상대로 음공을 써서는 안 되었다. 그와 노래로 싸우기 시작한 시점부터는 그만두고 물러날 수도 없게 되어버렸다. 마치 호랑이 등에 올라탄 것과 같아서, 그녀가 노래를 그만두면 그 순간 천요군의 노래에 집어삼켜지고 말 것이다.

그렇다고 이대로 계속 노래로 싸우다가는 승산이 없다. 서하령은 놀라운 순발력으로 계속 대응책을 내놓았지만 조금씩 밀리고 있었다.

'실력 차가 너무 커. 혼마 대협에게 배우지 않았다면 이미 끝났을 거야.'

서하령은 스스로의 부족함을 인정했다.

예전에 한서우에게 음공에 대해서 배우지 않았다면 벌써 패하고 말았으리라. 하지만 그 경험을 더해도 천요군과의 격차가 너무 커서 이 한판이 끝나기 전까지는 도저히 메울 수가 없다.

등 뒤에 낭떠러지가 있는 것을 뻔히 알면서도 밀려나는 것을 멈출 수 없는 기분이다. 의기양양한 천요군을 노려보는 서하령의 표정이 결연한 빛을 띠었다.

라아아아아아!

그녀의 노랫소리가 폭발적으로 증폭되기 시작했다.

'아니?!'

천요군이 눈을 크게 떴다. 서하령의 성량이, 그리고 음에 실린 기운이 말도 안 되게 폭증한다.

경악하는 그의 눈앞에서 불꽃처럼 타오르는 빛의 날개가 솟구쳤다. 등에서 날개를 펼친 서하령의 피부가 새하얗게 물들고 황백색 눈동자가 광채를 발했다. 머리에서 사슴의 뿔을 닮은 빛나는 뿔이 돋아나서 노래와 공명하고 있었다.

영수의 힘을 개방한 것이다. 반동 때문에 함부로 써서는 안 되는 힘이지만 목숨이 날아갈 판에 아낄 수 있겠는가?

'으음! 이런 한 수를 감추고 있었군! 하지만 이 정도로는 나를 누를 수 없다!'

천요군이 동요를 가라앉히고 음을 변화시켜 대응하려는 순간이었다.

서하령이 무시무시한 속도로 그에게 돌진해서 주먹을 날렸다.

쾅!

허공을 날고 있는 천요군은 미처 피할 수 없는 돌진이었다.

천요군이 그것을 막고 반격하려는 순간, 서하령의 발한 격공의 기가 날개를 절단했다.

파악!

"크악!"

천요군이 비명을 지르며 추락했다. 흙먼지를 일으키며 추락한 그가 격노했다.

"으아아아! 노래하는 자의 긍지도 모르는 것이냐! 추악한 계집!"

"그런 건 몰라."

서하령이 아름다운 목소리로 대꾸하며 그를 몰아쳤다.

고위 요괴인 천요군은 정상적인 생명체의 기준으로 잴 수 없는 존재다. 잘려 나간 날개가 눈에 보이는 속도로 재생되고 있었다.

'앞으로 스물일곱 호흡.'

서하령은 영수의 힘을 개방한 채로 싸울 수 있는 한계 시간을 파악했다.

제대로 싸워보기에는 너무나도 짧은 시간이다. 하지만 지금의 그녀가 체감하는 시간은 각성 전과는 완전히 다르다. 한 호흡이 지루할 정도로 길게 느껴진다.

고위 요괴인 천요군의 움직임조차도 느리게 보인다. 그가 첫 번째 공격을 피한 동작을 마무리하기도 전에 세 번은 정타를 넣을 수 있을 것 같다.

퍼엉!

하지만 그 허점을 찔러 들어가는 순간, 눈앞에서 불꽃이 폭발했다. 그녀의 몸이 주르륵 뒤로 밀려났다.

'자동으로 반응하는 방어 술법이구나!'

서하령은 곧바로 상황을 파악했다. 천요군이 날개를 재생하며 으르렁거렸다.

"궁지를 모르는 것! 부모가 물려준 아름다운 목소리가 아깝구나! 너를 짓밟고 그 영육을 취하리라!"

"…사람 잡아먹겠다는 소리를 참 그럴싸하게 하시네."

서하령이 쏘아붙였다.

요괴는 인간의 영육을 먹고 영격을 높인다. 하지만 격이 높아지면 높아질수록 평범한 인간으로는 만족하지 못하게 된다. 아니, 만족하지 못하는 정도에서 그치지 않고 고통스럽기까지 한다.

고위 요괴일수록 만족하기 위한 요구치가 높다. 그리고 서하령은 어떤 요괴의 기준으로 봐도 최상의 미식이었으며, 특히 아름다운 노래에 집착하는 천요군에게는 천상의 선물과도 같았다.

천요군이 웃었다.

"아직 해볼 만하다고 느끼나 보군. 하지만 글쎄, 상황을 제대로 파악하는 게 어떻겠느냐?"

그 말에 서하령이 의아해했다. 하지만 그녀는 곧 그 말의 의미를 깨닫고 경악했다.

"아, 이런!"

천요군과 정신없이 싸우는 동안 적의 증원군이 지척까지 다가온 게 아닌가?

애당초 천요군과 금요군은 각각 추격대 하나씩을 이끌고 있는 이들이었다. 수요군의 지원 요청을 받고 한발 앞서서 날아왔을 뿐이다.

이제 그들의 추적대는 물론, 다른 두 개의 추격대까지 400에 이르는 증원군이 주변을 포위하고 있었다.

천요군이 잔혹하게 웃었다.

"오랜만에 만찬을 즐기겠구나."

와아아아아!

적들이 함성을 지르며 몰려오기 시작했다.

3

천요군과 금요군의 등장만으로도 전세는 크게 기울어졌다. 그런데 거기에 400명의 적이 더해졌으니 버틸 수 있을 리가 없었다.

천유하와 함께 금요군을 상대하던 양진아는 익숙한 비명을 들었다.

"호롱 님!"

배후에서 술법을 펼치던 호롱이 적의 화살에 맞고 쓰러졌다.

하지만 뻔히 보면서도 달려갈 수가 없었다. 금요군이 팔을 뻗어왔기 때문이다.

쾅!

양진아는 그 팔 위에 올라타면서 창으로 관절부를 찍었다. 금요군의 팔이 반쯤 꺾이면서 집채만 한 거구가 휘청거렸다.

하지만 금요군은 개의치 않았다. 그의 몸은 강철의 성채와도 같다. 바위를 무 썰듯이 베어내는 무인의 공격조차도 버텨내며, 부서지더라도 압도적인 재생력으로 버텨낸다. 거기에 산 같은 덩치와 중량, 손가락 하나로도 맹수를 찢어발길 수 있는 괴력으로 적을 압살하는 것이 금요군의 싸움이었다.

그와 싸우는 적은 한 가지 전술을 강요받게 된다. 기술이고 뭐고 없이 휘둘러대는, 하지만 스치기만 해도 위험한 공격을 피하면서 두들겨 대는 방법이다.

'잠깐이라도 힘을 모을 틈이 필요한데, 그럴 틈은 절대 안 주다니 역시 싸울 줄 아는 놈이야.'

양진아가 식은땀을 흘렸다. 자잘한 공격으로는 금요군에게 눈에 띄는 타격을 줄 수 없다. 하지만 금요군은 때리는 대로 맞아주기는 해도 큰 힘을 모을 틈은 절대 주지 않았다.

이대로는 서서히 체력과 정신력이 깎여 나가서 궁지에 몰릴 뿐이다. 그런 상황에서 적의 지원군까지 들이닥치자 절망이 몰려왔다.

─쯧.

그때였다. 전장에 가득한 소음 속에서 기묘한 소리가 울려 퍼졌다.

아니, 소리가 아니다. 혀를 차는 소리가 정신파의 형태로 모두에게 전달된 것이다.

사웅이 하늘을 올려다보며 신음처럼 중얼거렸다.

"다시 돌아온 건가?"

허공에 암흑인이 떠 있었다. 싸우고 도주한 지 얼마 되지도 않았는데 다시 돌아올 줄이야? 아무리 인간이 아니라고 하지만 벌써 타격을 회복했단 말인가?

순간적으로 전장이 정지했다. 하늘에서 서서히 내려오는 암흑인의 존재감이 너무나도 강렬해서 다들 자기도 모르게 그를 바라보고 있었다.

─체면이 말이 아니군. 그러나 의무를 방기할 수는 없는 노릇이니…….

암흑인이 지상으로 내려섰다. 그의 발밑으로 어둠이 안개처럼 퍼져 나가기 시작하자 화군이 외쳤다.

"술사들! 막아!"

그 말에 주술사들과 기환술사들이 정신을 차렸다. 그들이 곧 암흑인을 막기 위한 술법을 펼쳤다.

암흑인은 신경 쓰지 않았다. 그의 모습이 검은 연기가 되어 사라졌다가 금요군 앞에 나타났다.

"뭐야?"

금요군이 눈을 크게 떴다. 그는 반사적으로 거대한 손을 뻗어서 암흑인을 움켜잡으려고 했다.

순간 눈앞이 번쩍했다.

'커억……!'

금요군의 사고가 끊겼다.

요괴가 된 후로 백 년을 넘게 살아온 금요군이 한 번도 맛보지 못한 타격이었다. 단 일격에 머리통이 날아가 버리다니!

그러나 금요군에게 있어서 머리를 잃는 것은 죽음으로 이어지는 부상이 아니었다. 곧 금속의 몸이 재생을 시작했다.

─호오? 그런 식으로 되어 있었군.

암흑인이 재미있다는 듯 중얼거렸다. 그는 금요군이 팔을 뻗어오는 순간, 전광석화처럼 도약하면서 발차기로 머리를 갈겨 버렸다. 그 일격으로 끝장을 냈다고 여겼던 금요군이 쓰러지던 몸을 바로잡는 것을 본 그가 재차 공격을 가했다.

─하지만 그래봤자 잡것일 뿐.

암흑인이 피식 웃으며 주먹을 내질렀다. 폭음이 울리며 금요군의 어깨가 박살, 팔이 끊어져 날아갔다.

쾅!

재차 폭음이 이어지며 이번에는 옆구리가 박살 나서 흩어졌다.

쾅! 콰앙!

금요군의 내구도와 재생력은 놀라웠다. 그러나 암흑인의 공격은 그것을 압도적으로 웃돌았다.

일격을 날릴 때마다 몸에 눈에 띄는 손실이 발생하고, 재생을 시작하는 것과 동시에 거의 비슷한 손실이 이어진다. 이래서야 급소가 존재하지 않는다 한들 의미가 없다.

암흑인은 금요군이 지금까지 한 번도 만나보지 못한 천적이었다.

공격을 흘릴 수 있는 기술이나 회피할 수 있는 속도, 혹은 방어에 특화된 술법이 존재한다면 모를까 내구도와 재생력에 기대어서 맞고 버티는 전술은 압도적인 공격력 앞에서는 무력했다.

"큭!"

천요군이 반응했다. 그가 술법으로 푸른 불꽃을 일으키는 동시에 노래를 불렀다.

라아아아아!

동시에 암흑인의 몸을 휘감고 어둠의 기류가 소용돌이쳤다.

광풍혼이었다. 술법의 불꽃과 요기가 실린 노래를 광풍혼으로 막아버린 암흑인이 파리를 쫓듯이 손을 두어 번 털었다. 그러자 허공에 무수한 어둠의 궤적이 그려지면서 천요군을 노렸다.

꽈아앙! 꽈과과과광!

수십 그루의 아름드리나무가 쓰러지면서 열파가 주변을 휩쓸었다.

천요군은 기겁했다. 금요군이 당하는 것을 보지 않았다면 방어 술법을 믿고 버텼을 것이다. 하지만 그랬다가는 곤죽이 되었을 파괴력이었다.

'어디서 이런 놈이 튀어나온 거냐?'

그가 기겁해서 하늘로 날아오르는 순간, 금요군이 있던 자리에서 대폭발이 일어났다.

콰아아아앙!

암흑인이 기공파를 쏜 다음 운화로 공간을 뛰어넘었다. 그리고 흑영신교도들과 요괴들의 비명이 울려 퍼지기 시작했다.

"크악!"

"마, 막아!"

수백 명이 밀집해 있는 상황은 암흑인에게는 잡아먹어 달라고 사정하는 것과 다름없었다. 피 보라가 일면서 적의 수가 무시무시한 속도로 줄어갔다.

"뭐야……."

그 광경을 보던 양진아가 믿을 수 없다는 듯 중얼거렸다.

"너는 대체 뭐야!'

악몽을 꾸는 기분이었다.

상황만 보면 아군을 구원하는 기적이 일어난 것 같다. 암흑인은 청해용왕대와 별의 수호자 일행에게는 손도 대지 않고 적들만을 학살하고 있었으니까.

그러나 누가 봐도 사악한 기운을 풀풀 풍기는 존재에게 도움을 받고 기뻐할 자가 있을까?

조금 전까지만 해도 살의의 대상이었던 적들이 죽어나가는 것을 막고 싶어질 정도였다.

대혼란 속에서 암흑인이 해루족 전사 하나를 붙잡았다.

"크, 아아, 아아악……!'

그러자 암흑인에게서 뿜어져 나온 어둠이 해루족을 잠식해 들어가는 게 아닌가?

주술사들이 경악했다.

"저런 방법도 쓸 수 있었나?'

어둠의 안개를 깔아두고 촉수를 일으키는 공격은 결계를 펼쳐서 밀어내서 막았다. 그런데 직접 육체를 접촉해서 심령을 지배할 수도 있을 줄이야?

게다가 그 과정은 얼마 걸리지도 않았다. 앗 하는 순간 그에게 붙잡힌 해루족 전사의 눈이 흰자위도 없이 새카맣게 물들고,

입과 코, 귓구멍으로 어둠이 가루처럼 흘러나오기 시작했다.

"신의 뜻을 따릅니다……!"

암흑인에게 지배당한 해루족 전사가 조금 전까지만 해도 아군이었던 요괴들과 흑영신교도들을 공격해 갔다.

그런 일이 전장 곳곳에서 일어났다. 암흑인은 순식간에 목숨을 도외시하고 싸우는 추종자들을 만들어내면서 적들을 학살해 갔다.

"형운!"

그 학살을 멈춘 것은 서하령의 외침이었다.

암흑인이 천요군을 밀어내자 곧바로 영수의 피를 잠재운 그녀는 부근에 암흑인이 나타나는 순간 그렇게 외쳤다. 그러자 다들 경악했다.

"형운이라고?"

그러고 보니 암흑인이 걸치고 있는 옷은 별의 수호자에게는 낯익었다. 누더기가 되기는 했지만 잘 보면 형운이 입고 있던 것과 같은 옷임을 알 수 있었다.

암흑인이 움직임을 멈추고 서하령을 돌아보았다. 뭐라고 말하려던 그가 갑자기 운화하더니 서하령의 뒤로 돌아갔다.

─잔재주는 더 이상 허락하지 않겠다.

암흑인이 사웅을 보며 키득거렸다.

신창합일을 준비하던 사웅의 표정이 일그러졌다. 그는 심상경의 절예를 심즉동으로 펼쳐내는 경지에 도달하지 못했다. 암흑인이 그를 경계하면서 운화로 급격하게 위치를 바꾼다면 도저히 겨냥할 수가 없었다.

—서하령이라고 하느냐?

암흑인이 부드럽게 머리칼을 쓰다듬는 감촉에 서하령은 소름이 돋았다.

—만나지 않고 일을 마치려고 했거늘, 결국 이리되었구나. 그릇은 바랐노라. 별의 수호자, 그대들이 무사히 집으로 돌아가는 것을.

"…당신은 대체 뭐야?"

서하령은 돌아볼 생각을 하지 못하고 물었다. 암흑인이 상냥한 목소리로 대답했다.

—나는 이 땅에 발 딛고 살아가는 자들에게 암해의 신이라 기억되는 존재이니라.

"형운의 몸을 빼앗았구나."

—빼앗았다니, 오해하지 말거라. 죽음을 앞둔 그와 정당한 거래를 통해 받은 것이니.

"……."

—이대로 떠나도록 하라. 그대들이 가는 길은 내가 보장할 것이다.

암흑인은 그리 말하고는 서하령을 지나쳤다. 서하령이 자신도 모르게 그를 붙잡으려고 손을 뻗었지만 붙잡은 것은 허공뿐이었다. 암흑인은 검은 연기로 화해서 저편의 하늘에 나타났다.

—흥이 깨졌다.

그렇게 말한 암흑인이 양손을 들더니 허공에다 수십 발의 주먹을 난사했다. 그러자 무수한 어둠의 궤적이 뻗어 나가서 숲 저편에 작렬했다.

꽈과광! 꽈아아아앙!

수백 장 떨어진 곳에서 대폭발이 일어나면서 산이 무너져 내렸다.

그 광경을 본 자들이 다들 숨을 죽였다. 다들 암흑인이 마음만 먹으면 자신들을 몰살시킬 수 있었음을 깨달았다. 해루족을 죽이는 것을 피하고자 하지 않았더라면, 처음부터 저 압도적인 화력으로 주변을 휩쓸었다면 살아서 그와 눈을 마주하는 자가 몇이나 남았을까?

─이야기를 들을 준비가 된 것 같군. 그대들이 할 일을 가르쳐 주마. 내 말을 따른다면 살 것이요, 그렇지 않으면 죽을 것이다.

암흑인의 시선이 양진아에게로 향했다. 어둠으로 이루어진 형상 자체가 비현실적이기 짝이 없는 그와 시선을 마주하는 순간, 양진아는 마음 깊숙한 곳까지 읽히는 듯한 감각에 소름이 돋았다.

─청해궁의 공주여, 네 부하들을 데리고 떠나라.

"뭐라고?"

─본래대로라면 고약한 인어들과 연관된 너희를 살려두지 않았을 것이나, 그릇의 마음이 그대들의 무사를 바라니 관대함을 보이도록 하마. 별의 수호자의 인간들과 함께 청해군도를 떠난다면 목숨을 보전할 수 있을 것이다.

"헛소리하지 마."

─그럼 지금 이 자리에서 죽겠느냐?

"큭……."

ㅡ뭐 그것도 좋겠지. 선택은 그대의 몫이다. 선택의 기회를 준 것만으로도 관대함을 보였음을 알라.

치가 떨리도록 오만한 말이었다. 그러나 이 자리에서 그 말에 반박하는 자는 아무도 없었다.

ㅡ해루족이여, 그대들은 나를 따르라.

해루족들이 술렁거렸다. 암흑인이 빙긋 웃었다.

ㅡ그대들은 먼 옛날 내게 운명을 바치고 가호를 얻은 혈족이니라. 그 사실을 받아들이고 나를 따른다면 굳이 그대들의 의지를 빼앗지도 않을 것이다.

다음으로 암흑인의 시선이 요괴들과 흑영신교도들을 스쳐 갔다.

ㅡ잡것들과 흑영신에게 머리를 맡긴 머저리들, 네놈들을 기다리는 것은 죽음뿐이다. 가서 죽음을 준비하거라. 그리고 저자에게 감사하고, 원망하라. 내가 이 자리에서 그대들을 살려 보내주는 것은 오직 저자 때문이니.

암흑인이 손을 들어 가리킨 것은 사웅이었다. 사웅이 눈살을 찌푸리며 물었다.

"무슨 뜻이지?"

ㅡ감히 나의 그릇을 상하게 했으니 신벌을 내릴 것이다. 그러나 지치고 다친 네놈을 이 자리에서 참한다 한들 내 기분이 풀릴 리가 없지 않으냐? 쉬어라. 회복하라. 그리고 만전을 기하고 덧없이 발버둥 쳐라.

사웅은 어이없어하며 말했다.

"살다살다 이토록 오만한 말은 처음 들어보는군……."

사웅이 그를 쏘아보며 말했다. 암흑인이 키득거렸다.

―당연하지 않느냐? 오만은 신의 의무인 것을.

"뭐라고?"

―어리석은지고. 신이라 불리는 자가 오만하지 않다면 얼마나 끔찍한 일이겠느냐?

신은 인간이 두려워하고 경외하는 존재다. 신에 비하면 인간은 벌레처럼 하잘것없다.

그런데 초월자로 떠받들어지는 신이 겸허하게 스스로를 낮춘다면 그것은 얼마나 끔찍한 일이란 말인가?

―만인에게 경배받는 초월자가 자신의 격을 낮춘다면 그를 경배하는 인간은 대체 뭐가 되느냐? 신은 자신을 경배하는 인간들에게 가치를 주기 위해서라도 오만해야 한다. 그것이 신의 의무이니라.

"……."

얼토당토않은 궤변이었다. 하지만 사웅은 지금 이 순간만큼은 그 오만방자함에 감사하기로 했다.

모든 것이 엉망진창인 지금 맞서 싸우기에는 너무 상황이 나쁘다. 어떻게든 전력을 정비하고 싸울 방법을 궁리해야 한다.

―해루족이여, 따라오라.

암흑인은 지상으로 내려와 걷기 시작했다. 그때 그를 붙잡는 목소리가 있었다.

"기다려!"

가려였다. 한참 동안이나 믿을 수 없다는 듯 암흑인을 바라보

던 그녀는 암흑인을 향해 돌진했다. 다른 일행이 미처 말릴 새
도 없는 행동이었다.

―으음?

암흑인은 이해할 수 없다는 듯 그녀를 바라보았다.

가려가 찔러오는 검을 피하는 순간, 자연스럽게 옆으로 몸을
돌리면서 사각에서 날아드는 발차기를 막아낸다. 그리고 시야
의 사각을 따라서 배후로 돌아가려던 그녀를 어깨로 밀어버렸
다.

"어……?"

가려가 눈을 크게 떴다. 너무 놀라서 일순간 허공에서 자세를
바로잡는 것이 늦어졌을 정도였다.

거칠게 착지한 그녀가 가슴을 쓸어내렸다. 암흑인이 전광석
화처럼 그녀를 밀어냈는데도 아무런 타격이 없었다. 그녀를 절
대 상처 입히지 않으려고 노력하기라도 한 것처럼.

―당돌하군. 이 몸을 제압해 볼 생각이었느냐?

암흑인은 퍽 재미있는 장난감을 보듯 가려를 바라보았다. 숨
막힐 듯한 압박감에 위축되었던 가려는, 어느 순간 각오를 굳히
고 그에게 달려들었다.

뻗어 나간 검이 허공을 찔렀다. 처음부터 암흑인에게 닿지 않
는, 가슴 바로 앞에서 멈추는 공격이었다.

하지만 암흑인은 그것을 뻔히 알면서도 반응했다. 빠르지만
느린, 경이로운 신체 능력에도 불구하고 가려가 또렷이 볼 수
있을 정도의 움직임으로.

지척에서 멈추는 검을 손바닥으로 비스듬하게 걷어낸다. 가

려가 그 힘을 이용해서 몸을 회전, 아래쪽을 발차기로 후려치자 발을 가볍게 들어서 피하고는 반대쪽으로 회전하며 거리를 벌린다. 가려는 낮은 자세에서 그대로 몸을 던지며 암흑인의 머리 위로 떨어지는 검격을 날린다.

암흑인은 피하는 대신 앞으로 성큼 다가오면서 검격이 떨어지기 전에 잡아챘다. 그리고 그대로 가려의 팔을 꺾으면서 목덜미를 움켜쥐었다.

"으윽……!"

그에게 제압당한 가려가 신음했다. 움켜쥐는 힘이 너무 강해서 꼼짝도 할 수가 없었다.

─뭐지……?

암흑인이 당혹감을 드러냈다. 자신이 한 행동을 이해할 수 없다는 듯이.

기묘한 공방이었다.

마치 경극처럼 양자의 움직임을 사전에 정해두고 합을 맞춘 것 같았다. 빠르고, 정확하고, 합리적이지만 누구도 죽거나 다치지 않는 결과가 정해진 공방이다.

─무슨 짓을 한 것이냐?

"고, 공자님을… 돌려줘……!"

─건방진 계집! 하찮은 인간 주제에 감히 내게 명령하느냐?

암흑인이 분노했다. 가려를 제압한 손에 힘이 들어갔다. 그가 마음만 먹으면 그녀의 목은 수수깡처럼 부러지리라.

'아, 공자님…….'

가려의 의식이 아득해졌다.

그녀는 자신의 안이함을 후회했다. 감정이 앞서서 경솔한 짓을 저지르고 말았다.

전해야 하는데, 감정을 억누르고 굴욕을 감내하더라도 자신이 알아낸 것을 다른 사람들에게 전해야 했는데…….

'공자님, 제가 꼭… 이번에는 반드시…….'

곧 그녀가 의식을 잃고 축 늘어졌다. 암흑인은 쓰러진 그녀를 노려보았다.

―불쾌하군……!

무시무시한 살의가 끓어올랐다. 그릇을 얻은 신이 발하는 살의에 대지가 진동하고 수목이 공포에 떨었다. 주변에 있는 인간들은 모두 숨 막힐 듯한 압박감에 짓눌렸다.

가려의 몸이 두둥실 떠오르더니 서하령에게로 날아갔다. 서하령이 그녀를 받아 들자 암흑인이 불쾌한 기색이 역력한 목소리로 말했다.

―나는 그릇과의 약속을 지켰느니라. 별의 수호자여, 숨죽이고 기다리도록 해라. 곧 그대들이 떠날 배를 준비해 줄 테니.

"자, 잠깐!"

―입 다물어라!

서하령이 다급하게 입을 열자 암흑인이 노성을 질렀다. 서하령은 숨 막힐 듯한 압박감에 휘청거렸다.

―더 이상의 발언을 허락하지 않겠다. 다시 한 번 고한다. 나는 약속을 지켰노라. 그러나 그대들이 따르지 않겠다면, 내 방식대로 집행할 것이다.

암흑인은 그리 말하고는 몸을 돌려 그 자리를 떠나갔다. 해루족들이 홀린 듯이 그 자리를 떠났다.

멍청하니 그 뒷모습을 지켜보던 서하령이 당장에라도 울음을 터뜨릴 것 같은 얼굴로 중얼거렸다.

"형운, 이 바보야!"

『성운을 먹는 자』 13권에 계속…

이제부터 전자책은

이젠북

www.ezenbook.co.kr

새로운 세계가 열린다!

김재한 『성운을 먹는 자』   철백 『대무사』
니콜로 『마왕의 게임』   가프 『궁극의 쉐프』
이경영 『그라니트:용들의 땅』   문용신 『절대호위』
탁목조 『일곱 번째 달의 무르무르』   천지무천 『변혁 1990』
강성곤 『메이저리거』   SOKIN 『코더 이용호』

이름만 들어도 황홀할 정도의 별들의 향연!
이들의 "유료연재"가 시작됩니다!

검색창에 **이젠북**을 쳐보세요! ▼

초대형 24시 만화방

신간 100%, 샤워실, 흡연실, 수면실(침대석), 커플석, 세탁기 완비

■ 강북 노원역점 ■

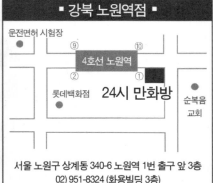

서울 노원구 상계동 340-6 노원역 1번 출구 앞 3층
02) 951-8324 (화용빌딩 3층)

■ 일산 정발산역점 ■

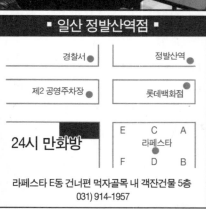

라페스타 E동 건너편 먹자골목 내 객잔건물 5층
031) 914-1957

■ 일산 화정역점 ■

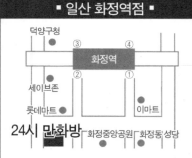

경기도 고양시 덕양구 화정동 984번지 서일빌딩 7층
031) 979-4874 (서일사우나 건물 7층)

■ 부천 역곡역점 ■

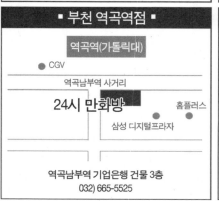

역곡남부역 기업은행 건물 3층
032) 665-5525

■ 부평역점 ■

(구) 진선미 예식장 뒤 보스나이트 건물 10층
032) 522-2871

허담 新무협 판타지 소설
FANTASTIC ORIENTAL HEROES

신력을 타고났으나 그것은 축복이 아닌 저주였다.

『십자성 - 전왕의 검』

남과 다르기에 계속된 도망자의 삶.
거듭된 도망의 끝은 북방 이민족의 땅이었다.
야만자의 땅에서 적풍은 마침내 검을 드는데……!

"다시는 숨어 살지 않겠다!"

쫓기지 않고 군림하리라!
절대마지 십자성을 거느린
적풍의 압도적인 무림행이 시작된다!

Book Publishing CHUNGEORAM

이계진입 리로디드

임경배 퓨전 판타지 소설

FUSION FANTASTIC STORY

『권왕전생』임경배의 2015년 신작!

『이계진입 리로디드』

왕의 심장이 불타 사라질 때,
현세의 운명을 초월한 존재가 이 땅에 강림하리라!

폭군으로부터 이세계를 구원한 지구인 소년 성시한.
부와 명예, 아름다운 연인…
해피엔딩으로 이야기는 끝인 줄 알았건만
그 대가는 지구로의 무참한 추방이었다.
그리고 10년 후……

"내가 돌아왔다! 이 개자식들아!"

한 번 세상을 구한 영웅의 이계 '재'진입 이야기!

Book Publishing CHUNGEORAM

유행이 아닌 자유추구 -
WWW. chungeoram.com

철백 新 무협 판타지 소설

FANTASTIC ORIENTAL HEROES

大

대무사

피와 비명으로 얼룩진 정마대전의 종결.
그리고…

"오늘부로 혈영대는 해산한다."

혈영대주 이신.
혈영사신(血影死神)이라고 불리는 그가
장장 십오 년 만에 귀향길에 올랐다.

더 이상 전쟁의 영웅도, 사신도 아니다!

무사 중의 무사, 대무사 이신.
전 무림이 그의 행보를 주목한다!

Book Publishing CHUNGEORAM

유행이 아닌 자유추구 -
WWW.chungeoram.com